법왕전기

Fantastic Oriental Heroes

우독 新무협 판타지 소설

법왕전기 3

우독 新무협 판타지 소설

초판 1쇄 찍은 날 § 2006년 3월 30일
초판 1쇄 펴낸 날 § 2006년 4월 10일

지은이 § 우독
펴낸이 § 서경석

편집장 § 문혜영
편집책임 § 최하나
편집 § 장상수 · 문정흠

펴낸곳 § 도서출판 청어람
등록번호 § 제1081-1-89호
등록일자 § 1999. 5. 31
어람번호 § 제2-0874호

주소 § 경기도 부천시 원미구 심곡1동 350-1 남성B/D 3F (우) 420-011
전화 § 032-656-4452 팩스 § 032-656-4453
http://www.chungeoram.com
E-mail § eoram99@chollian.net

ⓒ 우독, 2006

ISBN 89-5831-967-4 04810
ISBN 89-5831-964-X (SET)

법왕전기

Fantastic Oriental Heroes

우독 新무협 판타지 소설

3

도서출판 청어람

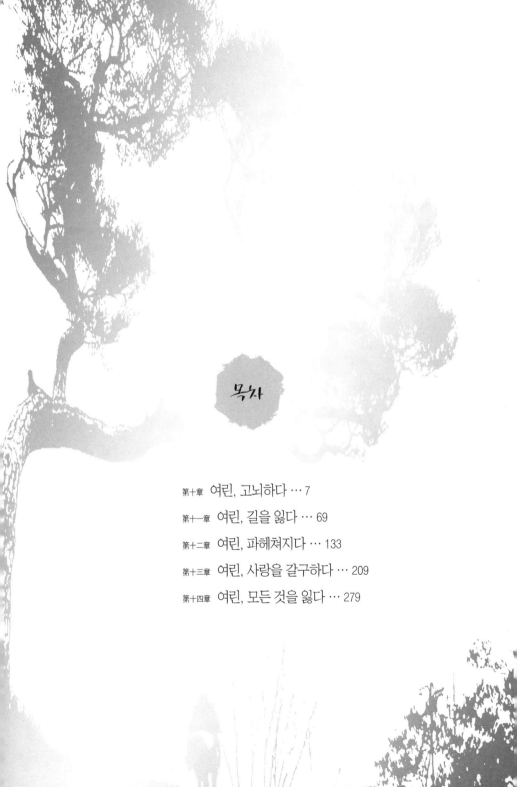

목차

第十章

여린, 고뇌하다

여린, 고뇌하다

고맙소, 당신 덕분에
나는 어쩌면 다시 시작할 수 있을지도 모르겠소

후두둑.

사흘 전 시작된 비가 지겹게 계속 내리고 있었다. 봄을 재촉하는 비. 가는 빗방울 너머 활짝 피었던 백목련도 오늘만은 힘없이 고개를 떨구었다.

"그놈의 비, 참 청승맞게도 내린다."

여린의 집무실로 사용하는 연못가 그림 같은 정자의 툇마루에 걸터 앉아 곽기풍은 멍하니 목련 나무를 바라보았다.

사흘 전 철기방 방주 철태산을 죽이고 돌아온 이후, 여린은 또다시 혼수상태에 빠졌다. 사하현은 물론 사천성에서 한가락 한다는 의원들이 열 명도 넘게 들락거렸지만 여린을 진맥해 보곤 설레설레 고개를 흔들며 돌아갔다. 집무실의 식구인 하우영, 반철심, 장숙, 단구, 화초랑은 물론 북소소까지 내실 안에 이부자리를 펴고 드러누운 여린의 옆을 지키며 꼭 노모의 임종을 앞둔 사람들처럼 걱정을 하는 동안 곽기풍은 이렇듯 툇마루에 퍼질러 앉아 비 구경만 하고 있었다.

그도 여린을 걱정하지 않는 건 아니었다. 하지만 그는 여린이 이번에도 일어날 것을 의심하지 않았다. 여린은 꼭 그랬다. 이번엔 틀림없이 죽었겠지 생각하는 순간, 거짓말처럼 털고 일어나 주위 사람들을 놀래키곤 했던 것이다.

"명이 긴 놈이야. 순순히 염라대왕 앞으로 끌려갈 놈이 아니지."

비 때문일까?

문득 모든 게 꿈같다는 생각이 들었다. 여린을 만난 것도, 여린 때문에 당한 숱한 고초도, 그리고 사흘 전 그 무시무시한 철기방과의 피비린내 풍기는 혈투조차도.

"아야야~"

제 볼을 당겨 죽 늘어뜨려 보던 곽기풍이 비명을 내질렀다. 꿈은 아닌 것이다. 그렇다면 이대로 끝나지는 않으리라. 곽기풍은 철태산의 죽음이 끝이 아니라 시작임을 알았다. 세상을 통째로 집어삼킬 정도로 사나운 폭풍의 전야. 그의 오랜 경험이 그렇게 말하고 있었다.

"이대로 죽으면 안 되지. 암, 안 되고말고."

굳게 닫힌 방문을 돌아보며 곽기풍이 나직이 중얼거렸다. 여린이 이대로 죽어버린다면 머지않아 불어닥칠 광풍을 자신 혼자 감당해야 하리라. 그래서 여린만 생각하면 절로 이가 깨물어지면서도 얄미운 즙포사신 놈이 또 한 번 살아나길 빌고 또 비는 곽기풍이었다.

"아직 안 죽었나?"

갑작스런 음성에 흠칫 고개를 쳐들자 독 오른 살모사 같은 표정을 짓고 서 있는 현감 상관흘이 보였다. 비가 내리고 있는데도 상관흘은 우산을 쓰거나 피풍의를 두르지 않은 모습이었다.

곽기풍이 눈만 끔뻑끔뻑하자, 상관흘이 좀 더 신경질적인 목소리로 물었다.

"여린이란 놈이 아직 살아 있느냐 말일세!"

"예, 아직 숨이 붙어 있습죠."

"똥물에 튀겨 죽여도 시원찮을 놈……!"

임무를 수행하다 목숨이 경각에 달한 수하에게 너무 심하지 않나 생각할 수도 있겠지만, 그 임무란 것이 윗사람 어느 누구도 원하지 않은 것이었으니 상관흘을 탓할 수만은 없었다.

"웬만하면 그냥 뒈져 버리라고 전해. 놈이 깨어나면 성주 대인께서 직접 불에 달군 쇠꼬챙이로 사타구니를 지져 버리겠다고 하셨어."

그 말을 끝으로 상관흘이 젖은 땅을 철벅철벅 밟으며 멀어졌다.

"후우우~"

저쪽 월동문을 지나는 상관흘의 뒷모습을 지켜보며 곽기풍이 길게 한숨을 내쉬었다.

"그래, 어쩌면 저 백돼지의 말처럼 죽는 게 백 번 나을지도 모르지."

양손으로 무릎을 짚고 힘겹게 일어선 곽기풍이 조용히 방문을 열고 들어갔다.

궂은 날씨 때문인지 내실 안의 분위기는 더욱 음울했다.

하우영, 장숙, 단구, 화초랑, 반철심 등이 시무룩한 표정으로 탁자에 둘러앉아 있었고, 방 한쪽 간이 침상 위에 맨 상반신을 드러낸 채 혼수상태로 누워 있는 여린의 가슴팍에 북소소가 눈을 지그시 감은 채 손바닥을 대고 있었다.

'어쩐지 손이 무진장 맵다 했더니, 내가무공을 익힌 여자였군.'

곽기풍이 눈을 가늘게 뜨고 북소소를 보았다. 내가고수의 진맥이나 치료가 때론 용한 의원보다 낫다는 걸 그도 들어 알고 있었다. 하지만 자신을 감금하면서까지 출병한 여린을 저토록 걱정하는 건 언뜻 이해가 되지 않았다.

"흐음……."

여린에게서 손을 떼며 북소소가 낮은 신음을 흘렸다.

곽기풍이 옆으로 다가서며 물었다.

"어떻습니까?"

"온몸의 심맥과 경락이 가닥가닥 끊겼어요. 난 이 사람이 왜 아직 살아 있는지 그게 신기하네요."

북소소가 질려 버렸다는 표정으로 고개를 설레설레 흔들었다. 곽기풍은 저도 모르게 피식 헛웃음을 머금었다.

"원래 그렇습니다. 이제 정말 죽었겠지, 하는 순간 발딱 일어나 주위 사람들을 놀래키는 게 여 줍포님의 특기라고 할 수 있습죠."

북소소가 우울하게 내뱉었다.

"깨어난다 해도 산송장이나 다름없어요. 아마도 내공을 동반한 무공은 영영 사용할 수 없을 거예요."

"똥 밭을 굴러도 저승보단 이승이라지 않습니까? 일단 살 수만 있다면 천행이지요. 그보다 반응은 어떻습니까?"

"반응이라뇨?"

곽기풍이 손가락으로 천장 쪽을 가리키며 은밀하게 물었다.

"성청의 윗분들 반응 말입니다요. 명령 계통을 싹 무시하고 철기방

을 멋대로 친 것도 모자라 철혈대제를 주살하는 대형 사고까지 터뜨렸
으니 무언가 격렬한 반응이 나올 것 아닙니까?"

"……."

북소소가 대답없이 씨익 웃었다. 그 웃음의 의미를 알 것 같아 곽기
풍은 저도 모르게 목을 움츠렸다. 평소 성주 대인의 성정으로 보아 사
하 현청에 소속된 모든 관원들을 모조리 주살해 버리겠다고 방방 날뛰
었음이 분명했다.

똑똑.

곽기풍이 깊은 한숨을 내쉴 때 내실 문을 두드리는 소리가 들렸다.

정문지기 막여청이 비쭉 고개를 들이밀고 헤헤 웃었다.

여린의 상세 때문에 속이 상할 대로 상한 화초랑이 막여청을 향해
쏘아붙였다.

"너, 뭐야? 왜 여길 기웃거려?"

"저, 누가 찾아왔는데?"

"누가 누굴 찾아와?"

"웬 잘생긴 귀공자가 여 즙포님을 뵙고 싶다며 이걸 전해주던걸."

막여청이 값비싼 비단 천에 싸인 배첩을 화초랑에게 내밀었다.

"어디 좀 줘봐."

타악!

곽기풍이 화초랑의 손에서 배첩을 낚아챘다.

"윽!"

배첩을 들여다보던 곽기풍의 눈이 등잔만해졌다. 배첩을 잡은 채 풍
이라도 맞은 사람처럼 양팔을 부들부들 떠는 곽기풍을 좌중이 이상하
다는 눈으로 바라보았다.

장숙이 물었다.

"누가 왔길래 그러십니까?"

"오, 올 것이 왔어."

"올 것이 오다니요?"

"그가 왔어."

"글쎄, 그가 누군데요?"

장숙이 약간 짜증 섞인 목소리로 되물었다.

"우리가 죽인 아비의 아들이자 철기방의 새로운 주인."

"철기련이?!"

동시에 좌중의 얼굴이 일제히 긴장감으로 딱딱하게 굳어졌다.

주변 분위기는 아랑곳 않고 화초랑의 얼굴을 훔쳐보며 실실거리는 막여청을 돌아보며 곽기풍이 다급히 물었다.

"몇이나 왔더냐? 백? 천?"

"예?"

"이 배첩을 들이민 놈이 몇 놈이나 끌고 왔느냐고?"

"혼자 왔는뎁쇼."

"혼자?"

곽기풍이 절로 고개를 갸웃했다. 곽기풍은 철기련이 아비의 복수를 하겠다며 칼을 뽑아 들고 달려온 줄 알았던 것이다. 사실 철태산이 죽었지만 철기방은 여전히 건재했다. 특히 충성심이 강하고 방의 주축이 되는 철태산의 열두 의제 대부분이 살아 있으니, 이깟 지방의 현청 하나 쓸어버리는 건 누워서 떡 먹기보다 쉬우리라. 게다가 지금은 성주대인의 도움도 바랄 수 없는 형편이 아닌가? 그런데 혼자 왔단다. 곽기풍으로선 철기련의 진의를 파악할 수 없어 머리 속이 복잡할 수밖에 없었다.

"내가 가보지."

하우영이 스윽 거구를 일으켰다. 장숙과 단구도 굳은 얼굴로 따라 일어섰다. 그들만으론 안심이 되지 않아 곽기풍도 나섰다.

"나도 함께 가지. 싸움을 피할 수 있다면 피해봐야지."

"기다리십시오."

힘없는 갈라진 음성이 들려온 건 바로 그때였다.

여린의 신색을 살피고 있던 북소소가 놀라 소리쳤다.

"깨어났군요!"

막 내실 문을 열고 나가려던 곽기풍과 하우영 등이 흠칫 여린 쪽을 돌아보았다. 지난 사흘간 혼수상태에 있던 여린이 북소소의 부축을 받으며 일어나 앉아 있는 게 보였다.

'내 저럴 줄 알았지.'

백지장처럼 창백한 얼굴로 아직 가쁜 숨을 몰아쉬고는 있지만, 곽기풍은 다시 한 번 여린의 놀라운 생명력에 혀를 내둘러야 했다.

왠지 여린이 얄미워져 곽기풍이 퉁명스럽게 내뱉었다.

"줍포님께 손님이 찾아왔답니다. 사흘 전 줍포님 덕분에 염왕 앞으로 불려간 철태산의 아들, 철기련이 말입니다."

"……"

여린은 한동안 침묵했다.

그런 여린을 지켜보던 북소소가 곽기풍을 돌아보며 말했다.

"지금 여 줍포님은 손님을 만날 상태가 아니에요. 철기련이란 분께는 예를 갖춰 사정을 말씀드리도록 하세요."

"초랑, 내 옷을 좀 가져다 주겠소?"

이때 여린이 조용히 입을 열었다. 북소소를 비롯한 좌중이 일제히 놀란 눈으로 여린을 쳐다보았다. 누구보다 놀란 사람은 여급사 화초랑이었다. 평소 그토록 사모하던 여린이 자신의 이름을 불러주니 가슴이 쿵닥거려 정신이 하나도 없었다. 게다가 이 많은 사람들 중 자신을 콕 찍어 부탁을 했다는 건 평소 자신에게 관심이 있다는 뜻이 아니고 무엇이겠는가?

'저 기생오라비가 서서히 마각을 드러내는구나!'

화초랑의 홍시처럼 붉어진 얼굴을 바라보며 막여청이 으득, 어금니를 깨물었다. 그렇게도 염려하던 상황이 현실로 나타난 것이다. 새삼 주먹을 움켜쥐며 결단코 정인을 빼앗기지 않겠노라고 다짐을 거듭하는 막여청이었다.

그의 마음을 아는지 모르는지 화초랑이 살처럼 움직여 방 한쪽에 걸려 있던 여린의 누런색 단의를 대령했다.

"으음……."

억지로 옷을 걸치는 여린의 입술 사이로 절로 신음이 새어 나왔다. 운 좋게 정신은 차렸지만 그는 아직 중환자였다.

"제가 부축할게요."

화초랑이 재빨리 여린을 부축했다.

"고맙소, 초랑."

자신을 향해 빙긋 웃는 여린의 얼굴을 보며 화초랑은 마냥 행복했고, 막여청은 당장이라도 달려들어 여린을 절단 내고 싶은 충동을 억누르느라 사지를 벌벌 떨었다. 내실을 빠져나가는 여린의 뒤를 방 안에 있던 사람들이 일제히 뒤따랐다.

아직도 봄비가 부슬부슬 내리는 정자 밖으로 걸어나오던 여린이 좌중을 돌아보며 낮지만 단호한 음성으로 말했다.

"여기서부턴 혼자 가겠습니다. 철기련도 그걸 원할 겁니다."

"철기련의 아비가 줍포님 때문에 죽었소. 몸도 성치 않은 상태에서 철기련이 독한 마음이라도 품는다면 속수무책으로 당할 거요."

하우영이 완강히 만류했고, 장숙과 단구도 비슷한 반응을 보였다. 하지만 여린의 고집을 꺾진 못했다.

"그럴 마음이었다면 홀로 찾아와 면담을 청하지 않고, 철기방의 정예들을 끌고 와 현청을 불바다로 만들었겠죠."

여린이 일행을 남겨두고 절룩절룩 걸어나갔다. 저쪽 풀숲에서 비를 맞으며 한가롭게 풀을 뜯던 용마가 오랜만에 보는 주인을 발견하곤 꼬랑지를 흔들며 다가왔다. 여린이 그런 용마의 등에 손을 얹고 힘겹게 걸음을 옮겼다.

후둑—
후두둑—

가늘게 떨어지는 봄비를 맞으며 여린과 철기련은 벌써 일 다경이 넘게 서로의 얼굴을 응시하고만 있었다. 여린은 철기련의 눈을 보고 있었다. 그 눈에서 분노는 읽혀지지 않았다. 텅 비어 있다고나 할까? 처음 보았을 때 느꼈던 폐인이나, 상처 입은 효웅 같은 느낌도 깨끗이 지워진 채 철기련은 일말의 감정도 드러내지 않고 서 있었다.

"자네를 처음 봤을 때……."

먼저 입을 연 쪽은 철기련이었다.

"왠지 낯익다는 생각을 했지. 왜 좀 더 깊이 생각 못했을까? 그랬다면 자네가 십 년 전 아버지의 손에 죽임을 당한 사하현 현감 여진중의 자식이란 사실을 알아차릴 수도 있었을 텐데."

여린은 아무런 대꾸도 하지 않았다. 다만 약해지려는 마음을 다잡기 위해 주먹을 지그시 그러쥘 뿐이었다.

철기련이 피식 웃으며 말을 이었다.

"내 아버지가 자네의 아버지를 죽였고, 자네가 다시 내 아버지를 죽였으니 피장파장이랄 수도 있겠네. 그렇지 않은가?"

"……."

"그래, 그리 생각하면 되는 거야. 자네 또한 죽은 부친의 가슴에 스스로 칼을 박는 험한 꼴까지 당했으니 복수를 꿈꾸는 건 인지상정이겠지. 하지만!"

갑자기 철기련이 눈을 치떴다. 바람 한 점 없는 호수처럼 잔잔하게 고여 있던 그의 전신에서 무서운 살기가 돌풍처럼 뻗쳐 나왔다.

푸르륵.

여린의 등 뒤에서 한가롭게 풀을 뜯다 지독한 살기에 놀란 용마가 갈기를 빳빳이 곤두세우며 투레질을 했다.

"영물이로군."

용마 쪽을 힐끗 쳐다보는 철기련의 얼굴에선 거짓말처럼 살기가 사라져 있었다. 그러나 여린은 그것이 완전히 없어지지 않고 철기련의 가슴속으로 갈무리되었음을 알았다.

철기련이 다시 여린에게 시선을 던졌다.

"하지만 려화는 죄가 없어. 그 불쌍한 아이는 강호에 몸담고 있는 아버지 덕분에 나이 열둘이 되기도 전에 제 눈앞에서 어머니가 살해당하는 광경을 묵도해야 했어. 그날 이후 마음의 문을 굳게 닫았던 그 아이는 자네를 만나고서야 처음으로 행복하게 웃는 모습을 보여주었지.

어떻게 책임질 텐가? 자네가 복수의 도구로 이용한 불쌍한 내 동생을 어떻게 책임질 거냐 말일세? 그 대답만 해준다면 난 더 이상 자네에게 아버지를 해친 책임을 묻지 않을 생각이네."

"······."

여린은 여전히 침묵했다.

"왜 대답이 없어?"

철기련이 한 걸음 다가서며 다시 물었다. 여린의 입이 비로소 열렸다.

"려화에게는… 진심으로 미안하게 생각하고 있소."

"그따위 말을 듣겠다는 게 아니잖아! 내 동생을 어떻게 책임질 거냐고 묻고 있는 것이다!"

"난 당신의 동생을 단 한순간도 사랑한 적이 없소."

"이이······!"

철기련으로부터 다시 흉포한 살기가 뿜어졌다. 푸르스름한 기세가 맺힌 그의 주먹이 당장이라도 여린의 얼굴을 박살 낼 것 같았다.

푸히힝!

그 지독한 살기에 용마가 먼저 반응했다. 용마가 먹이를 노리는 맹수처럼 아가리를 쫙 벌리고 철기련을 향해 덤벼들었다.

뻐억!

끼히힝—

섬전처럼 뻗쳐 나간 철기련의 주먹이 정확히 용마의 미간에 처박혔다. 허공으로 부웅 튕겨 오른 용마의 마신이 땅바닥으로 꽝렬히 처박혔다. 얼마나 세게 맞았는지 그 튼튼한 용마가 혀를 길게 빼물고 축 늘어져 버렸다.

"용마야!"

놀란 여린이 용마를 돌아보며 소리쳤다.

"려화가 실성을 해버렸다."

싸늘한 음성에 여린이 다시 철기련을 보았다.

여린을 죽일 듯 쏘아보며 철기련이 나직이 씹어뱉었다.

"다 죽일 것이야. 너는 물론 내 가여운 동생을 폐인으로 만드는 데 협력한 모든 놈들을 한 놈도 남김없이 때려죽이고 말 테다. 그리고 뒤에서 네놈을 사주한 더러운 위정자들까지 배를 가르고 심장을 내어 씹어버리고 말 테다. 지금 내가 한 말을 똑똑히 기억해라. 난 한 입으로 두말하는 남자가 아니다."

무시무시한 저주를 남기고 철기련이 돌아섰다.

봄비를 뚫고 멀어지는 철기련의 뒷모습을 지켜보며 여린은 그의 말이 결코 허언이 아님을 알았다.

여기서 머뭇거리면 그의 장담대로 많은 사람이 죽을 것이다. 그전에 철기방을 완전히 와해시켜야만 했다.

"죽을 때까지 당신만을 사랑할게요."

고개를 들자 회색 빛 하늘 위로 환하게 웃는 철려화의 얼굴이 떠올랐다.

'미안하다. 너에게만은 정말 미안하다.'

씁쓸히 중얼거리는 여린의 눈가로 언뜻 눈물이 비추었다.

오랜 세월 꿈꾸었던 복수는 너무나 갑작스럽게 이루어졌고, 가슴에 뚫린 거대한 굴혈만한 빈 공간을 채워줄 무언가를 여린은 아직 찾지 못하고 있었다. 그로 하여금 오로지 앞만 보고 달리게 만들었던 복수심이 사라지자 인생의 목표도 함께 사라진 듯했던 것이다. 게다가 일신에 지니고 있던 내공의 구 할 이상이 사라져 버린 것 역시 여린을 왠지 허탈하게 만들고 있었다.

"일어나라, 인석아. 그렇게 사람을 봐가면서 덤벼야지."

여린이 아직도 네 다리가 후들거리는 용마를 부축하여 일으켜 세웠다.

"무슨 봄비가 이리도 끈덕지게 내리는지 모르겠다. 어디 조용한 객잔이라도 찾아 탁주라도 한잔 마시자꾸나."

용마의 고삐를 잡고 여린이 천천히 걸어나갔다. 당나귀도, 주인도 다리에 힘이 풀린 듯 갈지자로 비틀거렸다.

*　　　*　　　*

"나도 한잔 줘요."

그날 오후 늦게까지 대서문로 한구석의 허름한 객잔에 처박혀 술을 마시고 있던 여린의 앞에 북소소가 불쑥 나타나 술잔을 내밀었다. 용마도 커다란 술독 하나를 끼고 여린의 옆에 앉아 술을 마시는 중이었다. 늙은 당나귀와 대작이라도 하듯 술을 퍼마시는 여린을 신기하게 구경하던 손님들은 시원시원하게 생긴 미녀까지 합류하자 더욱 흥미로운 눈으로 여린 쪽을 쳐다보았다.

"북 줍포께서 여긴 웬일이십니까?"

이미 꽤 많은 술을 마셨지만 멀쩡한 음성으로 여린이 물었다. 취하고 싶어도 취하지 않는 날이 있다. 술꾼에겐 참 지랄맞은 날로, 오늘의 여린이 그랬다. 떨떠름한 표정으로 은근히 축객령을 내리는 여린을 싹 무시하고, 북소소가 술병을 들어 제 잔을 가득 채웠다.

채앵.

"자, 듭시다. 역적 철태산을 주살한 여 줍포님의 무훈을 위하여!"

북소소가 여린의 잔에 술잔을 부딪치며 씨익 웃었다. 여린이 불만스럽게 쳐다보건 말건 북소소는 벌컥벌컥 술잔을 들이켰다.

"크흐~ 죽인다."

소리 나게 술잔을 내려놓고 북소소가 손등으로 입가를 훔쳤다.

"용마, 인마, 넌 무슨 놈의 당나귀가 사람이 먹는 건 다 좋아하냐? 나도 너처럼 괴팍한 당나귀나 한 마리 키웠으면 좋겠다."

안주로 나온 오이를 우적우적 씹으며 북소소가 깨끗이 비운 술 항아리의 바닥을 아쉬운 듯 싹싹 핥아대는 용마의 갈기를 거칠게 쓰다듬었다. 평소의 용마는 낯선 이의 손길을 결코 용납하지 않았다. 뭣 모르는 사람이 함부로 손을 댔다가는 그 무지막지한 뒷발에 채여 이가 부러지고 뼈에 금이 가기 십상이었다.

푸히힝.

그러나 용마는 웬일인지 북소소의 손길에는 순한 강아지처럼 꼬랑지를 살랑살랑 흔들기만 했다. 그런 용마를 여린은 신기하다는 눈으로 내려다보았다.

"왜 기가 죽어 있죠?"

"예?"

북소소의 갑작스런 질문에 여린이 퍼뜩 정신을 차렸다.

여린의 얼굴을 똑바로 쳐다보며 북소소가 따지는 듯한 목소리로 물었다.

"철태산의 수포 또는 주살은 여 줍포님의 숙원이 아니었던가요? 염원하던 일이 이루어졌는데 왜 하나도 기쁜 얼굴이 아니죠?"

여린은 대답없이 술잔만 기울였다.

처음부터 대답을 들을 생각도 없었다는 듯 북소소가 나름의 생각을 이야기했다.

"너무도 큰일을 해치운 후에 찾아온 허탈감, 아님 정당하지 못한 방법을 사용했다는 자괴감?"

"······."

여린은 여전히 대답이 없다. 아예 무시하기로 작정했는지 그저 묵묵히 술을 따르고, 채운 잔을 비우기를 반복했다. 한동안 그런 여린의 얼굴을 들여다보던 북소소가 여린의 손을 잡고 억지로 일으켜 세웠다.

"나가요, 우리!"

"어딜 가잔 말이오?"

"따라와 보면 알아요."

"난 쉬고 싶소."

"나와 함께 다니다 보면 당신이 이처럼 한가롭게 쉬고 있을 때가 아니란 걸 절감하게 될 거예요."

북소소는 막무가내였다.

여린은 진심으로 그녀를 상대하고 싶지 않았지만, 아직 성치 않은 몸으로 남자보다 우악스런 북소소의 힘을 당해낼 수가 없었다.

북소소가 그렇게 억지로 여린을 끌고 간 곳은 대서문로에서 대동문로로 이어지는 뒷골목이었다.

번화가로 유명한 대서문로의 끝자락이었지만 뒷골목의 분위기는 을 씨년스러웠다. 좁은 골목 양옆으로 문을 굳게 닫은 키 작은 모옥들이 성냥갑처럼 닥지닥지 붙어 있었다. 사실 이곳은 사천성 사람이라면 모르는 이가 없을 정도로 유명한 장소였다.

홍루, 그중에서도 술은 팔지 않고 오로지 여자만 파는 창루들이 밀집한 집창촌이었기 때문이다.

아직도 자신의 팔목을 잡고 있는 북소소의 손을 뿌리치며 여린이 물었다.

"여긴 집창촌이잖소? 여긴 왜 데려온 거요?"

북소소가 여린을 돌아보며 씨익 웃었다.

"여 줌포께서 한가로이 쉴 때가 아니란 걸 알려드리겠다고 했잖아요."

"까아악!"

이때 어디선가 젊은 여자의 찢어지는 비명이 들려왔다. 놀라 돌아보는 여린의 눈에 한 모옥의 대문을 박차고 뛰어나오는 젊은 창기와 몽둥이를 한 자루씩 꼬나쥐고 뒤쫓아 나오는 세 장정이 보였다.

"이리 와, 이년아!"

"까악! 살려주세요!"

몇 걸음 채 달아나지 못하고 한 사내에게 머리채가 붙잡힌 여자는 땅바닥으로 내동댕이쳐졌다.

"이렇게 도망질치는 게 벌써 몇 번째야, 엉?"

"말이 필요없어. 이런 년은 피똥을 쌀 때까지 두들겨야 돼."

"갚을게요! 아버지의 노름빚은 노비가 돼서라도 갚을 테니, 제발 보내줘요. 여긴 사람이 살 곳이 아니에요, 으흐흑!"

여자가 서럽게 울부짖었다. 보아하니 딱한 사정으로 강제로 집창촌까지 끌려온 여자 같았다. 하지만 그런 사정을 들어줄 사내들이 아니었다.

사내들 중 우두머리로 보이는 매부리코가 양손으로 잡은 몽둥이를 머리 위로 치켜들며 소리쳤다.

"웬 말이 그리 많아? 시끄럽게 짖는 개와 말 많은 계집년은 몽둥이가 약이지!"

퍼어억!

"까아악!"

몽둥이가 등짝으로 날아와 박히자 여자가 다시 한 번 처절한 비명을 내질렀다.

퍽퍽!

퍽퍽퍽!

그런 여자의 몸뚱어리 위로 사내들의 몽둥이가 인정사정없이 처박혔고, 여자는 금세 피투성이가 되었다. 죽는다고 비명을 질러대던 여자는 이미 혼절한 듯 몽둥이가 꽂힐 때마다 덜컥덜컥 전신을 들썩일 뿐이었다.

무표정을 유지하던 여린의 얼굴이 조금씩 일그러졌다.

매질을 멈추지 않는 사내들 쪽으로 다가서며 여린이 말했다.

"그만 하지."

"넌 뭐야, 새꺄?"

사내들이 매질을 멈추고 여린을 향해 눈을 치떴다.

"힘없는 여자에게 너무하는 거 아냐? 정말 죽일 생각이 아니라면 이쯤에서 멈춰라."

"호오, 이제 보니 강호의 협사님이셨구만."

매부리코가 느물느물 웃으며 다가왔다.

철썩철썩.

"매질을 멈추지 않으면 어쩔 건데? 어쩔 건데? 응? 응?"

사내가 여린의 뺨을 장난치듯 때리며 이죽거렸다. 순간 여린의 눈에서 섬광이 번뜩했다.

콰직!

"우웩!"

여린의 주먹이 사내의 콧잔등을 박살 내는 순간 매부리코가 벌러덩 넘어갔다. 땅바닥에 처박힌 동료를 멍하니 내려다보고 있던 나머지 두 사내가 몽둥이를 휘두르며 덤벼들었다.

"다리 몽둥이를 부러뜨려 주마!"

"여기가 어딘 줄 알고 함부로 주먹을 휘두르냐, 이 견자 놈아!"

사내들의 몽둥이질을 간단히 피해낸 여린이 왼쪽 사내의 정강이를 걷어차 으스러뜨리고, 오른쪽 사내의 팔을 완전히 비틀어 부러뜨렸다.

"으악!"

"크아악! 내 팔! 내 팔이!"

땅바닥을 뒹구는 사내들을 내려다보며 여린이 헉헉 숨을 몰아쉬었다. 시정잡배 서넛을 처리하는 데도 체력이 달렸다. 새삼 내공이 바닥나 버렸음을 자각하며 여린이 씁쓸하게 웃었다.

"어디서 굴러먹던 놈이냐?"

묵직한 목소리에 여린이 스윽 고개를 돌렸다.

뱁새눈에 가는 입술이 잔인해 보이는 청년 하나가 허리에 일검을 차고 자신을 노려보며 서 있는 게 보였다. 눈가에 푸른 정광이 어린 것이 무공을 익힌 강호인이 분명했다. 불법적인 사업을 하는 도박장이나 색주가는 무사 몇 명씩을 고용해 사업을 보호하는 게 상례인데, 아마도 청년은 그렇게 고용된 무사처럼 보였다.

더 이상 힘을 쓰기도 귀찮아진 여린이 즙포사신의 영패를 꺼내 보였다.

"사하현의 즙포사신이다. 무뢰배들이 무고한 여인을 폭행하기에 버릇을 고쳐준 것뿐이다."

"흥! 지체 높은 관원께서 후미진 뒷골목까진 어인 행차시지? 이런 곳에선 법보다 주먹이 앞선다는 사실도 모르냐?"

스르릉.

뱁새눈 청년이 기다란 장검을 뽑아 겨누며 비릿하게 웃었다. 청년에게 즙포사신은 결코 무서운 존재가 아닌 것 같았다.

여린이 손을 내저으며 설득조로 말했다.

"더 이상 소란을 피우고 싶지 않다. 여자만 데리고 조용히 물러갈 테니, 칼을 거두어라."

"올 때는 네 마음대로였지만, 갈 때는 허락이 필요하다!"

슈욱―

청년이 다짜고짜 검봉을 찔러왔다. 제법 빠른 칼놀림이었지만 여린은 반사적으로 허리를 젖혀 아슬아슬하게 검봉을 피했다.

슈슈슈슉―

빗나간 검신이 가늘게 떨리는가 싶더니, 순식간에 서너 개로 갈라진 검광이 여린의 얼굴을 노리고 날아들었다. 여린이 허리를 좌우로 흔들어 검광을 가까스로 피하며 뒷걸음질 쳤다.

파앗!

"윽!"

마지막 검광이 여린의 뺨을 스치며 가는 혈선을 만들었다. 아마도 청년은 꽤 오랜 시간 동안 제대로 된 스승 밑에서 검을 배운 것 같다. 여린의 사방을 점하고 찌르며 휘둘러 오는 청년의 검에는 제법 힘과 기교가 실려 있었다. 물론 평소의 여린이라면 내공이 실리지 않은 이따위 삼류 검법에 전전긍긍할 리 없었다.

하지만 지금의 여린은 삼류무사 하나를 감당하기가 벅찼다. 다급해진 여린이 황급히 허리춤을 더듬거렸다. 당연히 있어야 할 목검은 걸려 있지 않았다. 그제야 비로소 철태산과의 혈전에서 목검이 부러지고 말았다는 자각이 들었다.

터억!

"으윽!"

뒷걸음질 치던 여린의 발이 돌부리에 걸리면서 여린이 균형을 잃고 휘청했다.

"으하하! 끝장을 내주마!"

무방비 상태의 여린의 얼굴을 노리고 청년이 광오하게 웃으며 검을 쭉 내질렀다. 아니, 정확히 말하면 찌르려고 했다.

부아악!

바람을 가르는 파공음에 청년이 흠칫 놀라 옆쪽을 돌아보는 순간, 커다랗게 닥쳐 들고 있는 여인의 발등이 보였다.

꽝!

비명조차 없었다. 북소소의 발에 안면을 강타당한 청년은 이와 핏물을 분분히 뿌리며 넘어갔다.

쿠웅!

청년이 여린과 북소소 사이에 처박혔다.

'상당한 고수로 알고 있었는데, 이상하군.'

지친 표정이 역력한 여린의 얼굴을 들여다보며 북소소가 고개를 갸웃했다. 보고에 의하면 철태산을 직접 주살한 건 여린이라고 했다. 뒷골목의 낭인 무사 하나 처리하지 못하는 여린이 어떻게 십상성 중에서도 최고라 인정받던 철태산을 죽일 수 있었단 말인가?

북소소가 홀로 상념에 잠겨 있을 때, 여린은 피투성이가 된 여자를 부축하여 일으키고 있었다. 잠깐 혼절까지 했던 여자는 다행히 크게 상한 것 같지는 않았다.

"더 험한 꼴을 보기 전에 떠나시오. 그리고 다시는 돌아오지 마시오."

"고맙습니다, 고맙습니다. 이 은혜는 죽어서도 잊지 않겠습니다."

여린을 향해 여자는 열 번도 넘게 허리를 숙였다. 여린이 약간은 귀찮다는 듯한 표정으로 휘휘 손을 내저었다.

"인사치레는 되었으니 어서 가시오."

황망히 돌아서던 여자가 다시 멈칫했다.

"저어……."

한동안 망설이던 여자가 빠르게 말을 이었다.

"염치없는 부탁이지만 제가 잡혀 있던 모옥에 한번 가보시겠습니까? 아직 열여섯도 안 된 어린 여아들이 강제로 끌려와 매춘을 강요받고 있습니다."

그 말을 끝으로 여자는 황급히 골목을 빠져나갔다.

"으음……."

침음을 흘리는 여린의 옆으로 북소소가 다가왔다.

"어떻게 할 거죠?"

"뭘 말이오?"

북소소가 손가락으로 방금 전 여자가 뛰쳐나왔던 모옥을 가리켰다.

활짝 열린 모옥의 대문을 바라보며 여린이 고개를 가로저었다.

"귀찮은 일에 휘말리고 싶지 않소."

"귀찮은 일이 아니죠. 나라의 녹을 먹는 즙포로서 반드시 해야만 할 일이죠."

북소소가 다시 여린을 억지로 끌며 모옥을 향해 씩씩하게 걸음을 옮겼다.

우지끈.

큼직한 자물통이 채워진 문짝이 북소소의 발길질 한 방에 썩은 고목처럼 넘어갔다. 문 안쪽으로 들어서던 북소소와 뒤따르던 여린은 저도 모르게 미간을 찌푸렸다. 어둑한 밀실 안에서는 퀴퀴한 시궁창 냄새가 풍겨오고 있었다. 돼지우리에서 풍기는 듯한 그 악취에 여린은 하마터면 구토를 할 뻔했다.

그러나 악취의 주인공은 가축이 아니라 사람이었다. 하나같이 열대여섯 살쯤 된 어린 소녀들이 발목에 쇠고랑이 채워진 채 방 안 여기저기에 널브러져 있었다. 화장실 출입도 자유롭지 않았던 듯 소녀들 주변엔 똥, 오줌이 질펀했다.

간신히 고개를 쳐든 소녀 하나가 북소소와 여린을 향해 손을 내뻗으며 가녀린 목소리로 말했다.

"사, 살려주세요. 저희는 붙잡혀 왔어요. 아무 죄도 없이 붙잡혀 왔어요."

"이런 구족을 멸해도 시원찮을 개에새끼들……!"

북소소가 어금니를 으드득 갈아붙였다.

"가자, 얘들아. 이제 자유의 몸이다."

캉캉!

북소소가 검병으로 소녀들의 발목에 채워진 쇠고랑을 깨부쉈다.

여린과 북소소가 열 명의 소녀를 이끌고 골목을 빠져나오는데, 방금 전 뱁새눈 청년과 비슷한 느낌을 풍기는 스무 명의 청년이 시퍼런 검을 뽑아 들고 앞을 가로막았다.

"꼼짝 마라!"

"계집들을 놓고 순순히 물러가지 않으면 경을 칠 줄 알아!"

북소소가 여린을 돌아보며 피식 웃었다.

"이 자식들에게 우리가 즙포라고 밝혀도 눈 하나 깜빡 않겠죠?"

여린은 대답 대신 두 주먹을 움켜쥐고 앞으로 한 걸음 나섰다. 어차피 주먹을 쓰지 않고는 해결될 상황이 아니었다. 북소소가 그런 여린을 밀치며 앞으로 나섰다.

"아까 보니 여 즙포님의 상태가 별로인 것 같더군요. 내가 해결하죠."

스르릉.

북소소가 등 뒤에 차고 있던 기다란 고려검을 뽑았다. 은은한 묵빛이 흐르는 고려검은 청년들의 검처럼 위협적으로 빛나지는 않았다. 그러나 여린은 한눈에 북소소의 검이 상당한 보검임을 알아보았다. 고수를 겉모습만으로 알아보기 힘들 듯, 명검은 살기를 안으로 갈무리한다는 걸 잘 알고 있었기 때문이다.

북소소가 검봉으로 청년들을 겨누며 차갑게 말했다.

"웬만하면 칼까지 뽑을 생각은 없었지만, 저 어린것들의 상태를 보니 도저히 그냥 넘어갈 수가 없구나. 모조리 병신을 만들어놔야 다신 못된 짓거리를 못하지."

"미친년!"

"뒈지려고 환장을 했구나!"

격분한 청년들이 일제히 검을 찌르며 덤벼들었다. 북소소가 땅을 박차고 일 장 높이까지 튀어올랐다. 허공중에서 영활하게 공중제비를 돈 북소소가 신형을 바로 하는 순간 양발을 쭉 내찔러 선두에서 달려드는 두 청년의 얼굴을 걷어차 버렸다.

연이어 청년들 한복판으로 뛰어든 북소소가 기다란 장검을 크게 휘두르자 청년 두셋이 또다시 비명을 내지르며 고꾸라졌다. 북소소의 묵빛 검광이 스쳐 지날 때마다 한꺼번에 서너 명씩의 청년들이 팔, 다리가 베어지며 나뒹굴었다.

멀찍이 떨어져서 썩은 짚단을 베듯 청년들을 베어 넘기는 북소소를 지켜보며 여린은 북소소의 무위가 자신의 예측을 훨씬 뛰어넘는다는 걸 알았다. 삼류를 넘지 못하는 청년들을 베어 넘기는 건 어려운 일이 아니지만, 하나같이 치명상은 피하면서 팔과 다리를 쓰지 못하게 만드는 건 아무나 할 수 있는 일이 아니었다.

깡총한 단발머리를 펄럭이며 시원스럽게 뻗은 콧날에 땀방울이 송골송골 맺힌 채 유려하고도 단호하게 장검을 휘두르는 북소소의 모습은 살벌한 격투를 벌이는 것이 아니라 마치 춤을 추는 듯 아름다웠다.

여린은 북소소에게서 철려화와는 또 다른 매력을 발견하고 있었다. 철려화가 그저 동생 같고 편안한 느낌이라면, 북소소는 왠지 가슴을 쿵쿵거리게 하는 색다른 느낌이라고나 할까?

오랜 세월 동안 복수의 일념으로 살아온 여린은 여자를 상대할 시간도 없었고, 여자에게 마음을 빼앗길 여유 따윈 더 더욱 없었다. 하지만 복수가 끝나고, 가슴을 채우고 있던 목표가 사라져 버린 지금의 그는 스무 살 초반의 건강한 남자가 가져야 할 당연한 감정을 자연스럽게 느끼고 있었던 것이다.

"크허헉!"

스스로도 놀랄 감정에 빠져 있던 여린은 마지막 청년이 북소소의 칼날에 발목이 베이며 내지르는 비명 소리에 퍼뜩 정신을 차렸다. 하나같이 팔과 다리가 베인 채 나뒹굴고 있는 청년들 한복판에서 북소소는 붕붕 검을 휘둘러 핏물을 털어내고 있었다.

북소소가 마지막 청년의 얼굴을 검봉으로 겨누며 으르렁거렸다.

"누구냐?"

"뭐, 뭐가 말입니까?"

"소녀들을 납치해 온 흉수가 누구냔 말이다."

"나, 난 그런 거 모릅니다. 그저 돈을 받고 고용된 낭인 무사들일 뿐……."

푸욱.

"으아악!"

북소소의 검이 가차없이 청년의 어깻죽지를 꿰뚫었고, 청년이 꼬치에 꿰인 생선처럼 파닥거렸다.

피 묻은 검봉을 이번엔 청년의 미간에 겨누며 북소소가 일체의 감정도 실리지 않은 음성으로 물었다.

"두 번 이상은 묻지 않는다. 이번에도 바른 소리가 나오지 않으면 이마에 바람구멍이 날 줄 알아라. 누구냐?"

"그건… 그건……."

"의리를 지키다 죽겠다니, 기특하구나!"

북소소가 검을 찌르려는 순간, 청년이 황급히 소리쳤다.

"왕 대인! 왕 대인의 짓입니다!"

"왕 대인이 누구야?"

"이곳 집창촌의 주인입니다."

"왕 대인이란 작자가 집창촌뿐 아니라 인신매매 조직도 운영한단 말이지?"

"예… 예."

"그 새끼 지금 어딨어?"

"그것만은 정말 모릅니다."

"다시 죽고 싶어졌나 보지?"

북소소가 검병을 고쳐 잡자 청년의 입에서 바른말이 나왔다.

"흑수변의 장가구에 계십니다. 그곳에 왕 대인의 비밀 가옥이 있습죠."

"그곳에 납치한 소녀들을 감금해 두는군."

"예……."

"재밌더냐?"

북소소가 갑자기 히쭉 웃으며 묻자, 청년은 어리둥절한 표정이 되었다.

"예?"

"나이 어린애들을 짓밟으니까 재미가 좋더란 말이지?"

"그게 아니고……."

"에라이, 똥물에 튀겨 버릴 새끼야!"

빠각!

북소소의 발에 턱이 걸어차인 청년이 게거품을 물며 나자빠졌다.

갑자기 홱 돌아서서 걸어온 북소소가 다시 여린의 팔을 잡았다.

"가죠."

"또 어딜요?"

"왕 대인인가 하는 놈을 잡아 인신매매단을 뿌리 뽑아야죠."

"난 지금 피곤하오. 그런 일이라면 내일 해도……."

"내일이면 이미 장가구에 있다는 놈들의 비밀 가옥은 깨끗이 비워져 있을걸요. 쇠뿔도 당긴 김에 뽑으라는 격언도 있잖아요. 그러니까 오늘 밤이 가기 전에 깨끗이 마무리해 버립시다."

"이거야, 원……."

북소소에게 이끌려 여린은 억지로 골목을 빠져나왔다.

땅거미가 내려앉을 무렵, 여린과 북소소는 흑수에 도착했다. 왕 대인의 비밀 가옥은 의외로 쉽게 찾을 수 있었다. 북소소가 빈민촌 뒷골목에 쓰러져 있던 아편쟁이 한 놈을 끌어내 발길질을 몇 번 하자 정확한 위치를 술술 털어놓았던 것이다.

시궁창 냄새를 풀풀 풍기는 호수에서 약간 떨어진 잡목 숲 속에 아담한 장원이 한 채 있었다. 규모에 비해 유난히 담장이 높고, 불이 완전히 꺼진 장원은 대충 보아도 수상했다.

쾅쾅!

몰래 잠입해도 시원찮을 판국에 북소소가 굳게 닫힌 대문을 주먹으로 마구 두드렸다.

"누구요?"

잠시 후 대문이 빼꼼히 열리며 우락부락하게 생긴 장한이 얼굴을 내밀었다.

북소소가 가슴을 쭉 펴며 말했다.

"왕 대인 계시냐?"

왕 대인이란 말에 장한이 움찔했다. 그가 의심스런 눈으로 북소소와 여린의 행색을 살폈다.

"무슨 용무로 오신 분들이오?"

"사람 장사하는 집에 왜 왔겠냐? 사람을 사러 왔지?"

"아하, 색주가에서 오신 분들이었구만."

"그래."

천연덕스럽게 고개를 끄덕이는 북소소를 여린이 황당한 듯 돌아보았다.

장한이 두 사람을 반갑게 장원 안쪽으로 안내했다.

"저만 따라오십시오."

"집 안이 왜 이리 어두워? 다른 색주가에선 아직 안 왔나 보지?"

"웬걸요. 매매가 한창 진행 중입죠. 바깥에 불빛이 새어 나갈까 봐 방문마다 두툼한 이불을 걸어놓아서 그렇습니다."

장한이 큼직한 전각의 방문을 열어주었다.

희미한 불빛이 일렁이는 널찍한 방 안에 삼삼오오 모여 앉아 있던 십수 명의 중년인들이 막 방 안으로 들어서는 여린과 북소소를 일제히 돌아보았다.

"안녕들 하십니까? 좋은 물건을 많이들 건지셨나요?"

북소소가 오른손을 번쩍 쳐들며 인사를 건넸지만 중년인들은 관심 없다는 듯 다시 방 안쪽의 낮은 단을 돌아보았다.

단 위에는 다섯 명의 소녀가 일렬로 죽 늘어서 있었다. 겁에 질려 비 맞은 새처럼 오들오들 떨고 있는 소녀들의 옆에는 여린과 북소소를 안 내한 장한보다 목 하나쯤 더 큰 거대한 거인이 기다란 채찍을 꼬나쥔 채 버티고 서 있었다.

쫘악!

"꺅!"

거인이 다짜고짜 채찍으로 맨 왼편에 서 있는 소녀의 등짝을 후려치 자 소녀가 무릎을 꿇으며 고통에 찬 비명을 질렀다. 그런 소녀의 턱을 잡아 얼굴을 들어올리며 거인이 방 안에 앉아 있는 중년인들을 향해 음흉하게 웃었다.

"보시다시피 귀염성있고, 건강한 계집이오."

거인이 소녀의 입을 벌려 이를 드러내 보였다.

"이가 튼튼하고 먹성도 좋아 죽지 않고 오랫동안 손님을 받을 수 있 을 거요. 자, 이 계집을 얼마에 사시겠소?"

완전히 마시장(馬市場)이 따로 없었다. 소녀들을 팔고 있는 무뢰배들 이나 소녀들을 사 가겠다고 앉아 있는 색주가의 주인들이나 소녀들을 인간 취급하지 않기는 마찬가지였다.

맨 앞줄에 앉아 있던 중년인이 팔을 천천히 들어올렸다.

"은 한 냥."

사람의 목숨 값이 고작 은 한 냥? 북소소에 의해 억지로 끌려온 여린 이었지만 뜨거운 분노가 치미는 것만은 어쩔 수 없었다. 주먹을 불끈 쥐고 나서려는 여린을 북소소가 막았다. 그리고 오른팔을 번쩍 쳐들었 다.

"은 두 냥!"

꽤 높은 가격을 부른 것인지 중년인들이 나직이 숙덕거리며 북소소 쪽을 힐끔거렸다. 거인사내가 채찍으로 북소소를 가리키며 씨익 웃었다.

"은 두 냥 나왔소! 은 두 냥! 더 부를 사람 없습니까?"

"……."

아무 대답도 없자 거인이 채찍을 번쩍 쳐들며 선언했다.

"이 계집은 저쪽 소저에게 낙찰되었소! 자, 그럼 두 번째 계집이오!"

그러면서 거인이 두 번째 소녀의 등짝 역시 후려쳐 무릎을 꿇렸다.

첫 번째 소녀에게 했던 것처럼 두 번째 소녀의 입을 벌려 이를 드러내 보이며 거인이 소리쳤다.

"이 계집은 방금 전 계집보다 훨씬 더 예쁘고 튼실하오. 자, 얼마에 사시겠소?"

"은 한 냥 열 문!"

북소소에게 기회를 빼앗긴 앞줄의 중년인이 재빨리 팔을 쳐들며 소리쳤다.

기다렸다는 듯 북소소도 팔을 들었다.

"은 세 냥!"

"세 냥이라고?"

"계집 하나에 은 세 냥씩이나?"

"저 여자 대체 시세를 아는 거야, 모르는 거야?"

중년인들이 불만스럽게 툴툴거렸다. 신이 난 쪽은 거인사내뿐이었다.

"오늘은 물건을 제대로 볼 줄 아는 손님께서 오셨구려. 은 세 냥이오. 더 내실 의향이 있으신 손님은 없으시오?"

북소소에게 연거푸 기회를 빼앗긴 앞줄의 사내가 자존심이 상했는지 주먹을 번쩍 쳐들며 씩씩하게 소리쳤다.

"그럼 난 은 네 냥을 내겠소!"

나머지 사내들이 그런 중년인을 돌아보며 소란스럽게 떠벌렸다.

"은 네 냥이라고?"

"채 대인께서 성이 나셨구만."

"하긴 우리들 중에 자금줄이 제일 튼튼한 채 대인이라면, 은 네 냥쯤은 대수롭지 않을 수도 있지."

한동안 중년인들을 지그시 쳐다보고 있던 북소소의 팔이 다시 올라갔다.

"다섯 냥!"

"은 다섯 냥? 저 여자 혹시 미친 거 아니야?"

맨 앞줄의 중년인이 도끼눈을 뜨고 북소소를 돌아보았다. 북소소가 그런 중년인을 비웃듯 히쭉 웃었다.

"내 돈 내 마음대로 쓰겠다는데 댁이 무슨 상관이야? 능력없으면 이쯤에서 손 털면 될 거 아냐?"

"건방진……!"

중년 사내가 분을 이기지 못하고 염소수염을 푸들푸들 떨었다. 중년 사내가 마침내 거인을 향해 열 손가락을 활짝 펼쳐 보였다.

"은 열 냥! 나는 은 열 냥을 내겠다!"

"핫하! 채 대인께서 오늘 무리를 하시는구만. 좋소. 이 계집은 채 대인에게 낙찰된 것으로 하리다."

은 열 냥이면 북소소도 포기할 수밖에 없을 것이라 확신한 거인이 중년 사내를 가리키며 기분 좋게 웃었다.

"은 열닷 냥!"

하지만 이어진 북소소의 외침에 거인마저 눈을 둥그렇게 뜨고 말았다.

거인이 마른침을 꿀꺽 삼키며 북소소를 향해 물었다.

"부, 분명 열닷 냥이라고 했소?"

"이 사람이 갑자기 귀를 먹었나? 열닷 냥 맞아."

숨막히는 침묵 속에 좌중의 시선이 일제히 북소소에게 집중되었다.

앞줄의 중년 사내가 이빨문 소리로 씹어뱉었다.

"은 스무 냥."

좌중의 시선은 여전히 북소소에게 쏠려 있었다. 북소소의 입에서 과연 어떤 대답이 나올지 주목하고 있는 것이다.

한동안 뜸을 들이고 있던 북소소가 어깨를 으쓱했다.

"스무 냥은 좀 과하군. 이번만은 양보하지."

"저년은 사기꾼이다! 저년의 품속에 은 한 냥도 없다는 데 내가 가진 돈의 전부를 걸겠다!"

앞줄의 중년 사내가 자리를 박차고 일어서서 북소소를 가리키며 소리쳤다. 여린이 힐끗 뒤를 돌아보자 어느새 손과 손에 시퍼렇게 날선 대감도를 꼬나쥔 장한들 십여 명이 배후를 에워싸고 있었다.

거인이 북소소를 향해 걸어오며 위협적으로 말했다.

"미안하지만 돈을 보여줘야겠어. 돈을 갖고 있지 않다면 너도 저 단 위에 서서 팔려 가는 신세가 될 거야."

"돈이야 얼마든지 있지."

북소소가 자신있게 거인의 눈앞으로 전낭 하나를 내밀었다.

그가 전낭을 뒤집자 손바닥 위로 동전 대여섯 문이 떨어졌다. 거인이 북소소를 잡아먹을 듯 노려보며 으르렁거렸다.

"이게 뭐야?"

"뭐긴 뭐야? 돈이지."

"이년이 미쳤나?"

격분한 거인이 북소소의 얼굴을 노리고 솥뚜껑만한 주먹을 휘둘렀다. 간단하게 주먹을 잡아낸 북소소는 나머지 한쪽 손으로 거인의 팔목을 잡아 팔뒤꿈치를 바깥쪽으로 완전히 꺾어버렸다.

우득!

"크아악!"

거인의 비명을 신호로 등 뒤에 대기하고 있던 장한들이 일제히 칼을 휘두르며 덤벼들었다. 여린이 바람처럼 신형을 돌려세우며 발차기로 정면 사내의 턱을 돌려차 버렸다. 연이어 주먹을 휘둘러 두 사내를 한꺼번에 쓰러뜨렸지만, 나머지 사내들이 좌우에서 여린의 허리를 노리고 강하게 칼을 후려쳐 왔다.

카캉!

"윽!"

양쪽 팔뚝을 세워 칼날을 막아냈지만 공력이 제대로 주입되지 않은 팔뚝이 부러질 듯 아팠다.

"이놈!"

"뼈와 살을 분리해 주마!"

여린이 약세를 보이며 뒷걸음질을 치자 서너 명의 사내들이 그런 여린을 쫓아 칼을 휘두르며 덮쳐들었다.

"죽는 건 너희들이야!"

북소소가 바람처럼 여린의 앞을 가로막으며 쌍장을 내질렀다. 북소소의 손바닥에서 희미한 기류가 뻗쳐 나가 사내들의 가슴을 강타하자 한 움큼씩 핏물을 토해내며 붕붕 튕겨 나갔다. 사내들 한복판으로 뛰쳐 든 북소소가 양팔을 두어 번 휘젓자 사내들은 힘 한 번 써보지 못하고 날아갔다.

우지끈!

방문을 박살 내며 튕겨 날아가는 사내들을 바라보며 여린은 씁쓸하게 웃었다.

혈령신공으로 축적된 공력이 사라져 저런 뒷골목의 무뢰배들조차 시원하게 해결하지 못하는 자신의 처지가 새삼 한심스러웠던 것이다.

사내들을 해결한 북소소가 매를 만난 꿩처럼 넙죽 엎드린 중년 사내들을 향해 다가갔다. 맨 앞줄에 있는 중년 사내의 멱살을 움켜잡아 일으키며 북소소가 씨익 웃었다.

"넌 얼마냐?"

"예… 예?"

"영감의 냄새 나는 몸뚱이는 얼마냐고?"

"그, 그건……."

"자, 이거면 되지?"

북소소가 사내의 입을 강제로 벌리고 동전 한 문을 쑤셔 넣었다. 그리곤 오른 주먹을 어깨 너머로 한껏 젖혔다.

"돈 주고 샀으니까, 영감을 죽이든 살리든 이제 내 마음대로야!"

뻐어억!

"케헤헥!"

공력이 주입된 북소소의 주먹이 콧잔등을 함몰시키며 처박히자 사내가 죽는소리를 내질렀다. 그 다음부턴 말이 필요없었다. 북소소는 닥치는 대로 중년 사내들을 붙잡아 바닥에 패대기치고 발로 잘근잘근 짓밟기 시작했다.

퍽퍽!

퍽퍽퍽!

"어이쿠!"

"아악!"

"크아악! 사, 살려주십시오!"

콧잔등이 깨져 피가 줄줄 흐르는 처음의 중년 사내를 다시 일으켜 세우고 북소소가 물었다.

"왕 대인은 어디 있냐?"

"모르오… 나, 난 정말이지…….."

와드득!

"끄아아악!"

북소소가 팔목을 비틀어 버리자 찢어질 듯 벌어진 사내의 입에서 처절한 비명이 터져 나왔다.

고통을 억누르며 사내가 간신히 내뱉었다.

"화, 화인산 화전민촌에 가 있는 걸로 압니다. 으흐흐흑─!"

"화전민촌엔 왜? 밭 갈러 갔냐?"

"흑흑! 그, 그게 아니옵고, 화인산 화전민촌 땅 밑에서 거대한 구리 광산이 발견됐답니다. 그래서…….."

"그래서 애꿎은 화전민들을 몰아내고 광산을 통째로 집어삼키러 가셨구만."

"대충 그런 셈입죠."

"못된 놈들이 항상 못된 궁리만 하는구나!"

뻐어억!

"꾸웩!"

북소소가 냅다 턱을 걸어차 버리자 사내가 이와 핏물을 왈칵 쏟아내며 벌러덩 넘어갔다.

"헉헉······."

여린은 가쁜 숨을 몰아쉬며 북소소를 지켜보고 있었다. 이제 서 있기조차 힘이 들었다. 스승인 당상학의 말처럼 혈령신공의 부작용으로 이제 그는 내공을 잃었을 뿐 아니라, 젊은 남자로서 정상적인 생활조차 불가능하게 된 듯했다.

여린의 앞으로 걸어오며 북소소가 히쭉 웃었다.

"가죠."

"또 어딜 간단 말이오?"

"화인산 화전민촌."

"꼭 가야겠소?"

"여 줍포님도 봤잖아요? 악당들은 늘 거미줄처럼 얼기설기 엮여 있어요. 풀 포기인가 싶어 뽑아보면 그 밑에서 감자 덩굴처럼 온갖 악행들이 줄줄이 딸려 올라오죠. 왕 대인이란 작자를 지금 잡지 못하면 또 얼마나 많은 사람들이 피눈물을 뿌릴지 몰라요."

"······."

할 말이 없어진 여린이 난감한 표정을 지었다. 지금 당장 진창 속에라도 등을 눕히고 잠들고 싶었지만, 두 눈에서 투지가 활활 타오르는 북소소가 자신을 놓아줄 것 같지 않았다.

꽈악.

"화인산으로 가요. 오늘 밤 안으로 왕 대인이란 악당 놈을 요절내 버립시다."

북소소가 여린을 팔을 힘주어 잡고 방 밖으로 걸어나갔다.

*　　　*　　　*

흑수에서 빠른 걸음으로 한 시진 정도 걸으면 아담한 야산이 나오는데, 이 산이 바로 화인산이다. 흑수변 빈민촌에서조차 밀려난 유민들이 산중턱에 화전을 일구며, 오십여 호에 이르는 마을을 이루어 살고 있었다. 해가 지면 인적조차 뜸한 고즈넉한 산촌이 오늘 밤만은 전쟁이라도 벌어진 듯 떠들썩했다.

백여 명의 마을 사람들이 손과 손에 쇠스랑과 도끼, 몽둥이 등을 꼬나쥐고 마을 입구를 지키고 있었고, 오십여 장정들은 손과 손에 칼을 움켜쥐고 마을 사람들과 대치 중이었다.

하나같이 범처럼 생긴 장정들에 비해 피죽 한 그릇도 못 먹은 듯 빼빼 마르고, 젊은 사내들보단 늙은이들과 아낙들, 어린아이들이 전부인 마을 사람들은 너무도 연약해 보였다.

그래서인지 장정들의 맨 앞쪽에 서서 마을 사람들의 면면을 훑어보는 왕 대인의 얼굴에는 여유가 넘쳐흘렀다.

왕 대인은 창루는 물론 직접 인신매매 조직까지 운영하고 있었지만, 또 다른 그의 부업 중 하나가 바로 광맥을 찾는 일이었다. 그가 개인적으로 부리는 광맥 전문가에게서 화인산 화전민촌에서 광맥을 발견했다는 낭보를 접한 것은 보름쯤 전이었다.

소식을 듣자마자 왕 대인은 관청을 찾아가 화전민촌의 땅이 누구의 소유로 되어 있는지 알아보았다. 천만다행으로 땅의 소유권은 화전민들에게 있지 않았다. 국유지였던 것이다.

당장 시세의 두 배를 쳐서 땅을 매입한 왕 대인은 휘하의 무뢰배들을 총동원하여 화전민들을 몰아내는 작업에 착수했다. 그런데 하루면 끝날 줄 알았던 작업이 생각처럼 쉽지 않았다. 화전민들이 죽고 살기로 저항하고 나선 것이다.

오랜 유랑 생활에 지친 화전민들에게 그 손바닥만한 땅뙈기는 목숨처럼 소중한 것이었고, 당연히 저항은 필사적일 수밖에 없었다.

그런 이유로 오늘 왕 대인이 직접 나선 것이다.

합법적으로 땅을 사들였다고는 하나 시간을 끌면 일이 복잡해질 수도 있었다. 온갖 범죄의 온상이 되고 있는 흑수변에는 왕 대인이 알고 있는 무뢰배들의 조직만 해도 대여섯 개가 넘었다. 그들의 귀에 광맥에 대한 풍문이 흘러들어 간다면 썩은 생선에 똥파리 떼가 꼬이듯 무뢰배들이 새까맣게 몰려들 것임이 분명했다.

그럼에도 불구하고 왕 대인이 여유를 갖는 건 믿는 구석이 있기 때문이었다.

지금으로부터 한 달 전쯤 왕 대인의 창루에 웬 괴상한 노인이 방문했다. 노인은 돈을 얼마든지 낼 테니 한 시진마다 새로운 계집을 들여보내 달라 주문했고, 왕 대인은 시키는 대로 했다. 그러면서 늙은이가 저렇게 색을 밝히다가 송장 치르는 것은 아닌가 걱정했다.

하지만 한 시진마다 반송장이 되어 엉금엉금 기어 나오는 건 계집들 쪽이었다. 천하의 색마를 만난 듯 계집들은 모두 녹초가 돼버렸다. 그리곤 사흘 동안 자리보전을 하고 누워버렸다. 왕 대인으로선 엄청 손해보는 장사였으나 장사를 하는 사람의 도리상 찾아온 손님을 내칠 수도 없는 노릇인지라, 왕 대인은 어금니를 지그시 사려 물며 참았다.

그런데 정확히 사흘 동안 서른에 이르는 창루의 계집들을 줄줄이 드러눕게 만든 노인이 화대를 지불할 돈이 없다며 오리발을 내밀었다. 격분한 왕 대인은 무뢰배들을 시켜 괘씸한 늙은이를 요절내려고 했다. 그러나 이번에도 무뢰배들 쪽이 요절났다.

삼 장 높이의 허공을 휙휙 날아다니며 간단한 발길질로 장정들 서넛을 한꺼번에 날려 버리는 노인은 왕 대인으로서는 난생처음 구경해 보는 강호의 초절정 고수였던 것이다.

그날 이후 왕 대인은 노인을 극진히 대접했다. 그리고 마침내 노인으로부터 뒤를 봐주겠다는 확답을 받아냈다. 그런 이유로 흑수변의 무뢰배들이 몽땅 덤벼든다 해도 별로 무서울 것이 없는 왕 대인이었다.

"저깟 비루먹은 화전민들쯤이야."

당연히 화전민들을 바라보는 왕 대인의 눈에 힘이 들어갈 수밖에 없었다.

그래도 왕 대인은 화전민들에게 마지막 은전을 베풀기로 했다. 사실 사람들이 몰라서 그렇지, 자신은 그렇게 각박한 위인이 아니었다.

왕 대인이 화전민들 쪽으로 한 걸음 나서며 큰 소리로 말했다.

"너희들이 살고 있는 이 땅은 내가 관으로부터 이미 사들였다. 그냥 내쫓아도 아무런 문제될 것이 없다는 뜻이다. 그래도 너희들의 사정이 하도 딱한 듯하여 내가 큰마음먹고 한 가지 제안을 하려고 한다!"

목소리를 험험 가다듬은 왕 대인이 열 손가락을 활짝 펼치며 짐짓 선량하게 웃었다.

"지금부터 군말없이 보따리를 싸는 놈들에겐 무조건 두당 동전 열 문씩을 지급하겠다. 동전이 열 문이면 열흘은 배불리 먹을 수 있는 돈이다. 어떠냐? 이만하면 아주 후한 보상금……."

퍼억!

왕 대인은 말을 끝맺을 수 없었다. 어디선가 날아온 진흙덩이 하나가 눈두덩이에 정통으로 틀어박혔기 때문이다. 콧잔등을 타고 주르륵 흐르는 진흙에서 고약한 악취가 풍기는 것으로 보아 개똥 비슷한 걸 묻힌 게 분명했다.

"썩 꺼져! 이 더러운 사기꾼 놈아! 우린 죽으면 죽었지, 이 땅을 떠나지 않을 거야!"

이제 갓 열 살쯤이나 되었을 어린 사내놈이 자신을 향해 삿대질을 해대며 악을 쓰는 모습이 보였다. 왕 대인은 그만 이성을 잃고 홱 돌아버리고 말았다.

왕 대인이 화전민들을 가리키며 미친 듯 소리를 질러댔다.

"저 쓰레기들을 복날 개 패듯 두들겨라!"

"와아아!"

대기하고 있던 장정들이 칼을 휘두르며 우르르 몰려 나갔다. 화전민들이 쇠스랑이나 몽둥이를 휘두르거나, 혹은 돌을 던지며 저항했지만 장정들을 당해낼 수는 없었다.

"크악!"

"까아악!"

"아악! 내 다리! 내 다리!"

장정들의 무지막지한 칼질에 몇몇 화전민들이 피를 뿌리며 쓰러졌고, 또 다른 몇몇은 뿔뿔이 흩어져 달아나기 시작했다.

"밟아! 다신 반항조차 할 수 없을 정도로 자근자근 밟아버려!"

왕 대인이 방방 뛰며 소리쳤고, 장정들은 달아나는 화전민들을 끝까지 쫓아가 요절을 냈다.

"놔! 이거 놔!"

"그놈 꼭 붙잡고 있어!"

장정 몇몇이 방금 전 왕 대인에게 진흙을 던진 소년을 붙잡았고, 왕 대인은 씩씩거리며 소년 쪽으로 달려갔다.

"이놈! 이 싸가지없는 놈!"

철썩철썩!

왕 대인이 소년의 양쪽 뺨을 사정없이 후려쳤다. 그래도 소년은 기죽지 않고 눈을 치뜨고 왕 대인을 노려보았다.

"눈 안 깔아?"

"죽일 거야. 내가 어른이 되면 영감부터 죽여 버리고 말 테야!"

소년의 악다구니에 격분한 왕 대인이 옆에 서 있는 장정의 손에서 대감도를 뺏어 들었다.

왕 대인이 칼끝으로 소년의 눈을 겨누며 으르렁거렸다.

"지금 당장 내 발등을 핥으며 잘못했다고 빌어라. 안 그러면 이 눈을 파버릴 테다."

소년의 독기 또한 만만치 않았다.

"퉤엣!"

"윽!"

소년이 왕 대인의 얼굴을 향해 침을 뱉어버리자 왕 대인은 그만 참았던 분노가 폭발하고 말았다.

"후레자식!"

왕 대인이 소년을 눈을 노리고 가차없이 칼을 찔러갔다.

빠악!

"아흑!"

이때 어디선가 날아온 돌멩이가 손등을 때리지 않았다면 왕 대인의 칼은 여지없이 소년의 눈을 찔렀으리라.

"어떤 놈이냐?"

성난 고함을 내지르며 돌아보는 왕 대인의 눈에 저쪽에서 장정들을 썩은 짚단마냥 쓰러뜨리며 천천히 걸어오는 일남일녀가 보였다. 꼭 계집애처럼 곱상하게 생긴 젊은 사내와 키가 훌쩍 큰 미인형의 젊은 여자였는데, 무공이 고강한 듯 가벼운 주먹질 한 번에 장정들이 힘 한 번 못 쓰고 고꾸라지기에 바빴다.

"밥 버러지 같은 새끼들……!"

으드득, 어금니를 갈아붙이는 왕 대인의 앞으로 여린과 북소소가 다가섰다.

왕 대인이 손가락으로 여린과 북소소를 겨누며 버럭 소리쳤다.

"뭐 하는 놈들이기에 관에서 하는 일을 방해하느냐?"

북소소가 히쭉 웃으며 말했다.

"오호라, 이제 보니 관에서 나온 관원 분이셨구만."

북소소가 겁을 집어먹었다고 판단한 왕 대인이 가슴을 쭉 펴며 내뱉었다.

"나로 말할 것 같으면, 화인현의 즙포 왕석현이란 어른이시다. 괜한 일에 참견해서 피똥 싸지 말고 좋은 말로 할 때 썩 꺼지거라, 이놈들!"

"화인현의 즙포사신님이셨군요. 이거 몰라 봐서 미안합니다. 저는 사하현의 즙포 북소소이고, 이쪽은 같은 현에 근무하는 즙포 여린님입니다."

"윽!"

북소소가 즙포사신의 영패를 내밀며 해맑게 웃자 왕 대인은 목을 자라처럼 움츠렸다. 왕 대인의 보호하려고 달려왔던 대여섯 명의 장정들도 감히 덤벼들지 못하고 왕 대인의 눈치만 살폈다.

한동안 눈알을 뒤룩거리며 잔머리를 굴리던 왕 대인이 북소소에게로 바싹 다가서며 간살스럽게 웃었다.

"헷헤! 이거 몰라 뵈서 죄송합니다. 실은 저는 즙포사신이 아니라 대서문로에서 주루를 운영하고 있는 왕가라고 합니다."

"당신, 관원도 아니면서 왜 백성들을 닭 쫓듯 몰아내는 거야?"

북소소가 대번에 눈을 부릅뜨며 반말을 했다. 그래도 왕 대인은 연기가 날 정도로 양손을 비벼대며 굽실거렸다.

"이거 정말 죄송하게 됐습니다. 실은 제가 이 땅을 관으로부터 사들였거든요. 그런데 저 무도한 놈들이 제 땅도 아니면서 소유권을 주장하며 버티지 뭡니까? 그래서 할 수 없이 약간의 무력을 동원했을 뿐입니다. 이거 얼마 안 되지만… 헤헷!"

왕 대인이 북소소의 손에 작은 비단 전낭 하나를 쥐어주었다. 북소소가 전낭을 뒤집자 손바닥 위로 반짝반짝 광이 나는 금 두꺼비 한 마리가 떨어졌다. 언뜻 봐도 금 열 냥은 족히 돼 보였다.

"호호, 뭐, 이런 걸 다……."

북소소가 재빨리 금 두꺼비를 갈무리하는 걸 보고 여린은 미간을 찌푸렸다. 저걸 챙기려고 여기까지 아픈 사람을 끌고 왔나 싶어 기분이

나빠진 것이다.

"언제 대서문로 끝자락에 있는 저희 주루를 한번 찾아주십시오. 극진히 모시겠습니다요."

일이 잘 해결됐다고 확신한 왕 대인이 기분 좋게 웃었다.

"이리 가까이."

북소소가 상냥하게 웃으며 손짓을 하자 왕 대인이 그녀의 가슴에 안길 듯 머리를 꽉 조아렸다.

"따로이 하명하실 일이라도……?"

"하명씩이나 할 일은 없고…….."

그렇게 말하며 북소소가 양손으로 왕 대인의 머리통을 지그시 움켜잡았다. 그리곤 무릎으로 왕 대인의 얼굴을 번개처럼 쳐올렸다.

우직.

"어이쿠!"

북소소의 무릎에 코가 깨지며 왕 대인이 왈칵 코피를 쏟았다. 코를 감싸 쥐고 뒤로 벌러덩 넘어지는 왕 대인을 북소소가 잘근잘근 짓밟았다.

"제발 사람 구실 좀 하면서 살아라, 인간아! 나이를 처먹었으면 나잇값을 해야 할 것 아냐? 어린애 눈을 찌르면서까지 돈을 벌어 대체 어디다 써먹겠다는 거야? 죽어서 싸 가지고 갈래, 엉?! 엉?!"

왕 대인이 양손을 휘저으며 멀찍이 떨어져서 지켜보는 장한들을 향해 필사적으로 구원을 요청했다.

"나 좀 살려주라! 나 좀 살려주라! 이놈들아, 주인이 맞아 죽는데 보고만 있을 셈이냐?"

하지만 북소소의 살벌한 기세에 장한들은 감히 덤벼들 엄두를 못 내고 있었다.

장한들의 도움을 포기한 왕 대인이 누군가를 향해 돼지 멱따는 소리로 절박하게 소리쳤다.

"저 좀 도와주십시오, 어르신! 이 왕가가 맞아 죽는 걸 보고만 있을 셈입니까?"

"그러잖아도 나서려던 참이니 제발 소리 좀 지르지 마라, 이놈아. 귀청 떨어지겠다."

어디선가 철판을 긁어대는 듯한 기분 나쁜 목소리가 들려왔다. 꽤 먼 거리에서 작게 중얼거린 말소리 같았는데, 여린과 북소소는 귓전에서 큰북을 두드린 것처럼 고막이 울리는 느낌을 받았다.

여린은 왠지 속이 울렁거려 구토를 참느라 어금니를 깨물어야 했다. 단지 목소리만으로 사람의 내장을 뒤흔들어 놓는 건 아무나 할 수 있는 일이 아니었다.

'고수가 나타났구나.'

긴장된 눈초리로 전방을 응시하는 여린의 눈에 저 멀리서 두 개의 검은 관에 줄을 매달아 질질 끌고 오는 자그마한 체구의 노인이 보였다. 목내이처럼 삐쩍 마른 체형에 곱추였고, 커다란 매부리코에 얼굴엔 온통 검버섯이 핀 저 추물 노인을 여린은 과거에 만난 기억이 있는 것 같았다. 노인이 가까워지면서 나막신을 신고, 염쟁이처럼 황색 저고리를 걸치고, 머리 위에는 '왕(王)'자가 새겨진 직사각형의 높은 관을 쓴 우스꽝스런 옷차림까지 자세히 보였다.

"아!"

여린은 비로소 노인이 지난겨울 중랑산에서 두칠의 산적패를 도륙낼 때 만났던 그 괴상한 늙은이 소사청이란 걸 깨달았다.

쿠쿵!

여린과 북소소의 십여 걸음 앞에서 멈춰 선 소사청이 거칠게 두 개의 관을 내려놓았다. 그리곤 매서운 눈초리로 여린과 북소소를 쏘아보았다.

"아이고오~ 살려주십시오, 어르신! 저 어린것들이 늙은 절 개 패듯 후려 패고 있었습니다요!"

왕 대인이 네 발로 후다닥 기어가 소사청의 다리를 붙잡고 늘어졌다.

"어린것들이 늙은이를 때리면 안 되지, 암!"

엄마에게 혼난 손자를 달래듯 왕 대인의 머리를 쓰다듬며 소사청이 눈을 희번덕댔다. 그 눈초리가 마치 두꺼비를 노리는 뱀처럼 섬뜩해서 여린은 등골을 타고 소름이 쭉 끼쳤다. 처음 만났을 때는 너무 흥분해 있어서 잘 느끼지 못했는데, 지금 보니 소사청은 상상 이상의 초고수인 것 같았다. 더구나 지금 여린은 공력을 모두 잃어버린 상태. 북소소의 무공이 높다고는 하지만 혼자서는 도저히 소사청의 상대가 될 것 같지 않았다.

그래서 여린은 북소소를 향해 이쪽에서 물러서자는 신호를 보냈다. 하지만 북소소는 추호도 그럴 생각이 없는 듯했다.

북소소가 소사청의 앞을 가로막으며 위압적으로 말했다.

"나는 현청의 즙포사신이오. 당장 그자를 넘겨주지 않으면 노인장 역시 한패로 몰려 험한 꼴을 당할 겁니다."

"오호라, 이제 보니 네가 왕가를 이 꼴로 만든 장본인이로구나?"

"그렇다면 어쩔 거요?"

순간 소사청이 썩은 고목처럼 거무스레하게 빛나는 앙상한 오른손

을 살처럼 내뻗었다. 그 동작이 어찌나 빨랐는지, 여린은 소사청의
손이 북소소의 목전에 이르렀을 때에야 소사청의 출수를 알아차렸
다.

"이, 이런!"

당황한 북소소가 소사청의 손을 피해 반사적으로 허리를 젖혔다. 하
지만 고무줄처럼 쭈욱 늘어난 손이 북소소의 얼굴을 노리고 계속 날아
들었다.

"공격을 멈추지 않는다면 나도 대응할 수밖에 없소!"

까아앙!

북소소가 등 뒤에 메고 있던 고려검을 다급히 뽑아 소사청의 팔목을
후려쳤다. 순간 바위를 후려친 것처럼 시퍼런 불꽃을 튀기며 검날이
튕겨 나왔다.

"으윽!"

검병을 움켜쥔 손에서 저릿한 통증을 느끼며 북소소가 순식간에 대
여섯 걸음을 물러섰다. 소사청이 오른손을 회수하며 북소소를 향해 빠
르게 접근했다. 발은 움직이지도 않는데, 소사청의 신형이 빙판을
미끄러지듯 북소소를 향해 바람처럼 접근했다.

"돌아갓!"

당황한 북소소가 소사청의 가슴을 노리고 검봉을 찔렀다. 소사청은
왼팔을 가볍게 휘둘러 검봉을 간단하게 튕겨내는 한편, 오른손을 빠르
게 내뻗었다.

슈슈슈슉─ 、

활짝 펼친 소사청의 오른손 손바닥이 십여 개의 장영을 만들어내면
서 장영들이 북소소의 사방을 압박하며 날아들었다.

캉캉캉캉!

북소소가 검을 정신없이 휘두르고 찔러 장영들을 막아냈다.

퍼어억!

"꺄악!"

그러나 마지막 장영이 어깻죽지를 강타하는 것만은 막아낼 수 없었다. 다시 십여 걸음을 물러서는 북소소를 쫓아 소사청이 이번에는 양손을 한꺼번에 내쏘며 덮쳐들었다. 이십여 개의 장영이 노도처럼 북소소를 압박해 왔다.

"이놈의 늙은이가 보자 보자 하니까!"

북소소가 어금니를 질끈 깨물며 양손으로 검병을 고쳐 잡았다.

우우웅.

손바닥을 통해 공력이 주입되기 시작하면서 검신이 가늘게 떨렸다.

"타하압!"

북소소가 맹렬한 기합성을 내지르는 순간 기다란 검신을 타고 푸르스름한 기세가 어렸다. 북소소가 그 검을 크게 휘두르며 짓쳐 나가자 검봉 끝으로 삼 척에 이르는 가늘고 퍼런 검광이 뻗쳐 나왔다.

"검기(劍氣)……?!"

여린이 저도 모르게 신음처럼 내뱉었다. 검기를 발출하는 수준이라니. 여린은 비로소 북소소가 일류를 지나 초일류의 수준에 근접한 고수임을 알아보았다. 시퍼런 검광이 번뜩일 때마다 소사청의 장영이 연기처럼 흩어졌다.

"어라, 어린 계집이 제법 칼질을 할 줄 아네?"

"홍! 진짜 매운맛을 보여주마, 영감!"

소사청이 북소소에게 밀리기 시작했다. 검을 찌를 때마다 한꺼번에 대여섯 개씩 발출되는 검광을 소사청은 오른손을 정신없이 휘둘러 막아내고 있었다.

"지금이라도 무릎을 꿇지 않는다면 정말 관 속에 눕게 될 것이다!"

츄우우웅—

북소소가 길게 내찌른 검광이 무방비한 소사청의 면전을 노리고 날아들었다.

티이잉!

순간 소사청이 오른손 엄지와 검지를 튕겨 작고 검은 구슬 모양의 강환(罡丸)을 살처럼 쏘았다. 북소소를 향해 날아가는 강환을 발견한 여린의 눈이 부릅떠졌다. 강환을 쏘아낼 정도의 고수라니!

언제가 스승인 당상학은 여린에게 말했었다. 강호를 통틀어 강기를 자유자재로 내쏠 수 있는 초절정의 고수는 십상성밖에는 없다고. 그렇다면 저 괴상한 노인이 십상성 중 한 명이라는 얘긴데, 여린은 십상성 중에 저런 노괴가 포함돼 있다는 말은 들어본 기억이 없었다. 어쨌든한 가지는 분명했다. 북소소의 목숨이 지금 경각에 달했다는 것.

"어딜!"

터엉!

자신에게 닥친 위험을 아는지 모르는지 북소소가 힘차게 검을 휘둘러 강환을 쳐냈다. 아니, 쳐냈다고 생각했다. 하지만 강환은 검신에 작은 구멍을 뚫으며 아래쪽으로 방향을 틀어 북소소의 다리 쪽으로 날아갔다.

퍼억!

"까악!"

강환이 허벅지를 관통하는 순간 북소소가 고통에 찬 비명을 내질렀다. 검봉으로 땅바닥을 찍으며 간신히 버티고 선 북소소를 향해 사악한 흑경기가 어른거리는 갈고리 모양의 소사청의 우수가 덮쳐들었다.

"어른을 못 알아본 죄, 죽어 마땅하다!"

소사청의 손이 북소소의 가슴에 작렬하려는 순간, 여린이 양팔을 활짝 벌리며 재빨리 북소소의 앞을 막아섰다.

"비키지 않으면 너부터 죽인다!"

소사청이 목전으로 닥쳐 드는 순간 여린이 다급히 소리쳤다.

"절 모르시겠습니까, 어르신? 중량산에서 만났던 여린입니다!"

"여린?"

소사청의 갈고리 손이 여린의 눈앞에서 우뚝 멈추었다.

허공중에서 영활하게 한 바퀴 공중제비를 돌며 사뿐히 착지한 소사청이 여린의 얼굴을 유심히 들여다보았다.

"켈케켈! 맞구나, 맞아! 너는 중량산에서 산적 두목 두칠의 머리통을 썩은 수박처럼 박살 냈던 여린이란 아이가 분명하구나!"

소사청이 여린의 어깨를 팡팡 두드리며 반갑게 웃었다. 노인의 갑작스런 태도 변화에 여린은 오히려 어리둥절한 표정이 되었다. 새삼 노인의 성정이 상상 이상으로 괴팍하다는 사실을 깨달았다.

한동안 여린의 어깨를 두드리고 손을 잡아 흔들던 소사청이 문득 고개를 갸웃했다.

"어라, 그런데 내가 왜 널 못 알아봤지? 너, 몸에 큰 변화가 생겼구나."

소사청이 여린을 못 알아본 건 여린에게서 느껴지는 기세의 변화 때문인 것 같았다. 여린은 혈령신공의 무리한 운용으로 내공을 잃었을 뿐 아니라, 철태산의 죽음으로 가슴에 품었던 원독마저 깨끗이 사라져 버린 상태였다. 그런 변화 때문에 소사청은 여린을 못 알아본 것이 분명했다.

여린이 정중히 머리를 숙였다.

"실은 그동안 피치 못할 사정이 있어 일신의 내공을 모두 잃게 되었습니다. 그것 때문에 어르신께서 저를 못 알아보셨는지도 모르겠습니다."

"흐음, 내공을 모두 잃었단 말이지?"

소사청이 오른손으로 여린의 가슴에서 아랫배까지를 쓰다듬으며 심각하게 중얼거렸다.

뒤쪽에 서서 멀뚱히 소사청과 여린의 하는 꼴을 지켜보고 있던 왕 대인이 볼멘소리로 말했다.

"그 연놈을 당장 요절내지 않고 뭐 하고 계십니까? 제가 그동안 어르신을 위해 들인 돈과 계집이 얼마인 줄이나 아십니까?"

"시끄럽다, 이놈! 한마디만 더 지껄이면 눈알과 혓바닥을 한꺼번에 뽑아버릴 테니, 닥치고 있거라!"

왕 대인을 홱 노려보며 소사청이 으르렁거렸다. 왕 대인이 자라목을 하며 대번에 입을 닫았다. 소사청이 여린을 돌아보며 다시 히쭉 웃었다.

"잘되었다. 차라리 잘된 일이다. 이 백골염왕의 시공(尸功)을 물려받으려면 허접한 내공 따윈 없는 게 낫지."

"무슨 말씀이신지……?"

고개를 갸웃하는 여린의 어깨를 양손으로 힘주어 움켜잡으며 소사청이 유쾌하게 웃었다.

"켈켈켈켈! 본 왕이 네놈을 제자로 받아들여 주겠다는 거다. 어떠냐, 좋지? 좋아서 미칠 지경이지?"

"……."

여린이 뚱한 눈으로 소사청의 얼굴을 들여다보았다. 아무래도 광증이 있는 노인 같았다.

여린의 눈치가 이상하자 소사청이 당장 불쾌한 표정을 지었다.

"왜 대답이 없어, 인마? 본 왕이 제자로 받아들여 주겠다고 하면 삼생의 영광으로 알고, 마음이 변하기 전에 냉큼 엎드려 구배지례(九拜之禮)부터 올려야 할 거 아니냐?"

"거절입니다."

"뭐, 뭣?!"

소사청이 황당한 듯 눈을 부릅떴다.

"이유가 뭐냐?"

어금니를 지그시 깨물며 묻는 소사청의 표정이 대번에 험악해졌다. 대답이 시원치 않으면 이 자리에서 당장 여린을 쳐죽일 기세였다. 하지만 여린의 표정은 단호했다. 당상학은 여린이 사하현으로 부임해 오면서 사제지간의 연을 끊겠다고 선언했지만, 여린의 마음속에서 당상학은 아직도 고매한 인격과 상상불허의 무학을 지닌 세상에서 유일하게 존경하는 스승이었다. 그런 당상학을 놔두고 새로운 스승을 받아들인다는 건 배신이라고 여린은 생각했다. 그는 추호도 스승을 배신할 생각이 없었다.

여린이 섬뜩하게 혈광을 내뿜는 소사청의 눈을 똑바로 직시하며 또박또박 말했다.

"제겐 이미 몸과 마음을 다해 흠모하는 스승님이 계십니다. 이미 계시는 스승님을 버려두고 새로운 스승님을 모실 순 없는 노릇입니다."

"그럼 내가 널 죽일 텐데도?"

코끝이 닿을 듯 여린에게 얼굴을 바싹 들이미는 소사청의 두 눈에서 뿜어지는 혈광이 조금 더 짙어졌다. 그 눈빛을 받아내는 것조차 버거웠지만 여린은 어금니를 깨물며 버텼다.

"마찬가지입니다."

"······."

한동안 자욱한 살기를 내뿜던 소사청이 여린의 어깨를 툭 치며 실소를 흘렸다.

"큭!"

소사청이 고개를 젖히며 대소를 터뜨렸다.

"크헤헤헤헤! 암, 그래야지! 사내란 자고로 그 정도의 기개는 품고 있어야 하는 법이지! 그런 점 때문에 내가 널 시문의 후계자로 점찍은 거 아니겠냐?!"

"윽!"

"으윽!"

엄청난 공력이 실린 웃음소리에 고막이 터져 버릴 것만 같아 여린과 북소소는 양손으로 귀를 틀어막았다.

한동안 미친 듯이 웃어젖히던 소사청이 갑자기 웃음을 뚝 그치며 확신에 찬 어조로 말했다.

"운명은 거스를 수 없는 법! 너와 난 사제지간으로 얽히도록 이미 운명적으로 결정되어 있다는 뜻이다. 이 마을에서 기다리마. 아마도 머지않은 시간 안에 네 발로 날 찾아오게 될 것이니."

기분 나쁜 눈초리로 한동안 소사청의 얼굴을 들여다보던 여린이 가볍게 고개를 숙이며 물었다.

"그럼 저흰 물러가도 되겠습니까?"

"물론이다."

소사청의 허락을 받은 여린이 허벅지에 구멍이 뚫린 북소소를 들쳐 업었다. 그리고 소사청을 스쳐 천천히 걸음을 옮기기 시작했다. 북소소를 업은 여린이 막 옆을 스쳐 지날 때, 왕 대인이 여린의 다리를 붙잡고 늘어지며 소사청에게 강력히 항의했다.

"약속이 틀리지 않습니까? 어서 이 연놈을 없애주십시오! 그래야 제가 안심하고 광맥을 차지할 수……."

"그놈 참 시끄럽네."

소사청이 우장을 내뻗자 시커먼 장력이 쏟아졌다.

퍼엉!

장력을 정통으로 얻어맞은 왕 대인의 목 윗부분이 한 줌 핏물이 되어 터져 올랐다. 목 없는 시체가 되어서도 한동안 여린의 바짓단을 움켜잡고 있던 왕 대인이 옆쪽으로 천천히 쓰러졌다.

쿵.

땅바닥에 힘없이 널브러지는 왕 대인의 목 없는 시체를 내려다보며 여린과 북소소는 저도 모르게 부르르 진저리를 쳤다.

"어라? 이놈, 이거 정말 죽어버렸잖아?"

마치 자신은 왕 대인을 전혀 죽일 생각이 없었다는 듯 소사청이 난감한 얼굴로 시체를 향해 천천히 걸어왔다. 그리곤 땅바닥에 철퍼덕 주저앉아 죽은 자식처럼 왕 대인의 시체를 끌어안고 서럽게 울부짖기 시작했다.

"끄어허헝~ 으흐흐흑~ 어허헝~ 미안하다! 정말 미안하다! 네가 이렇게 죽어버릴 줄은 정말 몰랐다! 미안해서 어쩌면 좋단 말이냐?"

땅바닥을 두드리며 울부짖는 소사청을 여린과 북소소는 황당한 눈으로 내려다보았다. 저 턱없이 강하고, 도저히 이해할 수 없는 감정의 기복을 보이는 괴노인이 여린의 눈에는 너무 위험해 보였다. 그래서 여린은 걸음을 바삐 놀려 노인으로부터 최대한 빨리 멀어지기로 했다.

"계집애야, 너의 이름은 무엇이냐?"

이때 등 뒤에서 다시 소사청의 음성이 들려왔다.

"소소, 북소소라고 합니다."

"북소소라, 괜찮은 이름이구나. 너, 여린, 그 녀석으로부터 최대한 빨리 떨어져라."

"예? 무슨 말씀이신지……."

소사청이 기분 나쁘게 눈을 번들거리며 말을 이었다.

"젊은 여인이 젊은 사내에게 연정을 품는 것이야 당연한 이치. 하지만 절대 사모해서는 안 될 사내도 있는 법이다. 바로 상극의 기운을 타고난 사내이지. 여린, 저놈이 바로 너와는 상극이다. 놈을 좋아하게 되면 너는 목숨을 잃을 수밖에 없어. 그러니 지금이라도 최대한 빨리 떨어지는 것이 네가 살 수 있는 유일한 방법이니라."

"……!"

북소소는 황당한 표정을 지으며 말이 없었다. 무엇보다 그녀는 여린에게 연정 따위를 품고 있지 않았다. 그런데 어떻게 상극이 되고, 목숨까지 잃을 수 있단 말인가? 북소소는 소사청의 말을 그저 광증이 있는 노인의 헛소리쯤으로 치부하기로 했다.

북소소가 소사청을 향해 장난스럽게 웃으며 대답했다.

"예예… 뼈가 되고 살이 되는 고언, 가슴속 깊이 새기도록 하겠습니다. 내일 당장 하늘이 무너지는 한이 있어도 여 즙포를 사모하지 않을 테니, 아무 염려 마십시오."

"큭큭, 세상에서 제일 자신할 수 없는 것이 무엇인지 아느냐? 그건 바로 남녀 간의 연정이다. 연정이란 네가 결심한다고 생기거나 생기지 않는 것이 아니란 말이다. 내 말을 가벼이 흘려들었다간 나중에 반드시 후회할 일이 생길 테니 그런 줄이나 알아."

소사청이 으스스하게 웃으며 말하자 북소소도 약간은 긴장된 표정이 되었다. 여린이 소사청을 향해 다시 가볍게 머리를 숙이고는 서둘러 돌아섰다.

북소소를 업은 여린은 아무 말도 없이 어둑한 산길을 되짚어 내려오고 있었다. 이때 등 뒤에서 북소소의 나직한 음성이 들려왔다.

"그 노인의 말을 어떻게 생각해요?"

"뭐가 말이오?"

"노인은 내가 틀림없이 당신을 사모하게 될 거라고 믿는 것 같았어요."

"광증이 있는 노인네요. 새겨들을 필요없소."

"그렇겠죠?"

여린이 힐끗 북소소의 얼굴을 돌아보며 물었다.

"그보다 왜 이런 일을 꾸민 거요?"

"이런 일?"

"왜 싫다는 날 억지로 끌고 대서문로의 집창촌과 흑수변의 인신매매단과 이곳 화인산의 화전민 마을까지 돌아다녔느냔 말이오?"

"알려주고 싶었어요."

"뭘 알려준단 말이오?"

"잘은 모르지만 여 즙포는 아마도 타도 철기방을 일생의 목표로 삼고 달려온 것처럼 보였어요. 내가 제대로 보았나요?"

여린이 무겁게 고개를 끄덕였다.

"맞소."

"그런데 철기방주 철태산이 죽자 갑자기 목표 의식이 사라져 버린 거죠."

"그 말도 대충은 맞는 것 같구려."

순간 귓불에서 북소소의 더운 숨결을 느꼈다. 아마도 북소소가 한숨을 쉰 것 같다고 여린은 생각했다.

한동안 뜸을 들이던 북소소가 약간은 감상에 젖은 목소리로 말을 이었다.

"나도 한때 그런 시절이 있었죠. 세상의 모든 악을 징벌하고, 죄없이 고통받는 백성들을 위해 이 한 몸 바치겠다는 청운의 꿈을 안고 즙포 사신이 되었지만, 현실은 꿈과는 너무도 거리가 멀었어요. 관은 고위직으로 올라가면 갈수록 썩어 있어서 전횡을 일삼는 지방의 토호 한 명을 포박하는 것조차 녹록하지 않았죠. 무엇보다 나를 힘들게 만든 사람은 바로 아버지였어요. 여 즙포님은 혹시 내 아버지가 누구인지 알고 있나요?"

여린이 별 생각 없이 고개를 가로저었다.

"모르오."

"내 아버님의 함자가 바로 북 자, 궁 자, 연 자예요."

"그럼 북궁연 성주 대인이 바로 북 즙포의 아버지라는……?!"

찢어질 듯 눈을 부릅뜬 여린의 가슴속으로 한줄기 사나운 격랑이 휩쓸고 지나갔다.

여린의 놀라움을 아는지 모르는지 북소소가 담담한 목소리로 말했다.

"맞아요. 사천성 성주 대인이 바로 내 친아버지이죠. 그리고 그분이 바로 내가 알고 있는 가장 부패한 관리 중 한 명이었어요. 아버지의 실체를 알고 난 한동안 방황했어요. 목표를 잃은 난 며칠을 주루의 골방에 틀어박혀 걸신들린 듯 술만 퍼마셨어요. 그러다 내린 결론이 사직서를 던지자는 거였죠. 정확히 사흘 만에 주루에서 기어나와 한여름 뙤약볕이 쏟아지는 거리를 술에 취해 휘청휘청 걸었죠. 아버지의 면전에 사직서를 내던질 작정이었죠. 그때 내 운명을 송두리째 뒤바꿔 놓을 사건이 벌어졌어요."

여린은 묵묵히 귀를 기울이고 있었다.

"어린 아들의 손을 잡고 걸어가던 한 미부인을 강호의 무뢰배 세 놈이 겁탈하려고 덤벼든 거예요. 그것도 행인들로 북적이는 백주대로에서 말이죠. 무뢰배들의 손에 옷이 갈가리 찢겨지며 미부인이 처절한 비명을 질러댔지만 사람들은 철저히 외면했어요. 무뢰배들이 허리춤에 차고 있는 커다란 칼이 무서웠던 거죠."

북소소는 잠시 말을 끊었다.

다시는 떠올리고 싶지 않은 기억을 떠올리는 사람처럼 그녀가 마른 침을 꿀꺽 삼키고는 다시 말을 이었다.

"난 당연히 검을 뽑아 놈들에게 달려들었어요. 하지만 사흘간 퍼마신 술이 문제였죠. 놈들의 무공은 형편없었지만 난 그 형편없는 칼질을 막아내기에도 급급했고, 그 외중에 미부인은 무뢰배 중 한 놈이 휘두른 칼에 그만 고혼이 되고 말았어요. 피투성이가 되어 널브러진 미부인의 시체 앞에 망연히 주저앉아 있는 내게로 그녀의 어린 아들이

다가왔어요. 아이는 서러운 눈물을 펑펑 쏟으며 앙증맞은 주먹으로 내 가슴을 마구 두들겨 댔죠. 아이는 무뢰배들보다 내가 더 밉다고 했어요. 무슨 즙포가 이렇게 약해 빠져 가지고 자기의 엄마조차 지켜주지 못했느냐며 원망을 쏟아놓았어요."

북소소가 다시 말을 끊었다. 격양된 감정을 다스리려는 것 같았다.

"그때 깨달았죠. 썩은 고위 관리들 때문에 좋은 즙포가 될 수 없다는 생각은 핑계에 불과했어요. 즙포는 백성들로부터 세금을 거둬들이는 세리도 아니고, 토호들 간의 알력을 조정하는 조정자도 아니에요. 즙포는 그냥 잡아들이는 게 본업이죠. 누군가 불법을 저질렀다면 그가 토호이든, 무림의 세력가이든, 현청의 현감이든 혹은 성을 다스리는 성주이든 상관하지 않고 잡아들이면 그만이에요. 그 평범한 사실을 망각하고 있었기에 나는 죄없는 미부인을 죽음으로 내몰고, 또한 죄없는 한 어린아이를 고아로 만들었어요."

"……."

여린은 말이 없었다. 그러나 그의 마음속으론 한줄기 훈풍이 스쳐 지나가고 있었다. 그것은 깊은 산중에서 길을 잃은 나그네에게 비추는 한줄기 달빛일 수도 있고, 저 멀리 보이는 민가의 불빛일 수도 있다. 철태산의 죽음 이후 삶의 행로를 잃고 헤매던 여린은 이제 조금은 자신이 나아갈 길이 보이는 듯도 했다.

이때 머리 위에 북소소의 손길이 느껴졌다.

여린의 머리를 부드럽게 쓰다듬으며 북소소가 낮고 부드러운 음성으로 말했다.

"당신을 보면 내 지난날의 방황이 생각나요. 이제 그만 헤매고 마음을 정하도록 해요. 즙포로 살 것인가, 즙포의 신분을 벗어던질 것인가.

당신은 그것만 결정하면 돼요."

달빛이 유난히 밝은 밤이었다. 달빛이 금가루처럼 뿌려진 좁은 산길을 여린은 천천히 걸어 내려가고 있었다.

여린도 말이 없었고, 북소소도 말이 없었다. 하지만 여린은 북소소와 자신 사이에 만들어진 끈끈한 유대감을 느끼고 있었다. 그녀 역시 줍포였기에 가능한 유대감이었다.

'고맙소. 당신 덕분에 나는 어쩌면 다시 시작할 수 있을지도 모르겠소.'

여린은 마음속으로 북소소에게 감사의 말을 건네고 있었다. 굳이 그 말을 입 밖으로 뱉어낼 필요는 없으리라. 자신의 등에서 느껴지는 북소소의 풍만하고 따뜻한 가슴을 통해 여린은 그녀 역시 자신의 마음을 짐작하고 있으리라 생각했다.

第十一章

여린, 길을 묻다

그날 새벽, 현청 약당에 들른 북소소는 잠든 의원을 억지로 깨워 다친 다리를 치료받은 후 자신의 숙소로 향했다. 아직 괴괴한 침묵에 잠긴 현청 뜰을 걸어가던 북소소가 순간적으로 멈칫하며 등 뒤의 검병을 움켜잡았다. 바로 옆쪽 숲 속에서 살을 에이는 듯한 살기를 느낀 것이다.

"누구냐?"

스릉.

고려검을 반쯤 뽑아내며 북소소가 어둑한 숲을 노려보았다. 잠시 후 나무숲이 미미하게 흔들리는가 싶더니, 훤칠한 인영 하나가 걸어나왔다.

"당신은……?"

밖으로 걸어나온 남자의 정체를 확인하는 순간 북소소가 놀라움으로 눈을 부릅떴다.

"오랜만이다, 소소. 그동안 잘 지냈는지 모르겠군."

"철… 기… 련……!"

뽑았던 검을 도로 넣으며 북소소가 신음처럼 중얼거렸다. 마치 오랜만에 정인을 만난 사내처럼 철기련이 다정하게 웃으며 북소소의 앞에 섰다. 늘씬한 몸매가 드러나 보이도록 몸에 착 달라붙는 흰색 장포를 입고, 긴 머리채는 위로 올려 작은 금관으로 고정시킨 철기련의 신위는 헌헌했다. 한때 술에 찌들어 지내던 취군자의 모습은 온데간데없고, 깊고 진중한 눈매에선 천하를 오시할 것 같은 기상이 묻어나고 있었다.

북소소는 입을 반쯤 벌린 채 멍하니 철기련의 얼굴을 응시했다. 평소의 대범함은 어디로 사라졌는지 그녀의 두 눈은 심하게 흔들리고 있었다. 짧은 순간 그녀의 머리 속으로 사랑했던 정인과의 달콤했던 시간들이 주마등처럼 스치고 지나갔다. 장차 자신의 지아비가 될 것이라고 믿어 의심치 않았던 사내. 그 사내의 이름이 바로 철기련이었다.

"떨고 있군. 어디 아파?"

부드럽게 말하며 철기련이 북소소의 뺨을 쓰다듬으려는 듯 손을 뻗었다.

타악!

"내게 무슨 볼일이지?"

퍼뜩 정신을 차린 북소소가 철기련의 손을 거칠게 쳐냈다.

북소소에 의해 쳐내진 자신의 손바닥을 들여다보며 철기련이 씁쓸하게 중얼거렸다.

"그렇군. 우린 더 이상 사랑하는 사이가 아니란 걸 잠시 잊고 있었어."

"그렇게 만든 사람이 바로 당신이란 사실도 기억하고 있겠지?"

북소소의 목소리가 더욱 싸늘해졌다.

"그래, 내가 좋았던 우리 사이를 끝장낸 바로 그 장본인이지."

철기련이 한숨 섞인 음성으로 말했다. 그 목소리가 어찌나 처연하게 들리던지, 북소소는 당장이라도 철기련을 안아주고 싶은 욕구를 억누르느라 피가 배어 나도록 입술을 깨물어야 했다.

"무슨 일로 왔는지나 말해!"

"미안하다, 소소."

철기련이 애틋한 눈으로 북소소를 보았다.

그 눈길을 애써 외면하며 북소소가 쏘아붙였다.

"왜 날 찾아왔는지 말하라니까 웬 엉뚱한 소리야?"

"널 그렇게 떠나는 게 아니었는데… 하지만 나로선 달리 방법이 없었어. 너는 즙포가 되었고, 나는 살육을 일삼는 철기방 방주의 아들이었지. 우린 어차피 서로의 심장에 칼을 꽂을 수밖에 없는 사이였는데, 내게 달리 무슨 선택이 있을 수 있었겠니?"

북소소의 뺨을 타고 어쩔 수 없이 한줄기 눈물이 흘러내렸다.

철기련이 다시 손을 뻗으며 떨리는 목소리로 말했다.

"우리 다시 시작하면 안 될까?"

차앙.

섬전처럼 검을 뽑아 든 북소소가 검봉으로 철기련의 미간을 겨누었다.

"지금 당장 소리를 질러 현청 사람들을 불러내기 전에 빨리 용건이나 말해. 무단으로 관청을 침범한 죄만도 가볍지 않다는 걸 모르진 않겠지?"

"후우우~ 하긴, 헤어져 있던 시간이 길었던 만큼 다시 하나가 되려면 그 이상의 시간이 필요하겠지."

체념한 듯 고개를 절레절레 흔들던 철기련이 북소소의 눈을 직시했다.

"아버지가 돌아가신 건 알고 있겠지?"

"알아."

"그 건으로 즙포사신인 너에게 정식으로 수사를 요청하러 왔어."

"수사? 무슨 수사?"

철기련이 한동안 조용히 북소소의 얼굴을 응시했다. 그의 눈에서 한 줄기 푸른 섬광이 스쳐 지나가는 걸 북소소는 똑똑히 보았다.

"여린은 부당하고도 불법적인 방법으로 자신의 목적을 달성했어. 나는 철기방의 신임 방주로서 즙포 북소소에게 즙포 여린을 정식으로 고발하려고 왔다."

"……."

한동안 멍한 눈으로 철기련의 얼굴을 들여다보던 북소소가 기가 막히다는 듯이 말했다.

"제정신이야? 미안한 말이지만, 난 철기방이 당연히 이 땅에서 사라져야 하고, 당신의 아버님도 응분의 심판을 받는 게 마땅하다고 생각하는 사람이야."

"방법은 아무래도 상관이 없다는 거야?"

"뭐?"

"악을 뿌리 뽑기 위해서는 어떤 악랄한 방법을 동원해도 상관없다는 거냐고?"

"그건……."

"악을 없앤다는 명목으로 그 악보다 더 악한 짓을 자행한다면, 그건 이미 정의가 아니지. 안 그래?"

"즙포 여린이 그런 짓을 저질렀다는 거야?"

"그래."

"으음……."

북소소가 의심스런 눈초리로 철기련의 안색을 살피며 침음을 흘렸다.

철기련이 확신에 찬 표정으로 말했다.

"부탁이다, 소소. 여린이 처음 사하현 현청으로 부임해 왔을 때부터의 행적을 철저히 조사해 줘. 그 와중에 만약 여린이 우리 철기방보다 눈꼽만큼이라도 악하지 않다는 생각이 든다면 당장 사건에서 손을 떼도 좋아."

북소소는 깊은 고민에 빠졌다. 한참 만에야 그녀는 다시 고개를 흔들었다.

"역시 안 되겠어. 이런 사적인 부탁 때문에 같은 관원의 뒤를 캘 수는 없어."

"려화가 실성을 했다."

철기련의 말에 북소소가 흠칫 놀랐다.

"려화가 왜? 설마 그것도 여 즙포 때문에……?"

"놈은 려화를 이용해서 본 방에 접근했어. 려화가 어려서 어떤 일을 겪었는지 너도 잘 알고 있을 거야. 려화는 그만한 상처를 두 번이나 감당할 수 있을 만큼 강한 아이가 아니지."

북소소는 더 이상 철기련의 부탁을 거절할 수 없었다. 철기련이 하나뿐인 여동생을 얼마나 가련하게 생각하는지 너무도 잘 알고, 그가 여동생을 팔아 목적을 이룰 남자가 아니라는 사실을 너무도 잘 알고 있었기 때문이다.

철려화가 천천히 고개를 끄덕이며 말했다.

"알았어. 한번 조사는 해보지."

"고마워. 조만간 다시 보도록 하자."

북소소가 마지못해 고개를 끄덕이자, 철기련은 안심한 듯 환하게 웃으며 돌아섰다.

"왜 그 자리를 물려받았지? 당신은 당신 아버지처럼 살지 않는 게 소원 아니었던가?"

북소소가 철기련의 뒷모습을 향해 소리쳐 물었다.

우뚝 멈춰 서 있던 철기련이 스윽 북소소를 돌아보며 진중한 목소리로 대답했다.

"가족을 지키기 위해서… 그 이상도, 이하도 아니야."

그 말을 끝으로 철기련이 다시 돌아섰다. 어둠 저편으로 철기련의 모습이 완전히 사라질 때까지 북소소는 얼어붙은 듯 꼼짝도 않고 서 있었다.

"으흐흑!"

옛 정인의 자취가 완전히 사라진 것을 확인한 북소소가 허물어지듯 주저앉으며 참았던 눈물을 터뜨렸다. 애써 차갑게 대했지만 그는 아직도 밤이면 꿈속으로 찾아와 그녀를 울리기도, 웃기기도 하는 이 세상에 단 하나뿐인 정인이었던 것이다.

같은 시각, 여린은 자신의 집무실 안에서 전혀 뜻밖의 손님을 맞이

하고 있었다.

내실 탁자를 가운데 두고 마주 앉은 청해일은 아까부터 잡아먹을 듯 여린을 쏘아보고 있었다.

간신히 화를 억누르는 표정의 청해일이 나직이 입을 열었다.

"왜 놈들의 마지막 숨통을 끊어놓지 않는 거요?"

여린은 대꾸없이 청해일의 사나운 눈빛을 덤덤히 받아내고 있었다. 사실 이번 철기방에 대한 공격이 성공한 데는 청성파의 도움이 절대적 이었다. 또한 치열한 사투의 와중에서 청성이 막대한 피해를 입은 것 도 사실이다. 청해일은 지금 여린에게 그 보답을 요구하고 있는 것이 었다. 방주 철태산이 죽었지만 청성은 만족하지 못했다. 청성이 원하 는 건 철기방의 완전한 궤멸뿐이었다. 그래야 사천성에 널려 있는 온 갖 표국과 전장, 도박장과 유흥가의 이권이 고스란히 자신들의 수중으 로 떨어질 테니까 말이다.

여린이 지극히 사무적인 목소리로 대답했다.

"시간이 필요하오. 방주가 죽었다고는 하나 철기방은 하루아침에 무 너뜨릴 수 있는 모래성이 아니잖소."

"헛수작!"

차앙.

청해일이 순식간에 등 뒤의 협봉검을 뽑아 좁고 예리한 칼끝으로 여 린의 얼굴을 겨누었다. 검봉이 여린의 콧잔등을 찌를 정도로 바싹 들 이밀며 청해일이 이를 갈아붙였다.

"소원대로 철태산을 죽였으니 이제 그쪽 볼일은 다 끝났다 이거지? 괜히 어물쩍 시간만 때우려고 했다간 목구멍에 바람구멍이 날 줄 알아. 내 협봉검에는 눈이 달려 있지 않다는 걸 명심해라."

"······."

여린은 태연한 눈으로 청해일의 얼굴을 쳐다보고 있었지만 속에서는 뜨거운 불덩이 같은 것이 치솟고 있었다. 내공만 잃지 않았다면 당장 탁자를 뒤엎고 저 무도한 작자를 향해 주먹을 날렸으리라.

처음 만났을 때부터 여린은 청해일이 마음에 들지 않았다. 명문대파의 촉망받는 후기지수치고 청해일은 너무도 잔인한 눈을 가지고 있었다. 여린의 예상대로 청해일은 자신이 조금이라도 손해를 본다는 생각만 들어도 스스럼없이 동업자의 등에 칼을 박을 인간이었다. 만약 여린이 철기방과의 싸움을 중단하려는 조짐만 보여도 청해일은 당장 철기방이 아니라 여린부터 없애겠다고 덤벼들 게 분명했다.

어쨌든 지금은 약세를 보이지 않은 게 중요했다. 여린이 내공을 잃었다는 걸 알면 청해일이 또 어떻게 표변할지 알 수 없는 노릇이었기 때문이다.

청해일의 얼굴에 시선을 박은 채 여린이 자신감있는 어조로 말했다.

"허가도 받지 않은 출병 때문에 성주 대인으로부터 문책이 빗발치고 있소. 일단 이번 소나기는 피한 후 움직여도 움직여야 할 거요."

"으음······."

살기 어린 눈으로 여린을 쏘아보던 청해일이 천천히 협봉검을 거둬 다시 등 뒤의 검집 속에 넣었다.

자리를 박차고 일어서며 청해일이 단호하게 내뱉었다.

"내일부터 난 청성이 철기방에게 빼앗긴 각종 이권들을 회수하기 시작할 거야. 그러려면 관의 도움이 절대적으로 필요하지. 여 즙포의 전폭적인 지원을 기대하고 있겠어."

벌컥.

제 할 말만 마친 청해일이 거칠게 방문을 열고 나갔다.

세차게 닫히는 방문을 쳐다보며 여린이 피식 웃었다.

"저 친구는 철기련에 대해 아직 잘 모르는 모양이군. 철기련이 그의 아비인 철태산보다 열 배, 백 배 무섭고 위험한 인물이란 사실을 모르니 저렇듯 날뛸 수밖에."

참았던 피로감이 한꺼번에 밀려드는 것을 느끼며 여린은 내실 한쪽에 있는 침상으로 가 누웠다. 참으로 길고 고단한 하루였다.

*　　　*　　　*

청성산 일대는 새벽 안개가 자욱하게 깔려 있었다. 산 초입에 흐르는 작은 실개천의 옆쪽에 자리잡은 정자 안에서는 아까부터 일남일녀가 서로의 얼굴을 마주 보며 망부석처럼 서 있었다. 거인처럼 당당한 신형의 사내는 바로 하우영이었고, 파리한 안색에도 타고난 미색만은 감출 수 없는 여자는 청해일의 아내 유진영이었다.

자정이 넘어 만난 두 사람은 새벽 이슬이 내려앉을 때까지 그렇게 아무 말도 못하고 서로를 쳐다보고만 있었다. 먼저 입을 연 쪽은 하우영이었다.

"얼굴이 왜 그 모양이야? 해일이 잘해주지 않는 거야?"

진영이 고개를 가로저으며 웃었다.

"그이는 아주 잘해주고 있으니까 내 걱정일랑은 말아요."

하지만 하우영은 그녀의 웃음이 봄 가뭄에 시달린 황무지에서 피어오르는 흙먼지처럼 건조하다고 생각했다. 안 봐도 알 것 같았다. 옹졸한 청해일, 그 자식이 자신과 만났다는 이유만으로 진영을 무던히도 괴롭혔으리라.

쾅쾅!

하우영이 정자의 기둥을 주먹으로 후려치며 분노에 찬 음성으로 내뱉었다.

"편협한 놈! 자기가 원해서 빼앗아놓고 왜 괴롭혀? 사형의 여자를 빼앗을 정도로 사랑했다면 보석처럼 소중하게 다뤄야지, 왜 시든 꽃처럼 만들어? 왜?"

"아니에요, 아니에요. 그이는 정말 절 아껴주고 있어요. 그러니 제 걱정은 마시고 제발 당신이나 몸 건강하세요. 당신마저 어떻게 된다면 전 정말 살아갈 용기가… 흐흑!"

진영이 끝내 참았던 눈물을 터뜨렸다. 얼굴을 감싸 쥔 채 힘없이 주저앉아 울부짖는 진영의 모습을 하우영은 찢어지는 가슴으로 내려다보았다. 하우영의 손이 천천히 그녀의 어깨를 향해 다가갔다.

꽈악.

진영의 어깨를 잡지 못하고 한동안 망설이던 하우영의 손이 허공중에서 강하게 움켜쥐어졌다. 비에 젖은 새처럼 가녀리게 떨고 있는 그녀를 넓은 가슴에 품고 으스러져라 끌어안아 주고 싶은 마음이 굴뚝같았지만, 그는 그럴 수가 없었다. 그것이 오히려 그녀를 더 불행하게 만들 걸 알고 있었기 때문이다. 청성 따윈 무섭지 않고, 천하의 소인배인 청해일 따윈 더 더욱 무섭지 않았지만, 그녀를 데리고 도망친다 해도 철기방과 정면으로 맞서고 있는 자신이 얼마나 오랫동안 살아 있게 될지조차 장담할 수 없었기 때문이다.

쿵쿵쿵!

이마로 정자의 기둥을 두드리며 하우영은 탄식처럼 중얼거릴 뿐이었다.

"미안하다… 미안하다… 아무리 복수에 눈이 뒤집혔다 해도 청성을 뛰쳐나갈 때, 너만은 데리고 나왔어야 했거늘."

뿌드득.

정자에서 약간 떨어진 커다란 나무 뒤에 숨어 이를 갈아붙이며 두 남녀를 노려보는 눈이 있었다. 벌건 핏줄이 번진 섬뜩한 눈으로 정자 안의 두 사람을 노려보는 남자는 바로 청해일이었다. 그는 여린을 만나고 사문으로 돌아가는 길에 우연히 두 사람을 목격하게 되었다.

등 뒤의 검병을 움켜잡았던 청해일의 손이 천천히 풀리고 있었다. 맹세컨대 하우영이 아내의 몸에 손끝이라도 대었다면 당장 뛰쳐나가 애검으로 두 연놈의 목을 베었으리라. 아내를 죽여놓고 평생을 두고 후회하게 된다 해도 그는 분명 그리했을 것이다. 그래서 그는 마음속 깊은 곳에서 아내를 안아주지 않은 하우영에게 감사하고 있었다.

"이번 일만 끝나면… 철기방만 멸문시키면 다음은 네 차례가 될 것이다, 하우영."

이를 악물고 돌아선 청해일이 날 듯이 가파른 산길을 달려 올라갔다. 지금 당장 피를 보지 않으면 미쳐 버릴 것 같았다. 장문인의 새벽 잠을 깨워 청성의 정예들을 이끌고 철기방의 지배 하에 있는 표국과 전장 등을 치러 가겠노라고 허락을 구할 생각이었다.

*   *   *

며칠째 추적추적 내리던 봄비도 그치고 청명한 아침 하늘이 상쾌하게 펼쳐졌다.

그날 아침, 대북문로의 넓은 관도 변에 위치한 장안 표국은 대문을 활짝 열어놓은 채 표물을 그득 실은 마차들과 마차를 호위하는 표사들을 맞아들이고, 또 내보내고 있었다. 사천성에서 열 손가락 안에 꼽힐 만큼 번창한 장안 표국은 평소와 다름없이 분주했으나, 대문 기둥에 내걸린 흰색 조기만이 표국 안에 상서롭지 못한 일이 벌어졌음을 암시하고 있었다.

작은 키에 왜소한 체구지만 쭉 찢어진 눈꼬리에서 만만찮은 성정이 엿보이는 장안 표국의 국주 좌상복은 식전부터 대문 앞에 나와 그답지 않게 처연한 눈으로 문설주에 걸린 조기를 올려다보고 있었다.

닷새 전 친어버이처럼 존경하던 철혈대제께서 서거하셨다는 비보를 접하고 한 시진도 넘게 대성통곡을 한 그는 곧장 휘하의 표사들을 시켜 대문에 조기를 내걸도록 했다. 장안 표국은 원래 사천의 토호 중 하나인 진씨 가문에서 대대로 경영해 오던 가업이었다. 그러던 것이 철기방에서 강제로 운영권을 빼앗으면서 철기방 외원의 당주 중 한 명이었던 그가 국주로 부임해 오게 된 것이다.

시전의 노름판에서 사기 투전판이나 벌이고, 뻑 하면 칼부림이나 하는 악다귀였던 그가 번듯한 표국의 국주가 되었으니 실로 놀라운 출세라 할 만했다. 그리고 그는 자신을 이만한 지위에 올려준 철태산의 은공을 한시도 잊은 적이 없었다. 그런 방주께서 서거하신 것이다.

억장이 무려져 내리는 심정이었지만 이럴 때일수록 평소와 다름없이 표국을 잘 운영하는 것이 자신의 고향이나 진배없는 철기방을 위하고, 서거한 방주의 유일한 적통 후계자인 철기련을 위하는 길이라 굳게 믿고 있는 그는 오늘도 아침 일찍 표국의 대문을 활짝 열어젖혔다.

'여린이란 줍포 놈도 줍포 놈이지만, 더 더욱 용서할 수 없는 것은 청성의 말코도사 놈들이다. 내 언제고 상부의 명령이 떨어지면 노도처럼 쳐들어가 청성의 개 한 마리까지 도륙 내어 씨를 말려 버리고 말리라.'

그도 여린이란 일개 줍포에 의해 난공불락이었던 방이 침탈당하고, 그 와중에 방주께서 불행한 일을 당하셨다는 풍문을 들어 알고 있었다. 그러나 그를 더욱 분노케 만든 건 청성이 관과 합세했다는 사실이었다.

'버러지 같은 것들이 감히!'

지금이라도 푸른 도복을 걸친 도사 놈이 눈에 띤다면 이 자리에서 사지를 찢어발기고 싶은 심정이었다. 그래서 그는 며칠 전부터 제발 표국 앞으로 청성의 도사 한 놈만 지나가게 해달라고 빌고 또 빌었다.

그리고 그의 소원은 생각보다 훨씬 빠르게 이루어졌다.

관도 저쪽에서 푸른 도복을 입고 허리에 긴 장검을 한 자루씩 찬 청성의 젊은 도사가 한 명도 아니고 스무 명도 넘게 우르르 몰려오고 있는 게 보였기 때문이다.

"저것들이 겁도 없이 백주대로를 활보해? 얘들아, 저 싸가지 없는 말코도사들을 붙잡아라!"

도사들이 달아날 것을 염려한 좌상복이 손가락으로 도사들을 가리키며 급히 소리쳤다. 하지만 좌상복은 쓸데없는 걱정을 했다. 처음부터 도사들의 목적지는 장안 표국이었기 때문이다.

"쳐라!"

선두에서 걸어오던 청해일이 협봉검을 뽑아 겨누며 소리치자, 스무 명의 도사가 일제히 검을 휘두르며 짓쳐 나오기 시작했다. 좌상복 쪽에서도 십여 명의 표두들이 검과 도를 뽑아 들고 마주 달려나갔다.

캉!

캉캉!

"악!"

"크헉!"

"끄아악!"

곧장 칼날과 칼날이 부딪치며 시퍼런 불꽃이 작렬했지만 가슴과 팔이 베이며 차례로 고꾸라지는 것은 표두들뿐이었다.

"저, 저런 쳐죽일 놈들!"

좌상복의 놀라움은 컸다.

그도 그럴 것이 표국의 표두들은 하나같이 그가 철기방에서 직접 데려와 조련시킨 철기방의 방도들이었기 때문이다. 웬만한 산채 하나쯤은 혼자서도 궤멸시킬 수 있는 능력을 지닌 표두들을 칼질 서너 번으로 도륙 내는 것으로 보아 말코도사들은 청성의 정예 중의 정예가 분명했다.

"청성의 떨거지들이 쳐들어왔다! 모두 나와서 응전하라!"

허리띠처럼 두르고 있는 쇠사슬을 재빨리 풀어내며 좌상복이 대문 안쪽을 향해 소리쳤다. 쇠사슬의 끝에 묵직한 쇠추가 달린 그의 애병은 바로 유성추였다. 유성추는 파괴력이 굉장한 중병이었다. 기다란 쇠사슬의 회전력을 이용하여 무거운 쇠추를 내리찍으면 집채만한 바윗덩이도 한 방에 가루로 만들 수 있었다.

위잉—

위잉—

위이잉—

"덤벼라! 덤벼! 이 날파리 같은 것들아!"

좌상복이 능숙한 솜씨로 유성추를 휘두르자 도사들은 감히 접근하지 못하고 주춤주춤 물러섰다. 맨 앞쪽에 서 있던 도사 두 놈이 시선을 교차하며 신호를 주고받는가 싶더니, 한 도사 놈이 검을 강하게 휘둘러 쇠추를 팅겨내는 한편, 다른 한 놈이 빈 공간을 노리고 길게 검봉을 찌르며 덤벼들었다.

하지만 도사들은 철기방 안에서 용미우뢰추(龍尾雨雷椎)라 불리우는 좌상복의 솜씨를 너무 가볍게 보았다. 칼날에 받혀 머리 위로 팅겨 올랐던 유성추가 마치 살아 있는 용의 꼬리처럼 빠르게 한 바퀴 회전하는가 싶더니, 날카로운 쇳소리를 내며 검을 찔러오는 말코도사의 면전을 노리고 떨어졌다.

쿠웅!

비명조차 없었다. 묵직한 힘이 실린 유성추가 콧잔등에 쑤셔 박히는 순간, 말코도사의 코 윗부분이 한 줌 핏물이 되어 터져 오르고 말았다.

차르르륵.

쿠우웅!

기분 나쁜 쇳소리와 함께 다시 뻗쳐 나간 쇠추가 연이어 두 번째 말코도사의 가슴팍에 처박혔다.

"우웨엑!"

말코도사가 핏물을 한 됫박이나 토해내며 부웅 팅겨 나갔다.

위이잉—

위이잉—

"으하하하! 맛이 어떠냐, 이놈들아? 내 오늘 네놈들을 모두 죽여 방주님의 원수를 갚고야 말 테다!"

좌상복이 폭풍처럼 유성추를 휘두르자 말코도사들은 감히 덤벼들지 못하고 주춤주춤 뒷걸음질 치기에 바빴다.

"비켜라, 멍청한 놈들."

당황한 기색이 역력한 사제들을 밀치고 청해일이 앞으로 나섰다.

"이번엔 네놈의 머리통이 박살날 차례냐?"

촤르르륵.

그런 청해일의 얼굴을 노리고 유성추가 가차없이 날아들었다. 청해일은 유성추를 피하거나 막을 생각도 하지 않고 갈지자로 발을 움직이며 똑바로 다가들었다.

스스슷—

순식간에 그의 신형이 대여섯 개로 갈라지는가 싶더니, 잔상과 잔상 사이로 쇠추가 덧없이 비껴 지나갔다. 청성이 자랑하는 보법 중 하나인 환환미종보(幻環迷踪步)가 펼쳐지는 순간이었다. 당황하는 기색이 역력한 좌상복의 십 보 걸음 안에 들자마자 청해일이 가차없이 날카로운 협봉검을 쭉 내찔렀다.

촤라라락.

좌상복이 쇠사슬을 좌우로 마구 흔들어 검봉을 튕겨내려고 했다. 하지만 일 장 가까이 늘어난 검기가 뱀의 몸통처럼 쇠사슬을 휘감으며 독오른 뱀 대가리처럼 좌상복의 얼굴을 노리고 쏘아졌다.

청풍검(淸風劍).

마치 한줄기 청명한 바람처럼 유려한 청성의 비전검법이 펼쳐지는 순간이었다.

"으아아아!"

이대로 당할 수 없다는 절박한 심정으로 좌상복이 쇠사슬을 잡지 않은 왼 손바닥을 내뻗었다.

퍼억!

"어혁!"

하지만 날카로운 검봉이 손바닥을 꿰뚫고 연이어 목젖까지 뚫어버리자 좌상복은 바람 빠지는 소리를 내뱉었다. 청해일이 좌상복의 목에 칼을 박은 채 잔혹하게 웃었다.

"이제 장안 표국은 우리 청성의 것이다. 원래 우리의 소유였던 것을 되찾아가는 것뿐이니 너무 억울하게 생각하지는 말도록."

"네놈… 네놈들을……!"

눈물과 핏물이 뒤섞여 차 오르는 두 눈으로 청해일을 노려보던 좌상복은 청해일이 재빨리 검을 뽑아내자 뒤쪽으로 천천히 넘어갔다.

쿠우웅!

좌상복이 땅바닥에 굉렬히 뒤통수를 처박으며 널브러졌다. 푸른 오월의 하늘을 향해 부릅떠져 있는 청해일의 텅 빈 동공이 마치 철기방의 몰락을 예고하는 듯 스산하게 보였다.

*   *   *

소요정(小謠庭).

어린아이가 노니는 꽃밭이란 이름을 가진 정원이다.

어려서 어미를 잃은 불쌍한 여아가 있었다. 겉으론 턱없이 강하고 무섭지만 자식들에게만은 한없이 자애로웠던 아비는 그런 딸을 위해 손수 정원을 만들었다. 그 정원에서 딸이 마음껏 뛰어놀며 과거의 상처를 잊기를 바랐던 것이다.

오월이 되면서 하얀 벚꽃과 자색 목련이 만발한 그 정원에서 이제 스무 살이 된 딸은 아직도 여덟 살의 모습 그대로 기다란 비단 화의의 아랫단을 허리까지 올려붙여 허연 허벅지를 고스란히 드러내고, 온몸에 지저분하게 흙을 묻힌 채 정원을 뛰어다니고 있었다.

"호호호! 나 잡아봐라! 나 잡으면 용치!"

뒷짐을 지고 선 철기련이 침중한 시선으로 시녀 숙향과 함께 한 마리 사슴처럼 정원을 뛰어다니는 동생 려화를 지켜보고 있었다.

"잡았어요, 아씨!"

숙향이 간신히 려화의 허리를 끌어안으며 붙잡았다. 려화가 연못 쪽으로 내달리자 또 지난번처럼 물속으로 뛰어들까 봐 걱정이 된 것이다.

"이이……."

숙향에게 붙잡힌 철려화는 술래잡기를 하다가 술래에게 붙잡힌 어린애처럼 주먹을 꽉 움켜쥐고 분하다는 표정으로 부들부들 떨었다. 숙향이 그런 철려화의 앞으로 다가와 눈치를 살폈다.

"왜 그러세요, 아씨?"

"왜 붙잡았어!"

쫘악!

"까악!"

철려화가 다짜고짜 뺨을 후려치자 숙향의 얼굴이 획 돌아갔다.

코피를 쏟으며 쓰러지는 숙향을 철려화가 깔고 앉았다. 그리고 양손으로 미친 듯 뺨을 후려치기 시작했다.

"못된 년! 못된 년! 매일 나만 붙잡지! 매일 나만 괴롭히지? 응? 응?"

"아, 아씨… 제발 그만……."

숙향의 얼굴이 금세 벌겋게 부어올랐다. 정신이 이상해졌다곤 해도 철려화의 공력은 예나 지금이나 변함이 없었다. 그런 철려화가 손속에 사정을 두지 않고 뺨을 후려치자 숙향은 당장이라도 숨이 넘어갈 듯한 아찔한 통증을 느꼈다.

"그만두거라, 려화야."

철기련이 동생의 손목을 붙잡으며 만류하지 않았다면 숙향은 정말 목숨을 잃었을지도 모른다.

"오라버니?"

철려화가 언제 성을 냈냐는 듯 철기련을 돌아보며 방긋 웃었다.

콰아악.

냉큼 일어선 철려화가 오라비를 와락 끌어안으며 물었다.

"어머니는? 어머니는 어떻게 됐어요, 오라버니? 돌아가시지 않는 거죠? 아버지가 어머니를 꼭 살려주실 거죠? 그렇죠?"

"그럼, 그렇고말고."

어느새 해맑은 계집아이의 얼굴로 돌아온 동생을 내려다보는 철기련의 눈에 눈물이 맺혔다. 동생은 정확히 십여 년의 세월을 거슬러 여덟 살의 어린애로 돌아가 있었다. 사랑하는 정인에게 철저히 배신당하고, 그로 인해 아버지를 죽게 만들었다는 자책감이 동생으로 하여금 현실을 피해 과거로 도망치게 만들었다.

"려화야, 나는……."

차마 말을 잇지 못하는 철기련의 볼을 타고 굵은 눈물방울이 흘러내렸다.

"걱정 마십시오, 소군님. 아가씨는 제가 안전하게 모시겠습니다."

얼굴이 퉁퉁 부은 숙향이 철기련의 옆으로 다가와 빙긋 웃으며 말했다. 애정이 가득 담긴 시선으로 철기련이 숙향을 돌아보았다.

"고맙구나, 향아. 네가 아니었으면 나 혼자 려화를 어떻게 감당했을

지 막막하기만 하구나. 내 죽는 날까지 너의 은혜만은 잊지 않을 것이다."

"은혜라니, 천부당만부당하신 말씀입니다. 소군님께서 저와 저희 집안에 베풀어주신 은혜를 다 갚으려면 머리털로 버선을 지어 바쳐도 부족하지요."

그러면서 숙향은 또 곱게 웃었다. 그런 숙향의 바라보는 철기련의 눈매가 다시 애잔해졌다.

'나도 너처럼 살고 싶었다, 숙향아. 너처럼 아무 원망도, 욕심도 없이 선하게 살고 싶었어. 하지만 세상은 나의 작은 소망마저 무참히 짓밟아 버리는구나.'

동생 려화의 머리를 부드럽게 쓰다듬으며 철기련이 속으로 중얼거렸다.

"오라버니! 오라버니! 나랑 나비 잡자! 려화랑 같이 나비 잡으러 가자!"

철려화가 그의 팔을 잡아당기며 다시 떼를 쓰기 시작했다. 숙향이 그런 철려화의 손을 잡아끌었다.

"저랑 가요, 아씨. 제가 예쁜 호랑나비를 잔뜩 잡아 드릴게요."

"싫어! 너랑은 놀기 싫단 말이야!"

숙향에게 이끌려 정원 안쪽으로 걸어가는 동생의 뒷모습을 바라보며 철기련은 어금니를 사려 물었다. 감상에 젖을 때가 아니었다. 강해져야 한다. 그래야 가족을 지킬 수 있는 것이다.

소요정의 문을 힘차게 박차고 나온 철기련이 천룡각을 향해 걸음을 옮겼다.

용미교를 건너는 철기련의 눈에 천룡각의 높다란 누각 한복판에 내걸린 휘장에 일필휘지로 써 내려간 '대력철기(大力鐵騎)'의 네 글자가 선명하게 들어왔다.

천룡각 바로 앞에 높은 단이 만들어져 있고, 그 단 앞에 한 명은 며칠 전의 혈투에서 죽고 또 다른 한 명인 독사성은 현청의 뇌옥에 갇혀 이제 열 명밖에 남지 않은 내원의 고수들이 원주인 맹금왕 구일기를 중심으로 의자에 좌정해 있었다. 그 뒤쪽으로 외원주 마축지를 필두로 오천여에 이르는 외원의 방도들이 대오를 정렬하고 시립해 있는 게 보였다.

처처척.

외원의 방도들이 일사불란하게 길을 터준 사이로 철기련이 묵묵히 걸어 들어갔다.

이제 그의 얼굴에서 동생을 마주했을 때의 감상 따윈 찾아볼 수 없었다. 진중한 눈빛에 입술을 굳게 다문 철기련의 전신에선 감히 근접 못할 위압적인 기세가 자연스럽게 흘러나오고 있었다. 그래서일까? 새로운 주인을 바라보는 방도들의 눈에선 깊은 존경과 뿌듯한 자부심이 느껴졌다.

황망히 의자에서 일어나 머리를 조아리는 내원의 장로들을 스쳐 철기련이 단 위로 올라섰다.

단 한복판에 놓인 태사의에 철기련이 좌정하자, 태상장로의 직위를 겸하고 있는 구일기가 방도들을 향해 돌아서며 우렁찬 목소리로 외쳤다.

"철기방의 새로운 주인이신 철기련님을 향하여 군례(軍禮)!"

"충(忠)!"

"충(忠)!"

"충(忠)!"
"충(忠)!"

순간 광장을 가득 메운 오천의 철기방 방도들이 철기방의 상징인 낭아곤을 검은 방패가 둘러진 가슴에 쿵쿵 두드리며 우렁찬 함성을 내지르기 시작했다. 일사불란하게 방패를 두드리며 오천에 이르는 장정들이 용맹하게 내지르는 함성이 푸른 하늘 가득히 울려 퍼지자 절로 가슴이 두근거리기 시작했다. 강호에서 나고 자란 사내라면 누구나 한 번쯤 이런 자리에 서고 싶어할 것이다. 진심으로 충성을 맹세하는 수천의 수하들을 굽어보며 웅지를 느끼지 않는다면 그는 아마도 사내가 아닐 것이다.

하지만 철기련은 마냥 즐거워할 수 없었다.

오른손으로 쿵쾅거리는 심장을 지그시 누르며 철기련은 청명한 하늘을 한 번 올려다보았다.

'이 자리에만은 서고 싶지 않았습니다, 아버지. 어떤 희생을 치르더라도 아버지가 서 계셨던 이 자리에만은 서고 싶지 않았습니다.'

마지막 남은 감상을 털어내려는 듯 철기련이 힘차게 태사의를 박차고 일어섰다. 단 앞쪽으로 걸어나온 철기련이 한동안 조용히 내원의 장로들과 그 뒤에 시립한 방도들을 훑어보았다. 철기련이 오른 주먹을 번쩍 쳐들자, 방도들 사이로 다시 노도와 같은 함성이 들불처럼 번져나갔다.

"우와아아아!"
"철기방 만세!"
"신임 대제님 만만세!"

방도들의 충성심을 온몸으로 느껴보려는 듯 철기련이 눈을 질끈 감은 채 한동안 양팔을 활짝 벌리고 있었다. 그가 천천히 눈을 뜨자 천지 간을 뒤흔들던 함성도 일순간에 멎었다.

철기련이 방도들을 향해 조용히 입을 열었다.

"그대들의 충성심에 가슴이 벅차오른다. 모두 선대 방주님의 유지를 받들어 철혈로 이룩한 철기방의 위업을 중원 만방에 떨쳐 울리도록 하자."

낮았지만 웅후한 내력이 실린 음성은 방도들의 고막을 때리고, 심장을 뜨겁게 데웠다. 며칠 전의 참담한 패배와 주인의 갑작스런 유고로 침체되어 있던 방도들의 얼굴에 다시 강한 자부심이 피어오르고 있었다.

'한마디의 말로 수천의 마음을 사로잡는군. 범의 굴에서 개새끼가 태어나는 법은 없다고 했던가. 과연 대제의 적통답다.'

철기련을 올려다보는 맹금왕 구일기의 얼굴에 뿌듯한 미소가 번졌다.

구일기가 단 앞으로 걸어나가 철기련을 향해 허리를 깊숙이 숙이며 길게 읍을 했다.

"철혈대제의 열두 의제 중 맏형이자 내원의 열두 장로 중 선임장로인 맹금왕 구일기가 신임 방주께 인사를 올립니다."

철기련이 구일기를 지그시 내려다보며 가볍게 고갤 끄덕했다.

구일기가 천천히 고개를 쳐들며 존경과 신뢰가 가득 담긴 눈으로 철기련을 우러러 보았다.

"지금부터 저희 장로들이 철기방의 이만 식솔들을 대신하여 방주님께 충성 서약을 할 것인즉, 부디 어여삐 받아주옵소서."

동시에 구일기와 그 뒤에 일렬로 늘어선 나머지 아홉 명의 장로가 털썩털썩 무릎을 꿇었다. 장로 중 한 명인 백옥수(白玉手) 소화영이 흰색 광목과 단검 한 자루, 그리고 사발이 든 쟁반을 받쳐 들고 구일기의 옆으로 다가왔다. 사뿐히 무릎을 꿇은 소화영이 구일기를 향해 정중히 쟁반을 내밀었다.

먼저 광목을 바닥에 깔고 그 위에 사발을 올려놓은 구일기가 오른손으로 단검을 움켜쥐고 다시 철기련을 올려다보았다.

스윽.

철기련의 얼굴에 시선을 박은 채 구일기가 단검으로 왼손 손바닥을 그었다. 사발 위에서 왼 주먹을 힘주어 움켜쥐자 사발 안으로 붉은 핏방울이 후두둑 떨어졌다. 뒤이어 나머지 장로들도 손바닥을 그어 사발 안에 핏물을 섞었다.

넘칠 만큼 핏물이 찰랑거리는 사발을 다시 양손으로 받쳐 든 구일기가 철기련을 향해 읍했다.

"비복들의 천한 피로 맹세를 삼아 이렇게 왔습니다. 부디 거절치 말고 받아주소서, 철혈의 주인이시여."

철기련이 그런 구일기를 내려다보며 무덤한 목소리로 물었다.

"어느 길로 왔는가?"

"신(信)의 강을 건너고, 협(俠)의 산을 넘어 왔습니다."

"어떤 맹세를 품고 달려왔는가?"

"태어난 날은 달라도 죽는 날은 같을 것이며, 주인의 주검 앞에 반드시 우리 모두의 주검이 먼저 놓여 있을 것이라는 맹세를 품고 왔나이다."

철기련이 희미하게 웃었다.

"과연 그대들은 의인(義人)이구려. 내 기꺼이 그대들과 피를 섞겠소."

철기련의 허락이 떨어지자 사발과 단검이 놓인 쟁반을 얼굴 높이로 받쳐 든 구일기가 조심스럽게 계단을 올랐다.

철기련 역시 지체없이 손바닥을 갈라 사발 속에 피를 섞었다. 그리고 양손으로 사발을 움켜잡고 그 안에 담긴 핏물을 단숨에 들이켜 버렸다.

"충성을 맹세하나이다!"

철기련의 옆에 서 있던 구일기가 허물어지듯 무릎을 꿇으며 바닥에 이마를 짓찧었다.

쿵!

쿵쿵!

연이어 나머지 아홉 명의 장로가 피가 배어 나오도록 땅바닥에 이마를 찧었고, 오천여의 방도들도 땅바닥에 엎드려 이마를 박았다.

"충성을!"

"충성을!"

"충성을 맹세하옵니다!"

수천의 장한들이 일제히 머리를 박고 있는 너머에서 장포 자락을 펄럭이며 오연히 버티고 서 있는 철기련의 신위는 가히 황제의 위세를 방불케 했다.

좌우로 천룡이 승천하는 문양이 선명하게 양각된 열 개의 기둥이 늘어선 천룡각의 대전 한복판에 철기련을 중심으로 열 명의 장로가 둘러앉아 있었다.

"여린이 북경의 규찰원에서 사하현 즙포로 사령장을 받은 건 지난 초겨울이었습니다. 황궁에서 암약 중인 세작(細作)의 보고에 의하면 여린은 황사인 당상학의 수제자였고, 또한 그의 입김을 빌어 일부러 외진 사하현으로의 부임을 자청했다고 합니다. 그렇게 부임하자마자 놈은 사하현 당주인 갈산악을 포박하였고, 갈산악을 굴복시켜 한주의 향주이자 내원의 장로 중 일인인 독사성을 포박하는 데 성공했습니다. 또한 어떤 방법을 이용했는지는 모르지만, 독사성마저 굴복시켜 천룡각 지하의 비밀 서고에 보관된 '붕우금침어령'의 존재까지 파악한 후 전대 황제께서 하사하신 족자를 탈취, 철기방을 내습할 수 있는 토대를 마련했습니다. 여러 정황으로 보아 여린은 꽤 오랜 세월 본 방을 치기 위해 치밀한 준비를 해온 것이 분명합니다."

철기방의 정보 조직이랄 수 있는 추밀전(樞密殿)의 전주를 맡고 있는 백옥수 소화영의 낭랑한 목소리가 넓은 대전 안에 울려 퍼졌다. 이미 환갑을 넘긴 나이지만 깊은 내공으로 인하여 마흔을 갓 넘긴 미부인처럼 보이는 소화영, 그녀의 목소리 또한 청아했다. 하지만 그녀의 보고는 좌중의 마음을 한없이 무겁게 만들었다.

성격이 화급한 화염극왕(火焰戟王) 독보광이 애꿎은 소화영을 향해 눈을 부라렸다.

"그놈이 우리 철기방과 무슨 철천지 원한을 맺었길래 그런 짓거리를 하고 다닌단 말이오?"

혓바닥으로 입술을 적신 소화영이 빠르게 말을 이었다.

"우리 추밀전은 방주님의 도움을 받아 즙포 여린의 과거에 대한 정확한 정보를 얻었어요. 여린은 지금으로부터 십여 년 전 사하현의 현감으로 본 방에 대한 내사를 벌이다 전대 방주님께 척살당한 여진중의 아들로 밝혀졌습니다."

"으음……."

"크흐흠……."

여린이 여진중의 자식이란 사실을 접한 장로들은 꽤나 충격을 받은 것 같았다. 장로들이 저도 모르게 깊은 침음을 흘렸다.

독보광이 뿌드득 이를 갈아붙이며 내뱉었다.

"어쨌든 전대 방주께서 사고를 당하신 건 독사성의 배신 때문이 아니오? 배은망덕한 놈… 방주님이 저를 친아우처럼 키우셨거늘!"

의제인 독사성에 대한 이야기가 나오자 의제들 중 맏형인 구일기의 표정이 더욱 어두워졌다.

"내 이놈을 당장!"

당장이라도 방태극을 뽑아 들고 뛰어나가려는 독보광을 철기련이 조용히 손을 뻗어 제지했다.

"독 숙부의 잘못이 아닙니다. 여린, 그 교활한 친구가 독 숙부로서도 도저히 어쩔 수 없는 극단적인 방법을 동원했을 겁니다."

"그래도 붕우금침어령에 대해서만은 누설하지 말았어야죠! 그것이 어떤 파국을 불러올지 충분히 알 만한 놈이 아닙니까?"

독보광의 얼굴을 바라보며 철기련이 정색을 하고 말했다.

"독보광 숙부께서는 아직 여린이란 친구에 대해 잘 모르시는 것 같군요. 그는 상처 입은 야수와도 같은 존재입니다. 제 아비를 죽인 원수들을 파멸시키기 위해선 어떤 고통도, 어떤 비열한 수단도 감내할 준비가 되어 있지요. 그렇기에 평소 누구보다 아버님에 대한 충성심이 절대적이었던 독 숙부마저 굴복시킬 수 있었던 겁니다."

"끄응~"

독보광이 할 말이 없는 듯 신음성을 내뱉었다.

콰앙!

"이제 우리가 놈들을 응징할 차례입니다, 방주! 영왕의 역모에 연루되면서 자중하고 또 자중해 왔습니다만, 전대 방주께옵서 서거하신 마당에 더 이상 참고 있을 수만은 없습니다!"

한 자루의 피리로 천하의 모든 금수들을 부릴 수 있다는 만수마군(萬獸魔君) 조충이 울분을 토해냈다. 하지만 정작 철기련은 덤덤하기만 했다.

한동안 조용히 침묵을 지키고 있던 철기련이 역시 입을 닫고 있는 구일기를 돌아보며 물었다.

"구 수북께서도 같은 생각이십니까?"

"쉽게 결정한 일은 아닌 것 같습니다. 자칫하면 황실에 철기방을 토벌할 수 있는 명분을 제공할 수도 있을 테니까요. 사실 우리에겐 이제 붕우금침어령이란 방패막이도 사라지지 않았습니까?"

역시 선친의 열두 의제 중 맏형답다는 생각을 하며 철기련은 고개를 끄덕였다.

"좋은 지적이십니다. 황실은 지금 점점 강성해져만 가는 영왕의 세력 때문에 우리에게까지 신경을 쓸 여력이 없습니다. 이럴 때에 우리가 나서서 관을 자극할 필요는 없겠지요. 지금은 아버님의 유고로 흔들리는 방도들을 다잡고, 소용돌이치는 정국을 헤쳐 나갈 내실을 다지는 게 중요한 때입니다."

"말도 안 되는 소리!"

독보광이 또다시 핏대를 세웠다.

"오늘 아침에 날아든 급보에 의하면 청성이 이미 국주 좌상복을 주살하고, 장원 표국을 집어삼켰다고 합니다! 이대로 웅크리고만 있다가는 철기방은 사천에서 기반을 완전히 상실하고 말 겁니다!"

독보광이 짧은 머리털을 빳빳이 곤두세운 채 철기련을 노려보며 씨근덕거렸다. 전대 방주인 철태산의 면전에선 감히 상상조차 할 수 없는 불경스런 짓거리였다. 아무리 충성을 맹세했다고는 하나, 철기련은 어쨌든 내원의 장로들이 갓난아기였을 때부터 성장하는 과정을 지켜본 철부지 조카에 불과했다. 내심으론 아직 철기련을 진정한 주군으로 받아들이기가 힘든 게 사실이었다.

그런 독보광에게 구일기가 일침을 가했다.

"방주님 앞에서 무슨 불경스런 짓이냐, 오제(五弟)? 언행을 각별히 주의하도록 하라."

"끄으응~"

독보광이 불만 섞인 신음을 토하며 고개를 홱 돌려 버렸다.

장로들의 면면을 훑어보며 철기련이 차분한 음성으로 말했다.

"지금은 용기보다는 인내심이 필요할 때입니다. 지금 한 번 참으면 천하를 얻을 수 있으나, 참지 못하면 멸문의 화를 당할 수도 있습니다. 한나라의 재상 한신이 말했듯이 때로는 기다릴 줄 아는 것이 진정한 용기라는 걸 잊지 말아주십시오."

"지금 우릴 가르치려는 겁니까, 방주? 우린 방주가 오줌싸개였을 때부터 강호의 혈풍을 뚫고 지금의 철기방을 만든 장본인들이외다!"

철기련이 말하는 내내 고까운 표정을 짓고 있던 독보광이 자리를 박차고 일어섰다.

독보광이 손가락으로 철기련의 얼굴을 겨누며 씹어뱉었다.

"방주께서 나서지 않겠다면 나라도 나서겠소! 휘하의 수하들을 이끌고 나아가 저 세상 만난 듯 설쳐 대는 청성의 개들을 깡그리 죽여 버리겠단 말이오!"

"이보게! 이보게, 오제!"

만류하는 구일기를 싹 무시하고 독보광이 씩씩거리며 대전을 빠져나갔다.

철기련은 조용히 나머지 장로들의 면면을 살폈다. 모두 굳게 입을 다물고 있었으나, 철기련의 결정에 불만을 품은 표정들이 역력했다.

철기련이 희미하게 웃으며 말했다.

"오늘 회의는 이쯤에서 끝내도록 하지요. 다른 장로 분들도 모두 돌아가십시오."

소화영과 조충 등이 철기련에게 가볍게 고개를 숙이고는 다른 장로들과 함께 대전을 빠져나갔다. 금강석을 깎아 만든 기다란 탁자에는 철기련과 구일기, 두 사람만이 남게 되었다.

"……."

철기련도 구일기도 한동안 말이 없었다.

어색한 침묵을 깨뜨린 건 구일기였다.

구일기가 머리를 깊숙이 조아리며 사죄의 말을 건넸다.

"죄송합니다, 방주님. 모두가 의제들을 잘못 건사한 저의 불찰입니다."

"구 숙부님."

철기련이 친근한 미소를 머금고 다정한 목소리로 구일기를 불렀다.

"예, 방주님."

"예전처럼 편히 대하십시오. 그래야 저도 편하게 속내를 얘기할 거 아닙니까?"

"하지만……."

"숙부님과 저 단둘이 있을 때만이라도 그렇게 해달라는 말입니다."

구일기가 황송하다는 표정으로 고개를 끄덕였다.

"그렇게 하겠습니다."

철기련이 한숨 섞인 음성으로 물었다.

"제가 지금 잘못하고 있는 걸까요? 나머지 숙부님들이 불만을 갖는 건 당연한 걸까요? 아버지라면 이럴 때 어떻게 하셨을까요?"

"그건 나도 잘 모르겠다. 다만 기련이 네가 심각한 도전에 직면한 것만은 분명해 보인다."

"도전… 도전이라……."

"무림방파는 겉으론 사문에 대한 충성과 의리로 결속되어 있는 것처럼 보이지만, 실은 충성에 대한 보상이 확실하게 이루어지지 않으면 하루아침에 모래성처럼 흩어지고 만다. 지금 방의 수뇌들인 장로들은 개인적 이익을 위협받고 있지. 방이 장악하고 있는 표국과 전장, 그리고 유흥가가 모두 그들의 이익을 보장해 주는 수입원들이야."

"그런데 제가 그것들을 잠시 포기하라고 하니 반발하는 거군요."

"그렇지."

"조금만 참으면 더욱 크고 단 열매를 따먹을 수 있을 텐데요."

구일기가 천천히 고개를 가로저었다.

"대부분의 사람은 눈앞의 이익에 급급해하지. 그들에겐 내일의 금덩이보다 오늘의 은 한 냥이 더욱 소중한 법이거든."

"그래도 참아야 합니다. 참지 못하면 모든 걸 잃게 됩니다."

"나는 네 생각에 동의한다. 하지만 나머지 장로들이 참을 수 있을지, 그것이 걱정이로구나."

구일기가 침중한 표정으로 말했다. 철기련의 표정도 그리 밝지만은
않았다.

철기련이 깊은 고민에 빠져 있는 그 시간, 천화루 마 대인은 낯선 손
님과 천화루의 깊숙한 방 안에 마주 앉아 있었다.

독사성을 포박하는 데 협조한 대가로 사하현 현청에서 태형 열 대만
맞고 돌아온 이후, 마 대인은 밤마다 잠을 자는 방을 수시로 바꾸며 전
전긍긍하고 있었다. 철기방의 보복이 두려웠기 때문이다.

밤마다 악몽에 시달리고, 아무리 기름진 음식을 입 안에 넣어도 맛
을 몰랐다. 초조할수록 아편만 찾게 되었고, 그래서 지금 마 대인의 눈
밑은 검게 그늘져 큰 중병을 앓고 있는 병자처럼 보였다.

찻잔을 들어올리는 마 대인의 손이 덜덜 떨리는 것을 찻물을 홀짝이
며 북소소는 유심히 바라보고 있었다. 북소소도 마 대인이 아편 중독
자임을 한눈에 알아보았다. 또한 마 대인이 엄청난 공포심에 휩싸여
있다는 사실도. 마 대인의 이상한 태도만 보아도 여린의 수사에 무언
가 미심쩍은 부분이 있었다는 걸 눈치채고 있는 북소소였다.

북소소가 찻잔을 내려놓으며 불현듯 물었다.

"사면의 대가로 여 즙포님과 뒷거래가 있으셨다고요?"

"……!"

놀라움으로 눈을 부릅뜨는 마 대인의 낯빛이 대번에 백지장처럼 창
백해졌다.

그럴 줄 알았다는 듯 북소소가 씨익 웃었다.

"이런이런… 제가 그만 정곡을 찔렀나 보군요."

"무슨 헛소리를 하는 게요? 그런 일 없소이다!"

마 대인이 양손을 격하게 내저으며 부인했다. 그러나 마 대인의 부정이 강하면 강할수록 북소소는 제대로 짚었다는 확신이 들었다.

북소소가 마 대인의 얼굴을 똑바로 응시하며 확신에 찬 음성으로 말했다.

"제가 조사한 바에 따르면, 마 대인께선 천화루의 밀실에서 아편을 피운 후 기녀와 정사를 나누다가 현장에서 포박당했어요. 그런 분이 어떻게 열흘도 안 돼 풀려날 수 있죠? 잘 아시다시피 아편의 복용은 국법으로 엄하게 금하고 있는 불법 행위예요. 최소 태형 백 대는 얻어맞고, 성청의 지하 뇌옥에서 일 년 정도는 복역해야 합당한 형벌이랄 수 있죠."

"끄으으……."

마 대인의 표정이 무섭게 표변했다. 생기 없던 눈에 뜨거운 분노의 불길이 화악 번지며 북소소를 잡아먹을 듯이 노려보았다. 심한 감정의 기복은 아편 중독자의 전형적인 증상 중 하나였다.

마 대인이 손가락으로 방문 쪽을 가리키며 빽 소리쳤다.

"줍포면 다야? 나가! 내 방에서 썩 나가!"

"주인께서 나가라면 나가야죠."

양손으로 탁자 모서리를 짚고 일어선 북소소가 마 대인에게 얼굴을 바싹 들이밀고 히쭉 웃었다.

"곧 다시 만나게 될 겁니다, 마 대인."

타앙!

북소소가 나가고 방문이 거칠게 닫혔다.

"헉… 헉헉……."

가쁜 숨을 몰아쉬며 마 대인이 핏발 선 눈으로 닫힌 방문을 노려보았다.

"아편! 아편이 필요해!"

방 한쪽에 놓여 있는 문갑을 뒤적여 생아편을 찾아낸 마 대인이 곰 방대 속에 아편을 집어넣고 걸신들린 사람처럼 빨아대기 시작했다. 달착지근한 아편 연기가 방 안 가득히 퍼지자 마 대인은 비로소 편안한 표정이 되었다.

"큭큭큭! 죽일 수 있으면 죽여 봐. 하나도 무섭지 않아."

불안정하던 마 대인의 두 눈은 어느새 편안하게 가라앉아 있었다.

서녘 하늘이 붉게 물들어 있었다.

하나둘 불을 밝히기 시작한 대서문로의 주루 골목을 북소소는 생각에 잠긴 채 걷고 있었다. 따뜻한 훈풍이 감미로운 저녁이었지만 북소소의 마음은 그리 편치가 않았다.

철기련의 부탁을 받고 여린을 조사하기 시작하자마자 미심쩍은 점들이 눈에 띄기 시작한 것이다. 자신과 비슷한 방황을 하고 있던 여린의 고뇌에 찬 얼굴이 떠오르자 북소소는 왠지 마음이 무거워졌다. 동료를 팔아먹는 기분이라고나 할까?

'그래도 원칙은 원칙이지. 과정상의 원칙을 어겼다면, 결과가 아무리 좋아도 책임을 지는 게 당연해.'

북소소는 애써 마음을 가다듬었다. 그러면서도 지금 자신이 만나러 가는 사람에게서 더 이상 여린에 대한 의심을 증폭시킬 만한 증언을 듣지 않게 되길 소망했다. 이번에 만나는 인물은 여린의 지난 수사에 대한 결정적인 단서를 제공할 수 있는 사람이었고, 그래서 북소소는 조금 초조했다.

"아하하하!"

"깔깔깔!"

꽤 번듯한 사합원의 대문을 밀치고 들어서자 아이들의 밝은 웃음소리가 먼저 반겼다. 열 살쯤 되어 보이는 사내아이와 그보다 두세 살쯤 어려 보이는 계집아이가 서로를 붙잡겠다고 마당을 빙글빙글 맴도는 게 보였다.

한동안 따뜻한 시선으로 아이들을 지켜보고 있던 북소소가 스윽 고개를 쳐들었다. 마당 건너 툇마루에 젊은 시절 사내깨나 홀렸을 법한 서른 살쯤의 여인이 멍하니 넋을 놓고 앉아 있는 게 보였다. 북소소는 한눈에 저 여인이 자신이 만나고자 하는 인물임을 알아보았다.

"안녕하세요?"

"누구……?"

북소소의 목소리에 퍼뜩 정신을 차린 여인이 의아한 눈으로 북소소를 내려다보았다. 북소소가 품속에서 영패를 꺼내 보이며 싱긋 웃었다.

"저는 즙포 북소소라고 합니다."

"즙포께서 왜 우리 집에……?"

북소소의 신분을 확인한 여인의 두 눈으로 당혹감과 경계심이 동시에 스치고 지나갔다. 범법자 남편을 둔 아낙의 자연스런 경계심.

여인이 안심할 수 있도록 친근한 미소를 지으며 북소소가 물었다.

"돌아가신 갈산악 당주님이 부군되시죠?"

"남편의 일 때문에 왔다면 전 더 이상 할 말이 없어요. 철기방에서 사람들이 나왔을 때도 똑같이 얘기했고요."

"철기방에서 다녀갔나요?"

미소를 머금은 북소소의 두 눈으로 예리한 기광이 빠르게 스치고 지나갔다.

"그래요! 왔었어요! 그 사람들도 죽은 남편을 죄인 취급하더군요! 이십 년 동안 머슴처럼 일한 사람이 죽었는데, 어떻게 위로의 말 한마디 건네지 않고… 흐흑!"

허물어지듯 주저앉은 여인이 양손으로 얼굴을 감싸고 서러운 눈물을 터뜨렸다. 북소소가 그런 여인의 옆에 앉아 팔로 어깨를 감쌌다.

"안심하세요. 전 부인을 추궁하러 온 게 아니라 부군의 억울한 죽음을 밝혀내러 온 사람이니까요."

"억울한 죽음?"

여인이 번쩍 고개를 쳐들고 눈물 젖은 눈으로 북소소를 돌아보았다. 북소소가 확신에 찬 표정으로 마주 고개를 끄덕였다.

"그래요. 전 부군께서 억울한 죽임을 당했다고 생각해요. 그리고 제 생각이 맞다면, 그 억울함을 풀어드리는 게 살아 있는 사람들의 도리일 거예요."

"밖에서는 남에게 못할 짓을 하고 돌아다녔지만 집으로 돌아오면 착한 남편이고, 자상한 아비였어요."

북소소와 나란히 툇마루에 걸터앉으며 여인이 한숨 섞인 음성으로 말했다.

"하하하!"

"깔깔!"

마당을 빙글빙글 뛰어다니는 어린 아들과 딸을 처연히 바라보던 여인의 눈가에 문득 원독이 어렸다.

"남편은 죽기 전날 밤, 현청에서 풀려나 집으로 돌아왔어요. 난 남편이 돌아와 기뻤지만 그 사람은 굉장히 불안해하고 있었어요."

"왜죠?"

"여린이란 즙포사신이 자길 죽이려 한다고 했죠."

"좀 더 자세히 말해보세요."

북소소가 마른침을 삼키며 여인을 재촉했다.

"남편이 말하길, 자기는 여 즙포가 보호해 준다는 말만 믿고 철기방
에 해가 될 비밀을 몽땅 털어놓았는데, 막상 여 즙포는 아무런 안전 장
치 없이 자기를 현청 밖으로 쫓아냈다고 했어요."

"철기방에서 살수들을 파견할까 봐 두려웠던 거군요."

여인이 고개를 끄덕였다.

"그래요. 그런데 그날 밤 여 즙포가 남편을 찾아왔어요. 밖에서 잠
깐 즙포사신을 만나고 들어온 남편은 그 사갈 같은 놈이 자기에게 이
상한 짓거리를 다 시킨다고 불같이 화를 냈죠."

"이상한 짓이라뇨?"

"한 여자를 겁탈하라고 시켰다는 거예요. 그 일을 해주면 안전을 보
장해 준다는 약속과 함께."

"여자를 겁탈하라고 시켰다고요? 대체 왜요?"

"그건 잘 모르겠어요. 다만 그 여자가 청성파 장문인의 애제자라고
만 말했어요."

"청성파?"

북소소가 눈을 부릅떴다.

북소소도 이번 철기방 공격에서 청성파가 결정적인 조력을 했다는
걸 알고 있었다. 음모의 냄새가 풍겼다. 무언가 축축하고 기분 나쁜 추
악한 음모의 냄새 말이다.

"그날 밤 남편은 한숨도 자지 못하고 병든 개처럼 끙끙 앓았어요. 내가 그 줍포사신의 부탁을 들어주면 어쨌든 안심해도 되지 않느냐고 하자, 남편은 그 작자가 아무래도 자길 살려둘 것 같지 않다고 말했어요. 지금으로부터 십여 년 전 자기가 방주님과 함께 그 여 줍포의 친아버지를 죽이는 데 일조했기 때문에 결코 자신을 살려두려 하지 않을 것이라며 전전긍긍했죠."

"갈 당주께서 십여 년 전 줍포사신 여린의 친부를 살해하는 데 가담을 했다고요?"

북소소의 입에서 단말마의 외침의 터져 나왔다. 이제야 무언가 조합이 맞춰지는 기분이었다. 어둡고 축축한 땅속 깊숙이 감추어져 있던 과거와 현재를 가로지르는 진실이 서서히 추악한 몸통을 드러내려는 순간이었다.

여인이 눈물을 글썽이며 말을 이었다.

"그날 새벽 남편은 집을 나섰어요. 아이들이 자는 모습을 한동안 지켜보다 나간 남편은 결국 사흘이 지나서야 싸늘한 주검이 되어 돌아왔죠. 무서워서 장례조차 치를 수 없었어요. 평소 자주 찾던 암자로 가서 스님들과 남편을 화장하고, 뼈는 계곡 아래에 뿌렸죠."

설움과 원독이 사무친 눈으로 북소소를 돌아보며 여인이 확신에 찬 어조로 내뱉었다.

"남편이 선한 사람은 아니라는 건 알아요. 하지만 아무리 죄인이라도 그런 식으로 농락하고 죽일 수는 없는 법이잖아요? 특히나 법을 집행한다는 줍포사신이 말이에요."

"그렇다면 아주머니는……?"

"그래요. 나는 그 여린이란 줍포사신이 남편을 죽였다고 확신해요."

"……."

북소소는 잠시 할 말을 잃었다. 망치로 뒤통수를 세게 얻어맞은 사람처럼 북소소는 한동안 멍하니 입을 벌리고 있었다.

*   *   *

그날 밤도 대서문로의 홍등가는 형형색색의 불빛으로 화려했다. 술과 여자가 그리운 사내들의 팔을 잡아끌며 교태를 부리던 기녀들이 흠칫흠칫하며 길 저쪽을 돌아보았다. 푸른색 도복을 입고, 이마엔 같은 색의 영웅건을 두르고, 허리에 일검 한 자루씩을 비껴 찬 당당한 신위의 도사 서른 명이 위풍당당하게 걸어오고 있었던 것이다.

"어머, 도사님들이 단체로 놀러 오셨네. 저희 홍루로 가시면 특별히 반값에… 꺅!"

눈치없이 선두에 선 청해일의 팔소매를 잡아당기던 기녀 하나가 뺨을 얻어맞고 뒤쪽으로 벌러덩 나자빠졌다.

청해일이 인근에서 가장 큰 주루의 대문 앞에 우뚝 멈춰 섰다. 천화루를 제치고 대서문로에서 가장 잘나가는 홍루가 된 백화루였다.

"도사님들께서 저희 기루엔 무슨 용무… 으악!"

대문을 가로막고 서 있던 집사가 청해일에게 발목을 걸어차이곤 고꾸라졌다.

"오늘부터 대서문로의 홍등가는 우리가 관리한다! 방해하는 놈은 모조리 요절을 내라!"

대문을 거칠게 열어젖히는 청해일을 필두로 청성의 도사들이 우르르 백화루의 넓은 마당 안으로 짓쳐들어갔다.

"웬놈이냐?!"

휘이잉—

폭갈음과 함께 큼직한 수레바퀴 하나가 팽이처럼 회전하며 청해일의 얼굴을 노리고 날아들었다. 그 기세가 범상치 않은지라 청해일은 잔뜩 기를 불어넣은 양손을 황망하게 내뻗었다.

파아앙!

"끄흑!"

간신히 수레바퀴를 튕겨낼 수 있었지만 강한 충격을 받은 청해일 역시 두세 걸음을 물러서야 했다.

"큭큭큭!"

되돌아온 수레바퀴를 오른손 검지 하나로 받아 든 채 팽이처럼 핑글 핑글 휘돌리는 마부복 차림의 땅달보 중년인과 그 뒤에 낭아곤 한 자루씩을 꼬나쥐고 살기 어린 눈을 빛내고 있는 오십여 명의 철기방 문도들을 청해일이 긴장 어린 시선으로 노려보았다.

땅달보 중년인 마축지가 청해일을 지그시 쏘아보며 으르렁거렸다.

"네가 청성의 냉정검이냐? 나는 철기방 외원의 원주 마축지라는 어른이시다. 네놈이 하도 저 죽을지 모르고 설친다고 하여 버릇 좀 고쳐주려고 왔다."

"그렇군. 웬 늙은이가 주책없이 수레바퀴를 가지고 장난을 치나 했더니, 네가 마축지였어."

태연히 웃으면서도 청해일은 내심 긴장했다. 지난 삼 년 동안 타도 철기방을 목표로 자신이 직접 지옥 훈련을 시켜 조련한 창천청검대(蒼天靑劍隊)를 이끌고 철기방의 근거를 치기 시작한 이래, 최고의 강적을 만난 것이다. 외원주 마축지라면 내원의 장로들을 제외하곤 철기방 안에서 다섯 손가락 안에 꼽히는 고수라 알고 있었다.

청해일이 등 뒤의 협봉검을 뽑아 들며 한 걸음 앞으로 나섰다.

"대문을 지키고 있어야 할 영감까지 집 밖으로 내몬 것을 보니 철기 방도 급하긴 급했군. 아이들은 잠시 뒤로 물리고 우리끼리 먼저 손을 섞어보는 건 어때?"

"듣던 대로 겁이 없는 놈이로군. 네깟 애송이가 나의 맞수가 될 성싶으냐?"

"차고도 넘친다고 생각한다."

"오냐, 애송아! 소원이라면 육젓으로 만들어주마!"

패애애앵!

마축지가 오른손을 쭉 내찌르자 수레바퀴가 맹렬히 회전하며 폭출되었다. 거리를 좁혀 올수록 수레바퀴의 회전력은 더욱 강해져 바퀴 주변으로 원반 같은 경기가 형성되었다.

우우웅—

청해일도 검병을 잡은 손아귀에 잔뜩 공력을 불어넣어 검봉 끝으로 기다란 백색 검기를 뽑아냈다.

"으하아압!"

캉캉캉캉!

맹렬한 기합과 함께 청해일이 목전으로 닥쳐 든 수레바퀴를 검으로 마구 후려쳤다. 검과 수레바퀴가 부딪칠 때마다 시뻘건 불꽃이 사방으로 비산했다. 검봉 끝으로 뻗어 나온 검기가 오 척 정도로 길어졌다. 청해일이 공력을 배가시키면서 수레바퀴가 조금씩 뒤쪽으로 밀려나기 시작했다.

"철부지인 줄만 알았더니, 칼질은 제법 야무지게 배웠구나!"

위기를 느낀 마축지가 활짝 펼친 양손을 뻗어 눈에 보이지 않는 무형의 공력을 수레바퀴에 불어넣었다.

휘이이잉!

수레바퀴가 더욱 빠르게 회전하기 시작했고, 이번엔 청해일이 밀렸다. 뒷발로 땅바닥을 강하게 밟고 버티며 청해일이 더욱 강한 힘으로 검을 휘둘렀다. 양측 모두 혼신을 다하면서 일 다경 가까이 서로 밀고 밀리기를 반복했다. 청해일은 슬슬 피로감을 느끼기 시작했다.

청해일은 힘보다는 속도에 주력하는 검법을 익혔다. 상대가 미처 방비를 취하기도 전에 속도감이 뛰어난 협봉검을 섬전처럼 찔러 목을 꿰뚫어 버리는 것이 주특기였던 것이다. 그런 청해일에게 가장 까다로운 상대가 바로 마축지처럼 무식하게 힘으로 부딪치는 상대였다.

'오래 끌어 좋을 건 없지.'

일단 판단이 서자 청해일은 미련없이 검을 회수하곤 땅바닥에 뒤통수가 닿을 정도로 한껏 허리를 젖혔다.

위이잉!

갑자기 반발력이 사라진 수레바퀴가 강한 바람을 일으키며 청해일의 얼굴 위를 아슬아슬하게 스치고 지나갔다. 허공중에서 한 바퀴 크게 선회한 수레바퀴가 다시 청해일의 뒤통수를 노리고 되돌아왔다. 하지만 그때 청해일은 이미 마축지의 텅 빈 목을 노리고 검봉을 찔러 가는 중이었다.

쾌콱!

마축지가 눈앞에서 양손으로 검봉을 잡아내자 청해일이 놀라움으로 눈을 부릅떴다. 마축지가 그런 청해일을 향해 비릿하게 웃었다.

"큭큭! 이제 곧 네 뒷골 깨지는 소리를 들을 수 있을 게다."

청해일이 힐끗 눈알만 굴려 뒤를 보았다. 원형의 거대한 칼날처럼 회전하는 수레바퀴가 머리카락에 닿을 정도로 닥쳐 들고 있었다.

"안 놓으면 다친다!"

파라락!

청해일이 검을 빠르게 회전시키자 검날을 잡고 있던 마축지의 철판처럼 단단한 손바닥이 베어지며 핏방울이 튀겼다.

"우욱!"

마축지가 저도 모르게 검날을 놓고 주룩 밀려났다.

슈슈슈슉—

청해일이 연달아 검을 내찌르자 단숨에 너댓 개의 검광이 그려져 마축지의 사방을 압박해 들어갔다. 생긴 것과는 달리 마축지는 제법 영활한 신법으로 검광을 가까스로 피해냈다. 그러나 마지막 검광이 자신의 옆구리에 깊숙한 자상을 남기는 것만은 막을 수 없었다.

"후퇴! 일단은 모두 후퇴다!"

되돌아온 수레바퀴를 양손으로 받쳐 들고 마축지가 수하들과 함께 정신없이 달아나기 시작했다.

기세가 오른 청해일이 검끝으로 마축지의 뒷등을 겨누며 젊은 도사들을 향해 소리쳤다.

"한 놈도 살려 보내지 마라!"

"와아아!"

청해일은 땅바닥 위를 나는 듯이 내달려 마축지와 철기방 방도들의 뒤를 쫓고 있었다. 미로처럼 얼기설기 얽힌 홍등가의 어둡고 좁은 뒷골목을 마축지가 정신없이 달아나고 있었기 때문이다.

'목을 베어 사문으로 보내리라.'

사실 그는 확실한 전공이 필요했다. 장문인인 공산 진인의 세수는 이미 팔십. 곧 장문 직을 물려줘야 할 것이다. 그 외에도 일대제자들 중 서넛이 후계자로 이름이 오르내리고 있는 상황에서 마축지의 목을 베어 보낸다면 장문직은 따놓은 당상이나 다름없었다. 그래서 막 또 하나의 골목을 돌아 달려나가는 청해일의 마음은 조급하기만 했다.

"이, 이게 뭐야?"

골목을 빠져나와 갑자기 탁 트인 널찍한 공터에 멈춰 선 청해일이 놀라 소리쳤다.

사방이 기루들의 높다란 뒷담으로 가로막힌 공터 한복판으로 달아나기에 급급했던 마축지와 철기방 방도들이 득의만면한 웃음을 머금고 버티고 서 있는 것이 아닌가? 정황으로 보아 청해일이 마축지 등을 막다른 골목에 몰아넣은 것으로 보아야 했다. 하지만 마축지는 결코 고양이에게 쫓겨 구석으로 몰린 생쥐의 표정이 아니었다.

"아차!"

퍼뜩 정신을 차린 청해일이 뒤를 돌아보는 순간, 밀폐된 공터로 들어서는 유일한 통로를 가로막고 서 있는 커다란 방태극 한 자루를 꼬나쥔 강맹한 인상의 노인과 수십 명의 또 다른 철기방 방도들이 보였다.

"이런… 함정에 빠졌구나."

청해일이 이를 갈아붙였다.

방태극을 꼬나쥔 노인이 앞으로 한 걸음 나서며 우렁차게 소리쳤다.

"나는 철기방의 열두 장로 중 한 명인 화염극왕 독보광이라고 한다! 지금이라도 칼을 버리고 투항한다면 목숨만은 살려주마!"

"화염극왕 독보광?!"

청해일의 눈이 절로 부릅떠졌다. 철혈대제의 열두 의제 중 다섯째이자, 철기방의 장로들 중에서 성격이 가장 화급하여 활화산으로 불리우는 그 이름을 어찌 모를 수 있겠는가? 저 고약한 늙은이의 목을 벨 수만 있다면 내일이라도 당장 장문 직이 수중으로 떨어지리라. 하지만 그전에 자신의 목부터 보존하는 게 급했다. 청해일이 초조한 눈으로 성벽처럼 주변을 에워싼 담장을 둘러보았다. 어디에도 조력자의 모습은 보이지 않았다.

"여린, 이 자식은 뭘 하고 있는 거야?"

새삼 기생오라비처럼 희멀게한 여린의 얼굴을 떠올리며 청해일은 분통을 터뜨렸다.

청해일이 머뭇거리자 성격 급한 독보광이 더 이상 참지 못하고 방태극을 휘두르며 달려나왔다.

"목이 떨어진 후에야 말귀를 알아듣겠구나!"

두 명의 사제가 독보광의 앞을 가로막으며 검을 찔러 갔다.

"으악!"

"크아악!"

독보광이 무시무시한 기세로 방태극을 휘두르자 검날이 수수깡처럼 동강 나며 두 사제의 목이 날아갔다. 청해일이 사제들의 어깨 위를 타넘으며 독보광을 향해 돌진했다.

"물러서라! 너희들의 상대가 아니다!"

삼 장 높이까지 도약한 청해일이 허공중에서 신형을 거꾸로 뒤집으며 독보광의 정수리를 노르고 열 개도 넘는 검광을 폭출했다. 청성이 자랑하는 유성검법(流星劍法) 중 은하낙수(銀河落水)의 수법이었다. 청해일을 힐끗 올려다보며 비웃음을 날리던 독보광이 머리 위로 방태극을 크게 한 바퀴 휘돌렸다. 그러자 회전하는 방태극의 궤적을 따라 둥글고 선명한 강기막이 형성되었다.

떠더더더덩!

강기막에 부딪친 검광들이 연기처럼 힘없이 흩어졌다. 연이어 독보광이 청해일의 신형을 일도양단할 기세로 방태극을 쭈욱 쳐올렸다. 방태극의 길이가 고무줄처럼 쭉 늘어가는가 싶더니, 그 끝으로부터 뜨거운 열기가 화악 솟구쳤다. 신형을 똑바로 세운 청해일이 검을 좌우로 휘둘러 열기에 맞서려고 했지만 소용이 없었다. 실로 막강한 열기가 전신을 에워싸면서 살가죽이 지글지글 익어버리는 느낌이었다.

검을 등 뒤로 돌리고 신형을 빠르게 회전시키면서 청해일이 더욱 높이 날아올랐다. 독보광으로부터. 최대한 멀리 떨어져 착지한 청해일은 마축지를 비롯한 거의 백여 명에 이르는 철기방 방도들과 혈전을 벌이고 있는 창천청검대를 돌아보았다.

그동안 수백 번도 넘게 연마한 합격진을 이용해서 간신히 버티고는 있었지만 이미 대여섯 명의 사제들이 치명상을 입고 나뒹굴고 있었다. 사제들을 특히 괴롭히고 있는 건 마축지였다. 그의 커다란 수레바퀴가 날아들 때마다 둥근 진을 만들어 버티던 사제들이 출렁출렁 요동을 쳤다. 이대로 두면 후일을 위해 애써 키운 사제들을 모두 잃고 말리라.

당장 달려가 도와주고 싶었지만 자신을 향해 방태극을 붕붕 휘두르며 다가오고 있는 독보광만을 상대하는 데도 힘이 부쳤다.

"으아아! 영감의 목을 가지고 청성으로 돌아가겠다!"

폐부에서 끌어올린 기합성을 내지르며 청해일은 뛰쳐나갔다. 협봉검을 쭉 찌르자 검봉으로부터 한줄기 새하얀 검광이 뻗어 나갔다.

"으하하하! 너는 아직 멀었다니까 그러는구나!"

독보광이 득의의 웃음을 터뜨리며 방태극을 크게 휘둘렀다.

"엉?"

찰나의 순간 독보광이 움찔했다. 자신의 얼굴을 노리고 날아들던 검광이 갑자기 눈앞에서 사라져 버린 것이다. 검광을 튕겨 내려 휘둘렀던 방태극도 허공중에서 우뚝 멈추었다. 무언가 기분 나쁜 예감이 노회한 무인 독보광을 엄습했다. 독보광은 재빨리 뒤로 두세 걸음을 물러서며 전신의 신경을 곤두세웠다.

쉬이익—

순간 목전에서 사라졌던 검이 거짓말처럼 부활하여 독오른 뱀처럼 쏘아져 오는 것이 아닌가? 청성에서도 오직 장문인만이 시전 가능하다는 유성검법의 최후 절초인 분광일섬(分光一閃)의 초식이 펼쳐지는 순간이었다. 분광일섬을 펼칠 수 있다는 건 청해일이 이미 청성에서 속도만으론 극의를 깨우쳤음을 의미했고, 또한 독보광에게는 목숨이 위태로울 수도 있음을 의미했다.

"이놈!"

방태극을 휘두를 겨를조차 없자 독보광이 콧잔등을 물어뜯으려 달려드는 검광을 향해 왼 손바닥을 쭉 내뻗었다.

퍼어억!

"끄흑!"

미처 기를 불어넣을 새도 없던 손바닥을 검봉이 꿰뚫었고, 독보광의 입술을 비집고 절로 신음이 흘러나왔다.

한편 청해일은 흥분하고 있었다.

화염극왕 독보광이 누군가? 철기방 내에서 방주 철태산을 제외하고 가장 강하다는 열두 장로 중 일인이었다. 철기방의 열두 장로는 여느 방파의 뒷방 노인들과는 격이 달랐다. 맏형인 맹금왕 구일기가 십상성 중 한 자리를 차지하고 있을 만큼 무시무시한 고수들이었던 것이다. 그런 독보광의 목이 자신의 수중에 들어오기 직전인데, 어찌 흥분하지 않을 수 있겠는가.

청해일은 앞뒤 가리지 않고 검을 더욱 힘차게 찌르며 독보광의 품속으로 뛰어들었다. 일격필살의 기세로 독보광의 목에 바람구멍을 내버릴 심산이었다.

그러나 독보광은 그렇게 호락호락한 상대가 아니었다.

"이야압!"

짧은 기합과 함께 왼손에 공력을 집중시키자 검날이 철판 틈에 끼어버린 듯 더 이상 전진하지 못했다. 청해일은 아무리 용을 써도 검날은 더 이상 나아가지 못했고, 덕분에 독보광과 청해일의 사이에 약간의 공간이 생겨 버리고 말았다.

콰아악!

그 공간을 비집고 독보광의 방태극이 날아올랐다. 머뭇거리다간 턱이 부서질 판이었다.

"치잇!"

할 수 없이 청해일은 검을 놓고 서둘러 물러섰다.

"네놈의 장난감은 되돌려 주마!"

독보광이 왼손에 쥐고 있던 협봉검을 정신없이 뒷걸음질 치고 있는 청해일을 향해 집어 던졌다. 굉장한 공력이 실린 협봉검이 핑글핑글 회전하며 청해일의 면전으로 날아들었다. 우뚝 멈춰 선 청해일이 양팔을 가슴 앞에서 빠르게 휘돌리며 공력을 긁어모았다.

콰아악!

"으으읍!"

양손으로 검날을 움켜잡는 순간, 검날에 실린 독보광의 막강한 힘 때문에 청해일은 가슴이 진탕되는 느낌을 받았다. 한 움큼 핏물을 토하며 가슴을 진정시킬 때, 뜨거운 열기가 화악 끼얹어졌다. 고개를 쳐들자 허공으로 드높이 도약한 독보광이 방태극을 크게 후려쳐 강력한 열기를 폭출하고 있는 모습이 닥쳐 들었다.

치직—

치지직—

머리털이 타고, 의복의 군데군데에 구멍이 뚫릴 정도의 강력한 열기였다. 간신히 협봉검을 고쳐 쥔 청해일이 검날을 좌우로 흔들어 열기를 흩어버렸다.

"어린 놈아! 재롱은 충분히 보았으니, 이제 그만 목을 내놓거라!"

독보광이 일도양단의 자세로 방태극을 후려치자, 손오공의 여의봉처럼 극의 길이가 쭉쭉 늘어나는 게 보였다. 마치 궁궐의 거대한 기둥처럼 거대해진 방태극이 청해일의 머리통을 부수어 버릴 듯 맹렬히 쏟아져 내리고 있었다.

"여린, 개자식아! 어디서 뭘 하고 있는 것이냐?!"

새삼 여린에 대한 분통을 터뜨리며 청해일이 협봉검을 쳐올렸다. 독보광의 기세는 속도나 변화로서 상대할 수 있는 것이 아니었다. 오로지 힘 대 힘으로 격파하는 수밖에는 방법이 없었는데, 애석하게도 청해일은 힘에는 자신이 없었다.

쫘앙!

검과 극이 부딪치는 순간 북 찢어지는 소리가 울려 퍼졌다.

"끄흡!"

핏물을 길게 흩뿌리며 청해일이 실 끊긴 연처럼 너울너울 날아갔다.

"목은 내놓고 가라니까!"

그런 청해일의 가슴을 쪼개 버리려 독보광이 방태극을 내려치며 쏟아져 내렸다.

청해일은 그만 눈을 질끈 감아버렸다. 청성의 장문인이 되어 천하를 질타하려던 원대한 꿈이 아련히 사라지는 기분이었다. 이때 청해일이 그토록 기다리던 구원의 목소리가 들려왔다.

"나는 즙포 여린이다! 모두 병장기를 버리고 꼼짝하지 마라!"

휘이이잉—

순간 가공할 파공음과 함께 두 자루의 도끼가 맹렬히 회전하며 독보광의 면전으로 날아들었다. 이제 한 걸음만 더 다가가면 청해일의 가슴을 쪼갤 수 있었지만, 도끼에서 뿜어져 나오는 기세가 하도 가공한지라 독보광은 청해일을 포기할 수밖에 없었다.

꽈광!

독보광이 재빨리 방태극을 휘둘러 도끼들을 튕겨냈다. 단순히 쳐내기만 했을 뿐인데, 극을 움켜잡은 손아귀가 찢어질 듯한 충격을 느끼며 독보광이 땅바닥으로 착지했다.

쿠쿵!

되돌아온 두 자루 도끼를 움켜잡으며 하우영 역시 땅을 힘차게 밟으며 내려섰다.

독보광의 의아한 시선이 전신으로 흉포한 기세를 내뿜으며 버티고 선 하우영의 신위를 훑었다. 금군의 장수처럼 흑빛 갑옷을 입고, 거대한 혈부를 독문병기로 사용하는 저 거인의 정체가 궁금했던 것이다.

"넌 누구냐?"

"사하현의 포두 하우영이라고 한다. 죄인은 순순히 포박을 받아라."

"포두… 일개 포두에 불과하단 말이냐?"

독보광은 일개 포두의 위세에 눌려 뒷걸음질을 친 자신의 꼴이 우습게만 느껴졌다. 철기방 문도들을 공포에 떨게 만들었던 일악일살의 명성도 독보광 정도의 초고수에게는 미치지 못하고 있었던 것이다.

"저자의 무뢰배들 등짝이나 쳐 먹는 포두 놈이 감히 날 포박하겠다니? 지나가던 개가 웃겠구나!"

웬 개잡놈에게 망신을 당했다고 생각한 독보광이 방태극을 휘두르며 하우영에게로 돌진했다. 어떠한 초식의 변화도 없었고, 극을 통해 기세를 내뿜지도 않았다. 그저 힘 대 힘으로 하우영을 부수어 버리겠다는 무식한 공격이었다. 마다할 하우영이 아니었다. 그 역시 두 자루 혈부에 팽팽히 공력을 주입하며 마주 달려나갔다.

콰쾅!

콰쾅쾅!

콰아앙!

콰콰콰쾅!

도끼와 극이 부딪칠 때마다 시뻘건 불꽃이 작렬하며 자욱한 흙먼지가 소용돌이처럼 솟구쳤다. 장비와 항우가 맞붙는다면 저런 모습일까? 치열한 혈투를 벌이고 있던 좌중은 잠시 병장기를 멈추고 누구도 흉내 낼 수 없는 신력 대 신력으로 맞부딪치고 있는 두 사람을 지켜보았다.

하지만 시간이 지날수록 공력의 차이가 드러나고 있었다. 아무리 역발산의 힘을 가진 하우영이라곤 해도 내원의 고수들 중 다섯 손가락 안에 꼽히는 독보광의 내력을 감당할 수는 없는 노릇이었다.

"그만 설쳐라, 영감!"

"관원에게 대항하는 것 자체가 대역죄라는 것을 모르느냐?"

때맞춰 장숙과 단구가 검을 찌르며 좌우에서 협공을 가해오지 않았다면, 독보광의 무지막지한 방태극에 하우영은 치명상을 피할 수 없었을 것이다.

화라라락!

여린의 도움과 숱한 실전 경험을 통해 한층 오묘해진 구주환상검이 두 포두의 칼끝에서 펼쳐졌다. 수십 개에서 수백 개로 늘어난 검광이 독보광의 정수리를 노리고 우박처럼 쏟아졌다.

"이놈들, 어디서 사악한 시술을 익혔구나!"

따다다다당!

독보광이 머리 위에서 방태극을 바람개비처럼 휘돌리자 그 대부분이 허상인 검광들이 연기처럼 분분히 흩어졌다. 하지만 장숙과 단구를 상대하느라 텅 빈 독보광의 가슴을 노리고 하우영이 혈부를 휘두르며 뛰어들었다.

"크흐흠……."

이제 하우영은 장숙, 단구와 눈빛만 보고도 완벽한 합격진을 이룰 수 있었고, 그래서 천하의 독보광도 낯빛이 창백해질 정도로 수세에 몰릴 수밖에 없었다.

"으악!"

"커허헉!"

"으아아! 죽여 버릴 테다!"

살점이 튀고 피가 흐르는 혈전을 벌이는 수하들과 청성의 도사들,

그리고 백여 명에 이르는 현청의 특무조 포사들의 한복판에 굳은 듯 서서 마축지는 한 지점을 노려보고 있었다.

윙윙윙―

그는 머리 위에서 손가락 하나로 수레바퀴를 팽이처럼 돌리며 싸움 판에서 저만큼 물러서 있는 여린을 노려보았다.

'저놈… 잘도 소공녀를 속이고 잠입해 어버이처럼 존경하던 방주님 을 시해한 저 원수 놈……!'

여린을 노려보는 눈에 불꽃이 일렁이는가 싶더니, 마축지가 수레바 퀴를 허공으로 띄워 올리며 자신도 훌쩍 날아올랐다. 바퀴 위에 사뿐 히 착지한 마축지가 회전하는 수레바퀴를 몰고 여린을 향해 돌진했다.

"여린, 이 쥐새끼 같은 놈아! 소공녀의 복수를 위해 내가 왔다!"

마축지를 발견한 여린의 표정이 대번에 어두워졌다. 마축지는 무시 못할 고수였고, 내공의 구 할 이상을 상실한 지금의 상태로는 그를 당 해낼 방법이 없었다. 하지만 하우영은 물론 장숙과 단구마저 독보광을 상대하느라 여념이 없었고, 지금 여린의 옆에는 밤늦은 출병에 불만을 품고 비 맞은 땡중처럼 궁시렁거리는 곽기풍만이 서 있을 뿐이었다.

여린이 부러진 목검 대신 허리춤에 찬 군도를 뽑아 달려나갔다.

카아앙!

"으윽!"

군도로 맹렬히 회전하는 수레바퀴를 쳐올리는 순간 계란으로 바위 를 때린 것처럼 여린은 힘없이 튕겨 나갔다.

"큭큭큭! 이놈아, 오늘은 피죽도 못 얻어먹고 나왔느냐? 왜 이리 힘 이 없어?"

콰콰콰콰콰!

땅바닥에 드러누운 여린의 얼굴을 노리고 맹렬히 회전하는 수레바퀴가 닥쳐 들었다. 여린이 정신없이 땅바닥을 나뒹굴며 피하자 수레바퀴가 땅바닥에 깊은 고랑을 만들었다. 흙더미를 분분히 파헤치며 여린을 쫓아 수레바퀴가 계속 굴러왔다.

　땅바닥을 구르던 여린이 겁에 질려 서 있는 곽기풍을 향해 다급히 소리쳤다.

　"도와줘요, 곽 총관님!"

　기회를 보아 내빼려던 곽기풍이 여린의 외침에 멈칫했다. 품속에서 폭구 하나를 끄집어낸 곽기풍이 수레 위에서 발을 구리고 있는 마축지를 향해 냅다 폭구를 던졌다.

　"에라잇, 모르겠다!"

　퍼어엉!

　"크악!"

　폭구가 폭발하면서 마축지가 수레바퀴와 함께 부웅 튕겨 나갔다.

　퍼엉!

　퍼엉!

　퍼어엉!

　곽기풍이 품 안에 숨겨두고 있던 너댓 개의 폭구를 한꺼번에 내던졌고, 마축지의 신형은 자욱한 폭연 속에 파묻혀 버렸다. 마축지가 갈가리 찢겨 죽었을 것이라고 확신한 곽기풍이 주먹을 흔들며 득의롭게 웃어젖혔다.

　"음왓하하! 이 만기박사님께 대항한 결과가 얼마나 참혹한 것인지 똑똑히 기억해 두길 바란다, 육시럴 놈들아!"

　곽기풍은 어느새 산적들을 토벌하면서 얻은 만기박사란 별호를 자

연스럽게 사용하고 있었다. 본인은 아니라고 극구 부인하고 있지만 그
도 어느새 반쯤은 강호에 발을 담그고 있었고, 또한 그런 사실을 은근
히 자랑스러워하고 있었다.

"이런 쳐죽일 놈!"

그러나 그의 자부심은 자욱한 폭연을 뚫고 선불 맞은 멧돼지처럼 뛰
쳐나오는 마축지를 발견하는 순간 순식간에 사그라들고 말았다. 불행
하게도 마축지는 여린이 아니라 곽기풍을 향해 수레바퀴를 휘돌리며
똑바로 달려오고 있었다.

사색이 된 곽기풍이 정신없이 오안수포를 꺼내 들었다.

타앙!

타앙!

타아앙!

곽기풍이 방아쇠를 당길 때마다 오안수포의 약실이 회전하며 연달
아 대못을 발사했다. 그러나 마축지가 가슴 앞에서 수레바퀴를 휘돌리
자 못은 힘없이 튕겨 나갈 뿐 아무런 충격도 주지 못했다.

"빌어먹을! 빌어먹을!"

진작 도망치지 못하고 여린의 목소리에 반응한 자신의 어리석음을
저주하며 곽기풍이 오른손에 파암수를 착용했다.

위이이잉!

맹렬히 회전하는 수레바퀴가 당장이라도 안면을 갈아버릴 듯 덮쳐
들었다. 곽기풍이 무작정 오른손을 내뻗어 파암수를 착용한 손으로 바
퀴를 붙잡았다.

키키키킥!

파암수에 붙잡힌 수레바퀴의 회전력이 현저히 떨어졌다. 파암수의

표피와 바퀴가 부딪치면서 매캐한 연기가 피어올랐다. 하지만 막강한 공력이 주입된 수레바퀴를 바위처럼 부술 수는 없었고, 바퀴는 느리지만 아주 조금씩 곽기풍의 얼굴을 향해 다가왔다.

목숨이 경각에 달한 곽기풍이 고래고래 악을 써댔다.

"여린, 이 개 아들 같은 자식아! 내가 죽는 꼴을 지켜만 보고 있을 셈이냐?"

"지금 가고 있습니다!"

여린이 곽기풍을 몰아붙이는 마축지의 뒷등을 향해 군도를 찌르며 달려들었다.

떠엉!

무방비 상태인 마축지의 뒷등에 칼을 찔러 넣는 데 성공했지만, 공력이 실리지 않은 칼날은 강력한 호신강기로 무장되어 있는 마축지의 살가죽을 뚫지는 못했다.

마축지가 여린을 돌아보며 히쭉 웃었다.

"이제 보니 네놈이 공력을 잃었구나. 그따위 어린애 같은 힘으론 내 몸에 생채기 하나 낼 수 없지."

뻐어억!

그러면서 마축지는 왼발을 뒤쪽으로 뻗어 여린의 가슴을 강타했다. 여린이 다시 나동그라졌다.

"네놈을 먼저 죽이고, 저 여린이란 놈은 살점을 한 점씩 발라내며 서서히 죽여주마."

"으아아! 왜 나부터야? 왜 여린이 아니고 나부터냐고?"

마축지가 수레바퀴를 더욱 강하게 밀어붙이자 곽기풍이 죽는소리를 내질렀다.

쐐애액!

이때 마축지의 얼굴 옆쪽에서 한줄기 예리한 검광이 엄습하지 않았다면, 곽기풍은 오늘 밤 정말 세상과 하직을 고하고 말았으리라.

"아직 살아 있었더냐, 놈!"

카아앙!

마축지가 곽기풍에게로 향했던 수레바퀴를 재빨리 돌려 청해일의 검봉을 막아냈다.

캉캉캉캉!

청해일이 한꺼번에 수십 개의 검광을 그리며 마축지를 몰아붙였고, 이미 상당한 힘을 소진한 마축지는 속절없이 밀렸다. 빠르게 뒷걸음질을 치면서도 마축지는 재빨리 주변의 상황을 일별했다.

백여 명의 특무조 포사들이 합세하자 전세는 급격히 기울고 있었다. 이미 반이 넘는 수하들이 피를 토하며 땅바닥을 나뒹굴고 있었다. 그 너머 하우영과 장숙, 단구에 의해 고전을 면치 못하고 있는 독보광이 보였다. 하우영의 눈먼 도끼에 당했는지, 깊게 베여 살점이 훤히 내비치는 독보광의 왼쪽 팔뚝에선 핏물이 콸콸 쏟아졌다.

마축지가 다급하게 소리쳤다.

"장로님! 일단 피하셔야 할 것 같습니다!"

"크아아! 분하다!"

쿠콰콰쾅!

땅바닥을 향해 방태극을 노도처럼 후려쳐 맹렬한 폭발을 일으킨 독보광이 주루의 높다란 뒷벽 너머로 훌쩍 날아오르며 피신했다. 뒤이어 마축지가 담벼락을 달리듯 타 넘었고, 철기방의 방도들이 뒤를 쫓아 퇴각했다.

한바탕 폭풍이 지나간 넓은 공터에는 여린과 곽기풍과 하우영과 장숙, 단구와 청해일과 열 명 정도만 살아남은 그의 사제들과 심각한 부상을 당해 땅바닥을 벌레처럼 벅벅 기어다니며 고통을 호소하는 철기방의 부상자들만 남게 되었다.

　"버러지 같은 놈들!"

　죽은 사제들의 시체를 둘러보던 청해일이 분노 어린 고함을 내지르며 협봉검을 거꾸로 잡았다.

　쿠욱!

　쿠욱!

　"으악!"

　"끄아악!"

　"사, 살려… 아악!"

　그리고 이미 저항할 힘을 잃은 철기방의 부상자들을 가차없이 도륙했다.

　"저놈이!"

　격분하여 나서려는 하우영을 제지한 후, 여린이 청해일 쪽으로 다가섰다.

　"그만두시오. 이미 저항할 힘도 없는 자들이오."

　"주둥이 닥쳐!"

　청해일이 핏발 선 눈으로 여린을 돌아보며 뻑 소리쳤다.

　"말이 지나치군."

　여린이 눈을 치떴지만 청해일은 기세를 누그러뜨리지 않았다.

　"지나치긴 뭐가 지나쳐? 네놈이 늦게 오는 바람에 애꿎은 사제들이 목숨을 잃었단 말이다!"

"청성의 탐욕을 만족시켜 주기 위해 우리도 최선을 다했다."

"호오~ 그래서?"

청해일의 입가에 비릿한 조소가 걸렸다.

여린에게 얼굴을 바짝 들이밀며 청해일이 야비하게 내뱉었다.

"그런 놈이 마축지에게 손가락 하나 대보지 못하고 속절없이 밀려? 너, 대체 어떻게 된 거야? 철기방에서 미친 듯이 날뛸 때만 해도 제법 쓸 만한 무공을 가진 것 같더니, 왜 갑자기 병든 개처럼 빌빌거려? 혹시 내공을 잃은 거 아냐?"

"……."

대답을 못하고 여린이 어금니를 지그시 깨문 채 청해일을 쏘아보았다.

청해일이 낮고 위압적인 음성으로 말했다.

"네가 내공을 잃었든 어쨌든 난 관심없어. 우린 계약을 맺었고, 넌 그 계약을 충실히 이행해 주기만 하면 돼. 계약을 어길 시엔……."

청해일이 잠시 말을 끊었다. 그리곤 손가락으로 자신의 목을 긋는 시늉을 하며 으스스하게 웃었다.

"알지?"

"이제 그쯤 해두지."

여린의 옆으로 시위하듯 버티고 서는 하우영의 얼굴을 한 번 사납게 쏘아본 후 청해일이 살아남은 사제들을 거느리고 확 돌아섰다.

"돌아가자. 이제 대서문로도 우리 청성의 영역이다."

"으음……."

여린은 깊은 침음을 흘리며 공터를 빠져나가는 청해일의 뒷모습을 지켜보았다.

"정말 어떻게 된 거야?"

하우영의 낮은 물음에 여린이 퍼뜩 정신을 차렸다.

"뭐가 말입니까?"

"정말로 내공을 상실한 거야?"

"글쎄요."

여린이 알 듯 모를 듯한 미소를 지었다. 하지만 그 웃음의 끝자락에 묻어나는 씁쓸함을 하우영은 놓치지 않았다. 하우영은 갑자기 가슴이 답답해졌다. 그가 생각하기에 철태산의 죽음은 끝이 아니라 새로운 시작을 의미했다.

철태산의 죽음은 이슬아슬한 힘의 균형을 깨뜨리면서 사천 땅을 격동의 소용돌이 속으로 몰아넣을 것이 분명했다. 복수를 노리는 자들, 이권을 차지하려는 자들, 그 와중에 영달을 꿈꾸는 자들이 한데 뒤엉켜 피비린내 풍기는 사투를 벌일 것이다. 그리고 그 소용돌이의 한복판에 여린과 여린에게 협력한 자신들이 서 있었다.

결국 실타래처럼 복잡하게 얽혀 버린 이 난국을 타개할 수 있는 장본인은 여린뿐이었다. 그런 여린이 무력을 상실했다는 건 알몸으로 칼바람이 불어닥치는 겨울 벌판으로 나아가는 것과 똑같은 일이었다. 그리고 그 여파는 여린뿐만이 아니라 곽기풍과 장숙, 단구는 물론 자신에게도 심대한 악영향을 미칠 것이 분명했다.

'어차피 한 번 죽는 목숨!'

새삼 약해지려는 마음을 다잡으며 하우영이 여린의 어깨를 힘주어 잡았다.

여린이 그런 하우영을 돌아보며 애써 웃어 보였다. 하지만 왠지 힘없는 웃음이었다.

독보광은 높다란 주루의 지붕 위에 버티고 서서 타는 듯한 시선으로 여린을 내려다보고 있었다.

독보광이 섬뜩한 살기를 내뿜으며 씹어뱉었다.

"사십 년 강호 인생을 걸고 맹세하건대, 여린, 네놈을 세상에서 가장 고통스런 방법으로 죽여 버리고 말 테다."

第十二章

여린, 파헤쳐지다

차 향이 그윽한 방 안에서 청성 장문인 공산 진인은 당돌한 표정의 젊은 여즙포와 마주 앉아 있었다. 때때로 본신의 웅후한 내력을 끌어올려 형형한 안광을 흘려보내 보았지만 자신의 이름을 북소소라고 밝힌 여즙포는 꿈쩍도 하지 않았다. 여즙포의 대범함에 혀를 내두르며 공산 진인은 늘그막에 괜한 치기를 부린 것 같아 오히려 민망해졌다.

'젊음 탓인가, 아니면 여호걸의 풍모를 지녔는가……?'

쌉쌀한 찻물을 홀짝이며 공산 진인이 새삼스런 눈으로 북소소의 안색을 살폈다.

"수연의 사건을 담당하고 있다고?"

"그렇습니다."

사실 아무리 관에서 나왔다고 하나 성주 대인이나 조정의 대신도 아닌 즙포사신 따위를 청성의 장문인이 늦은 밤에 만나줄 이유는 없었다.

그러나 예의도 모르고 오밤중에 면담을 청한 줍포가 수연의 살인 사건을 담당하고 있다는 말을 전해 듣고 공산 진인은 주위를 서둘러 물리고 수연을 맞아들였던 것이다.

공산 진인이 표정 없이 가라앉아 있던 눈을 빛내며 물었다.

"혹시… 수연을 해한 흉수를 찾았는가?"

수연이란 이름을 말할 때 공산 진인의 눈에 어리는 애틋함과 섬뜩한 원한을 목격한 북소소는 자신의 예상이 맞아 들어간다고 생각했다. 공산 진인을 방문하기 전에 수연은 청성파 소유의 농토를 소작하는 산 아래 마을에 들러 수연에 대해 자세히 캐묻고 다녔다.

그 와중에 그녀는 이상한 소리를 들었다. 공산 진인이 막내 제자인 수연을 사모했다는 것이다. 가당치 않은 헛소문이라고 생각했지만, 그 얘기를 전해준 장본인이 바로 얼마 전까지 장문 처소의 수리를 담당했던 목공이란 사실을 알고 북소소는 한달음에 청성으로 달려왔던 것이다. 그리고 수연의 이름을 대자 오밤중임에도 불구하고 공산 진인은 자신의 처소로 북소소를 불러들여 이렇듯 독대까지 하게 된 것이다. 공산 진인과 막내 제자 수연이 특별한 관계였던 것만은 분명해 보였다, 이십 년간이나 청성을 억눌러 왔던 철기방을 향해 칼을 뽑아 드는 무모한 결단을 내릴 만큼.

한동안 북소소의 대답을 기다리던 공산 진인이 약간의 짜증기를 섞어 다시 물었다.

"수연을 살해한 진정한 흉수를 찾았냐고 물었네."

수연을 해친 자가 철기방의 사하현 당주였던 갈산악이란 보고를 받았지만 공산 진인은 이 사건에 무언가 석연치 않은 부분이 있음을 직감하고 있었다. 누군가 특별한 목적을 가진 자가 갈산악을 사주하여 일을 벌인 것이라는 의심을 지울 수가 없었고, 지하에 있는 수연이 눈을 못 감을 듯하여 타 들어가는 가슴을 부여잡고 뜬눈으로 밤을 지새운 날이 하루 이틀이 아니었다.

북소소가 흐릿한 조소를 흘리며 대답했다.

"왜요? 흉수를 찾아가 직접 칼이라도 박으시려고요?"

정곡을 찔린 듯 공산 진인이 움찔했다. 북소소는 그런 공산 진인의 표정 변화를 놓치지 않았다. 공산 진인의 당혹감이 분노로 바뀌는 데는 그리 오랜 시간이 걸리지 않았다.

"발칙한······!"

켜켜이 쌓인 세월의 먼지처럼 침잠해 있던 공산 진인의 전신에서 순식간에 강력한 살기가 피어올랐다.

쿠오오오.

백발이 빳빳이 곤두서고, 의복이 풍선처럼 부풀어 오른 공산 진인의 전신으로 숨막힐 듯한 살기가 휘몰아쳐 북소소를 뒤덮었다.

"흐읍!"

숨이 막혀오는 것 같아 북소소가 손바닥으로 가슴을 움켜잡았다.

북소소가 다급히 말했다.

"다른 뜻은 없었습니다. 애제자를 잃은 슬픔이 크실 것 같아 위로의 차원에서 드린 말씀일 뿐입니다."

다행히 북소소를 향해 칼끝처럼 쏘아오던 살기가 거둬들여졌다.

'과연.'

짧은 순간 원래의 힘없고 무력한 늙은이의 모습으로 돌아간 공산 진인을 쳐다보며 북소소는 일파의 장문 직이란 아무나 맡을 수 없는 자리라는 생각을 했다.

공산 진인이 맥없는 목소리로 말했다.

"줍포의 말처럼 수연은 내가 늘그막에 거둔 마지막 애제자일세. 제자를 해한 흉수를 찾아낼 수 있다면, 노구를 이끌고 산을 내려가 직접 참수를 할 생각이지. 한데 자네는 흉수를 찾아내지도 못했으면서 무슨 용무로 오밤중에 이 늙은이를 찾아왔는가?"

"……."

북소소가 침묵을 지키며 한동안 지그시 공산 진인의 깊게 가라앉은 눈을 들여다보았다. 공산 진인도 북소소를 바라보면서 두 사람은 한동안 숨막힐 듯한 침묵 속에서 서로를 응시하고 있었다.

북소소가 천천히 입을 열었다.

"진인께서 제 물음에 솔직하게 대답해 주신다면, 저도 수연의 살해범을 말씀드리겠습니다."

"그 말은 흉수를 알고 있다는 뜻인가?"

"예."

"그래서 나와 거래를 하겠다고?"

공산 진인의 두 눈에 다시 살기가 어리기 시작했다.

이번에는 그녀도 물러서지 않았다.

일신의 공력을 최대치로 끌어올리며 북소소가 조용한 음성으로 말을 이었다.

"그렇게 생각하셔도 무방합니다."

"으으음……."

깊은 침음을 흘리며 북소소를 노려보던 공산 진인이 낮은 한숨과 함께 살기를 거두었다.

"물어보시게. 내가 알고 있는 거라면 무엇이든 대답해 주겠네."

"청성이 철기방을 향해 칼을 뽑아 든 결정적 계기는 수연을 해친 범인이 갈산악이었기 때문입니까?"

"그렇네."

공산 진인이 순순히 수긍했다.

북소소가 쉴 틈을 주지 않고 다시 물었다.

"멸문지화를 당할 수도 있는 무모한 결정을 내리신 것은 수연을 그만큼 연모하셨기 때문입니까?"

그때까지 평정심을 유지하고 있던 공산 진인의 눈이 격하게 흔들렸다.

분수처럼 치솟는 살기를 간신히 갈무리하며 공산 진인이 이빨문 소리로 내뱉었다.

"네가 만약 수연을 해친 진정한 흉수를 알고 있지 못하다면, 이 자리에서 살아남지 못할 것이다. 관과 원수를 지는 한이 있더라도 노부가 결코 널 살려 보내지 않을 테니까."

북소소가 담담하게 그 말을 받았다.

"여기까지 왔을 때는 그만한 각오쯤은 돼 있다고 보셔도 무방합니다."

'볼수록 당돌한 계집이로고.'

새삼 북소소의 결의에 찬 얼굴을 살피던 공산 진인이 깊은 한숨을 내쉬었다.

공산 진인이 갑자기 처연해진 목소리로 대답했다.

"맞다. 나와 그 아이는 서로를 연모하는 사이였다. 꽃다운 처자가 뭐가 아쉬워 마른 고목 같은 늙은이에게 연정을 품겠냐고 할지 모르지만, 수연이 나를 사모한 건 분명한 사실이다. 아마도 이 늙은이에게서 어린 시절 사별한 아비의 정을 느끼고 있었던 것이겠지."

공산 진인이 허허로운 눈으로 천장을 올려다보았다. 북소소는 공산 진인의 눈가에 어린 물기를 본 것도 같았다. 아마도 그의 시선 속으론 사랑했던 어린 제자의 밝게 웃는 얼굴이 스쳐 지나가고 있을지도 모른다. 금지된 사랑인지라 연정은 더욱 애틋했으리라.

한동안 혼자만의 감상에 빠져 있던 공산 진인이 다시 추상같은 기세가 어린 눈으로 북소소를 직시했다. 그 눈은 이제 네가 입을 열 차례라고 말하고 있는 듯했다.

북소소는 잠시 망설였다.

자신의 고백이 여린에게 미칠 영향을 생각하는 중이었다.

이 사실이 밝혀지면 여린은 아마도 청성파 전체를 적으로 만들게 되리라. 강호 명문대파의 공적이 된다는 게 어떤 의미인지 너무도 잘 알고 있었기에 그녀는 망설일 수밖에 없었다.

하지만 그녀는 대답하기로 했다. 공산 진인의 분노가 무서워서가 아니라 지난 며칠간 그녀가 보고, 들으며 확인한 여린의 과오 때문이었다. 실수였다는 말로는 도저히 용서받을 수 없는 너무도 엄청난 과오.

죽은 아버지의 복수라는 지상 목표를 위해 여린은 너무도 많은 사람들을 희생시켰고, 최악의 범법을 태연히 자행했다. 여린은 즙포사신으로서, 또 한 인간으로서 도저히 용서받지 못할 잘못을 저질렀다. 모든 죄과에는 응분의 대가가 따르는 법. 그것은 또한 그녀의 오랜 철학이기도 했다.

"갈산악을 사주해 수연을 살해한 진정한 흉수는……."

북소소가 어렵게 입을 열었다.

"바로 즙포 여린입니다!"

쿠웅!

감당하기 힘든 충격으로 공산 진인이 찢어질 듯 눈을 부릅떴다.

한동안 믿기 힘들다는 눈으로 북소소를 응시하던 공산 진인이 갈라지는 목소리로 물었다.

"그가 왜……? 그는 우리 청성과 같은 배를 탄 사람이다."

"그 배에 청성을 태우기 위해서였다고 말씀드리면 이해가 되실 겁니다."

"그렇구나… 그렇게 된 거였구나……."

더 이상의 설명은 들을 필요조차 없다는 듯 공산 진인이 연신 고개를 주억주억했다. 자신을 결단을 촉구하기 위해 여린은 수연을 죽인 것이다. 철기방의 손에 수연이 죽었다는 사실에 격노한 자신은 결국 복수심에 눈이 뒤집혀 사문 전체를 위태롭게 만들지도 모를 결정을 내렸다. 그리고 덕분에 여린은 뜻한바 목적을 이루었던 것이다.

"결국 수연은 나 때문에 죽었구나. 이 늙은이를 사모하는 바람에 여린이란 악한의 눈에 띄어 처참하게 짓밟히고 죽어간 것이야."

치이이이……!

방바닥을 짚은 공산 진인의 손이 부들부들 떨리면서 자신도 모르게 막강한 공력이 주입된 손바닥이 방바닥을 녹이며 반 넘게 틀어박히고 있었다. 그 손을 쳐다보며 북소소는 여린의 가슴이 공산 진인에 의해 녹아 내리는 것만 같아 섬뜩한 기분이 들었다.

"그만 물러가거라."

공산 진인에게서 축객령이 떨어졌다.

"여린을 어떻게 하실 작정입니까?"

"그건 네가 상관할 바가 아니다. 더 이상 얘기하고 싶지 않으니 물러가라.”

“…….”

북소소는 더 이상 물을 수 없었다. 여기서 더 공산 진인을 자극했다가는 무사히 청성파를 빠져나갈 수 없을 것 같았기 때문이다. 천천히 자리에서 일어선 북소소가 진인을 향해 정중히 머리를 숙였다.

막 방문을 열고 나가려는 그녀의 뒤통수에 공산 진인의 날카로운 음성이 꽂혔다.

“철기방의 문제가 수습되는 대로 여린을 잡아들일 것이다.”

북소소가 질린 눈으로 공산 진인을 돌아보았다. 공산 진인은 갑자기 젊어진 것처럼 보였다.

마치 사랑을 빼앗긴 젊은 사내처럼 공산 진인이 전신으로 불같은 복수심을 피워 올리며 나직이 씹어뱉었다.

“놈의 혓바닥을 불에 달군 쇠꼬챙이로 뽑아낸 후 살가죽을 벗겨 생선처럼 천천히 말려 죽일 것이다.”

그 지독한 원한에 숨이 막혀 버릴 것만 같아 북소소는 부르르 진저리를 쳤다.

*　　　*　　　*

만월의 밤이었다.

철기방의 고루거각들이 한눈에 내려다보이는 깎아지는 듯한 절벽 끝에 가부좌를 틀고 앉아 꽤 오랜 시간 석상처럼 미동도 않고 있는 인영이 하나 있었다. 잘 다듬어진 옥처럼 군살 한 점 없이 단단한 맨 상반신을 드러낸 채 수도자처럼 지그시 눈을 감고 얼굴 가득 달빛을 받고 있는 남자는 바로 철기련이었다.

정중동(靜中動).

몸은 굳어 있었지만 그의 내부는 격하게 소용돌이치고 있었다. 수많은 무리(武理)에 대한 스스로 질문하고, 스스로 대답하면서 이 놀라운 무공 천재는 단 며칠 만에 절정에서 초절정으로 이어지는 높은 벽을 단숨에 뛰어넘는 중이었다.

"후우우우……."

철기련이 코로 한껏 들이마셨던 숨 중 삼 할은 단전에 남겨두고 칠 할만 콧구멍을 통해 천천히 내뱉었다. 심법의 기본인 호흡법에서 흔히 인용되는 입식면면 출식미미(入息綿綿 出息微微)라는 말처럼 들숨은 가늘고 끊어지지 않게, 날숨은 드러나지 않게끔 조용하게 하고 있는 것이다. 하지만 저자의 어린애조차 알고 있는 그 기초적인 심법도 백 년에 한 번 나올까 말까 한 철기련이란 천재를 거치면 소림 방장이나 무당 장문인조차 탐낼 만한 천하의 독문심법으로 탈바꿈하고 마는 것이다.

천지간에 녹아 있는 온갖 기운이 호흡을 통해 들어와 혈관을 타고 흐르다 하단전에 안착했다. 그 기운이 광활한 우주를 자유롭게 유영하는 철기련의 정신과 조우하면서 강력한 내공으로 부지런히 탈바꿈하고 있었다. 철기련이 하단전을 뿌듯하게 만드는 웅후한 기운을 회음을 거쳐 척추, 정수리에 이르는 독맥으로 보낸 후 다시 머리 끝의 백회혈부터 명치, 단전, 회음까지의 임맥으로 소주천(小周天)시키자 그의 살갗을 비집고 영롱한 빛무리가 뻗쳐 나오기 시작했다. 마치 애벌레가 허물을 벗듯 그의 피부는 온통 얇은 각질이 벗겨지면서 달빛을 반사하는 발광체처럼 푸르게 빛났다.

그때까지 진중하게 흐르던 기가 갑자기 급류를 만난 듯 혈도를 따라 빠르게 질주하기 시작했다. 마치 큰 물줄기를 가로막고 있던 뚝방이 터져 버린 듯 주체하기 힘든 흉포한 기운이 혈도를 타고 최종 목표인 한 지점을 향해 내달렸다.

쿠우웅!

내부의 깊숙한 곳으로부터 둔중한 충돌음이 들려왔다.

쿵쿵!

혈도를 따라 질주하던 그의 내력이 견고한 성벽처럼 가로막혀 있는 한 지점을 때리고 있는 것이다.

성벽의 이름은 임독양맥(任督兩脈). 그 성벽을 뚫어야 현 강호상에서 십상성만이 다다랐다는 초절정의 반열에 오를 수 있는 것이다. 이 무서운 무공 천재는 스스로 자신을 제어하고 있던 족쇄를 풀어버린 후, 단 사흘 만에 임독양맥을 타동시키는 목전에까지 이르렀던 것이다.

쿵쿵쿵쿵!

내부를 진탕하는 진동음이 더욱 빠르고 커졌다. 철기련의 콧잔등에는 어느새 땀방울이 송골송골 맺혔다. 아무리 그라도 모든 무인들이 꿈꾸어 마지않는 그 놀라운 경지에 오르는 길목만은 순탄치 않은 것 같았다. 한동안 땀을 줄줄 흘리며 철기련은 고민에 고민을 거듭하고 있었다.

'왜 뚫리지 않는가? 도대체 왜?'

한참 만에야 그는 임독양맥을 때리는 자신의 내력이 아주 조금 부족하다는 사실을 깨달았다. 아직 태중에 있을 때 선친이 격체전공의 수법으로 물려주신 태양신공의 격한 힘과 자신이 스스로 토납법을 통해 차곡차곡 쌓은 온화한 기운이 조화롭게 어울려 있었지만, 그 힘을 모조리 합쳐도 역시 아직은 조금 부족했다.

아주 조금이라곤 해도 부족한 부분을 채우려면 족히 이, 삼 년은 걸릴 것이다.

다른 무인들이 들었다면 그 놀라운 경지에 오르는 데 이, 삼 년이 대수냐고 하겠지만 그에게는 너무도 긴 시간이었다. 그는 지금 당장 동생을 보호해야 했고, 선친의 유훈이 서린 철기방을 지켜야 했고, 또한 여린으로부터의 빚을 받아내야만 했다.

철기련이 갑자기 번쩍 눈을 부릅떴다. 그의 눈에선 감히 똑바로 쳐다볼 수조차 없을 정도로 형형한 안광이 가닥가닥 뻗쳐 나왔다. 박차고 일어나 절벽 끝자락으로 다가선 철기련이 고개를 숙여 족히 삼십 장은 될 법한 절벽 아래를 내려다보았다.

"그래, 부족한 부분은 잠재력으로 채우면 되는 거야."

스스로 지루한 무리의 이치를 주고받던 철기련은 마침내 결론을 얻었고, 그 결론을 좇아 지체없이 절벽 아래로 몸을 던졌다.

후아아앙!

절벽 밑에서 불어닥치는 칼바람이 얼굴을 마구 때렸다. 저 아래 바윗돌이 삐쭉삐쭉 돋아난 거친 지면이 조금씩 가까워지고 있었다. 위기감이 증폭될수록 그의 몸을 휘도는 기의 속도가 더욱 빨라지고, 임독양맥을 때리는 힘도 더욱 강해졌다.

언젠가 선친은 어린 그를 앉혀놓고 말씀하셨다.

"사람에게는 누구에게나 초인적인 잠재력이 숨어 있다. 흔히들 말하는 강호의 초절정 고수들은 그 잠재력을 충분히 끌어낸 사람들이라고 할 수 있지. 만약 네가 네 능력 이상의 힘이 필요한 절박한 상황이 오거든 스스로를 엄정한 위기 속으로 던져 넣어보거라. 사람이란 위기에 처하면 태초에 어머니로부터 물려받은 힘까지 끌어내는 법이다."

철기련은 지금 선친의 당부처럼 부족한 약간의 힘을 일신의 어딘가에 감추어져 있을 잠재력에서 찾고 있는 중이었다. 성공한다면 몸이 새털처럼 가벼워져 상처 하나 입지 않을 것이고, 실패한다면 참혹하게 생을 마감하게 될 것이다. 그런데도 철기련은 일말의 망설임도 없이 목숨을 담보로 한 도박을 감행하는 중이었다. 그만큼 그는 절박했고, 그만큼 그는 자신의 목적에 충실한 남자였다.

터엉!

터엉!

터어엉!

조금 더 강해진 내력이 임동양맥을 강타하고 있었다. 이제 절벽 밑 지면의 바윗돌에 붙은 푸른 이끼까지 선명하게 보였다. 퀴퀴한 죽음의 냄새가 물씬 풍겨왔다. 그래도 철기련은 포기하지 않고 마지막 힘을 모아 체내의 모든 내력을 임독양맥을 향해 몰아붙였다.

꽈아아앙!

엄청난 굉음이 귀청을 찢어발길 듯했다. 뇌를 온통 뒤흔들어 놓은 듯한 그 굉음은 임동양맥이 타동되는 소리인 것도 같았고, 철기련의 육신이 바윗덩이에 처박히는 충돌음 같기도 했다. 그게 어떤 소리라도 상관없다고 철기련은 생각했다. 자신은 최선을 다했고, 그 결과가 뜻한 바대로 되지 않았다 해도 후회나 원망은 없었기 때문이다.

다만 동생 려화와 술독에 빠져 지낼 때도 때때로 그리웠던 북소소의 얼굴만이 바람개비처럼 빙글빙글 맴돌았다.

한동안 눈을 지그시 감고 있던 철기련은 자신의 몸이 가벼워진 것을 느꼈다. 마치 공기의 일부분인 듯 몸이 둥둥 떠가는 느낌이었다. 천천히 눈을 뜨자 저 위쪽, 자신이 방금 뛰어내린 절벽과 더 위쪽의 노란 보름달이 보였다.

"내가 살아 있는가?"

철기련이 나직이 자문했다. 그의 몸은 지면에서 정확히 일 장 정도의 높이에 둥둥 떠 있었다. 재빨리 운기를 하여 몸 안을 훑어보자, 사납게 휘몰아치던 진기가 잔잔해져 있었다. 좀 더 자세히 훑어보니 그냥 잔잔해진 것이 아니라 좁은 협곡을 흐르던 진기가 넓은 대해로 흘러들자 전혀 새로운 종류의 힘이 되어 도도히 휘도는 게 느껴졌다. 철기련은 비로소 임동양맥이 타동된 것을 알았다.

신형을 바로 세운 철기련이 천천히 땅바닥을 밟고 섰다. 조용히 어둠을 응시하는 그의 눈은 한층 깊고 오묘해졌다.

철기련은 한동안 그렇게 어둠을 주시하며 앞으로 나아갈 길과 생의 최종 목표에 대한 생각을 정리했다.

"일단은 스승님부터 만나 뵈는 게 순서겠지."

철기련이 스승 동태두가 갇혀 있는 동굴을 향해 걸음을 옮겼다. 오늘 자신이 스스로를 통제하던 오랜 속박에서 벗어난 것처럼 스승을 속박하고 있는 쇠사슬을 풀어줄 생각이었다.

철커덩.

"끄으으… 소사청, 이 갈아 마셔도 시원찮을 악적 놈!"

참으로 오랜 세월 동안 자신의 신체와 무공을 속박하고 있던 만년한철로 만든 쇠사슬이 풀려 버렸음에도 스승은 깨닫지 못하는 것 같았다. 다만 광증이 더욱 짙어진 섬뜩한 눈으로 석실 안의 어둠을 쏘아보며 익숙한 저주의 말을 중얼거릴 뿐이었다.

그런 스승의 앞에 서서 철기련은 과연 소사청이란 자가 어떤 사람인지 생각해 보았다. 그에게 얼마나 참혹한 배신을 당했으면 정신이 혼미한 가운데서도 저토록 처절한 저주의 말들을 쏟아내는지 궁금했다.

옷매무시를 바로 한 철기련이 동태두의 앞에 무릎을 꿇고 앉았다.

그리고 진중한 목소리로 말했다.

"제가 연이 닿아 강호의 모든 사람들이 무적권왕으로 칭송하고 흠모하는 스승님과 사제의 연을 맺게 되었습니다. 제자가 아직 미욱하여 사부님께 다시 한 번 가르침을 청하고자 하오니, 부디 못난 제자의 혜안을 조금만 더 넓혀주십시오."

철기련이 석실 바닥에 이마를 대었다.

"소사청… 소사청… 소사청……."

제자의 말을 한마디도 못 알아들은 듯 동태두는 핏발 선 눈으로 어둠을 노려보며 원수의 이름 석 자만 끈질기게 되뇌었다.

"소사청, 이노오옴—!"

꽈아악.

동태두가 갑자기 공력이 잔뜩 주입된 오른손으로 철기련의 어깨를 으스러질 듯 움켜잡았다.

"크아아아!"

짐승 같은 괴성을 내지르며 동태두가 왼쪽 벽을 향해 철기련을 한껏 집어 던졌다.

콰악!

뒷발로 벽면을 차며 튀어나온 철기련이 동태두의 얼굴을 노리고 오른 주먹을 강하게 내질렀다.

파아아앙!

커다란 권영이 포탄처럼 스승의 면전을 노리고 날아들었다. 임독양맥이 타동되기 이전에는 주먹 끝으로 희미한 권기(拳氣)가 어리는 정도였으나, 임독양맥의 타동 이후 더욱 강력해진 철기련의 내공은 주먹으로부터 거의 일 장의 길이로 확연한 권강(拳罡)을 뽑아내고 있었다. 스스로도 놀랄 정도의 권강에 스승이 다칠 것을 염려한 철기련은 공세를 거둘까 하는 생각도 했다. 하지만 선친께서 말하길, 스승 동태두는 자신과 비교해도 뒤지지 않을 무공을 지녔다고 했다. 그런 스승의 무공을 억제하고 있던 쇠사슬까지 풀어냈으니, 자신의 권강쯤은 막아낼 수 있을 것이라는 생각에 철기련은 주먹을 계속 내뻗었다.

"으하하하! 소사청, 네가 돌아왔구나! 네놈이 드디어 무덤 자리를 찾아 돌아왔어!"

자신을 향해 날아드는 막강한 권강에 오히려 신바람이 난 듯 동태두 역시 오른 주먹을 내지르며 달려나왔다.

끼아아앙!

두 개의 막강한 권강이 서로를 향해 쇳소리를 내며 날아갔다.

꽈아앙!

두 개의 권강이 충돌하는 순간, 엄청난 폭발이 일며 동굴 전체가 흔들렸다. 실로 놀라운 파괴력이었다.

"우욱!"

가슴에 엄청난 압력을 받고 너울너울 튕겨 날아가며 철기련은 자신이 스승에 대해 쓸데없는 걱정을 하고 있었음을 깨달았다. 족쇄가 풀린 스승은 선친의 말대로 상상을 불허하는 초절정의 고수였던 것이다. 허공중에서 재빨리 신형을 바로 세우며 그는 스승의 광기로부터 스스로를 보호하는 게 급선무라고 생각했다.

팡팡!

팡팡팡!

양팔을 교차시키며 속사포처럼 주먹을 내찌르는 철기련의 공세에 당연히 힘이 들어갈 수밖에 없었다. 순식간에 열 개도 넘는 권영이 허공 중에 꽃처럼 그려졌다.

쏴아아아—

바람에 날린 꽃이 떨어지듯 열 개의 낙화가 동태두의 정수리를 노리고 분분히 쏟아졌다. 동태두도 철기련과 똑같이 양팔을 교차하며 열 개가 넘는 권영을 폭출했다.

쾅쾅쾅쾅쾅쾅!

권영과 권영이 허공 중에서 맞부딪치며 폭죽처럼 터졌다. 시퍼런 경기의 불꽃이 어두운 석실 천장을 화려하게 수놓았다. 철기련은 그 파란색 불꽃을 올려다보며 참 아름답다는 생각을 했다. 무공은 때론 잔인하지만, 진정한 실력자끼리의 대결은 이처럼 아름다울 수도 있다는 생각에 왠지 가슴 한 켠이 뿌듯해지는 기분이었다.

"우와아악! 소사청, 이 더러운 사기꾼 놈아!"

철기련을 상념에서 깨어나게 한 건 동태두의 악에 받친 외침 소리였다. 원수가 자신의 뜻대로 되지 않는 데 격노한 동태두가 양 주먹을 마구 내찔러 이십여 개의 권강을 만들어내며 날아오고 있었다. 철기련도 바싹 긴장하며 권강을 폭출했다.

더욱 크고 선명해진 권강과 권강이 맞부딪치며 석실 벽이 쩍쩍 갈라지고, 천장에선 흙먼지가 우수수 떨어졌다. 두 사람의 가공할 힘을 감당하지 못한 석실이 곧 붕괴될 듯이 요동쳤다.

처음에는 철기련이 동태두의 포악한 기세를 감당하지 못하고 밀리는 분위기였으나, 시간이 지날수록 그의 차분하면서도 웅후한 내력이 스승을 압도하기 시작했다. 철기련도 그걸 느끼고 있었다. 여유를 찾은 그의 눈에 번뜩이는 스승의 권강과 권강 사이로 난 작은 빈틈이 보였다. 왼 주먹으로 스승의 권강을 파해하며 철기련이 그 빈틈을 노리고 오른 주먹을 길게 내뻗었다.

끼아앙!

한줄기 예리한 권강이 스승의 텅 빈 가슴을 노리고 날아들었다.

꽝!

"끄헉!"

권강이 가슴을 두드리는 순간 동태두가 핏물을 왈칵 토해내며 뒤쪽으로 튕겨 나갔다.

"괜찮으십니까, 스승님?"

놀란 철기련이 석실 바닥에 널브러진 스승을 향해 황급히 달려갔다. 하지만 별 충격도 받지 않은 듯 냉큼 일어선 스승이 가슴 앞에서 양 주먹을 빠르게 휘돌리기 시작했다.

왼손으로 오른 손목을 잡은 채 오른 주먹을 길게 내찌르며 일갈했다.

"만리태권(萬里太拳)―!"

철기련으로선 처음 들어보는 스승의 본격적인 무공 초식이었다. 그만큼 스승의 주먹이 강력할 것이라고 짐작한 철기련은 우뚝 멈춰 서며 수비식에 만전을 기했다.

콰콰콰콰콰콰!

스승의 오른 주먹에서 이전보다 작고 볼품없는 권강이 뻗쳐 나오자 철기련은 약간 실망스런 기분이 되었다. 그러나 그 권강에 이어 조금 더 큰 권강이 연이어 뻗쳐 나오고, 그 권강에 이어 또다시 더 크고 강력한 권강이 뻗쳐 나오는가 싶더니, 결국 앞의 것보다 훨씬 크고 강력한 스무 개 정도의 권강들이 일렬로 죽 늘어서서 철기련을 노리고 날아드는 것이 아닌가. 결국 집채만큼 거대해져 닥쳐 드는 마지막 권강을 바라보며 철기련은 긴장하지 않을 수 없었다.

철기련이 양 주먹을 마구 내질러 권강에 맞서 나갔다.

꽝꽝꽝꽝!

마치 돌진하는 맹수를 향해 작은 돌을 던진 것처럼 철기련의 권강은 스승의 커다란 권강에 부딪쳐 덧없이 흩어졌다. 어마어마한 압력을 느끼며 철기련이 황급히 뒷걸음질을 쳤다. 결국 스승과 똑같은 만리태권의 초식이 아니면 결코 스승의 공세를 막아낼 수 없을 것 같았다. 다급해진 철기련이 부리나케 머리를 굴려 스승이 딱 한 번 시전한 만리태권의 묘리를 되짚어보기 시작했다.

터억!

철기련의 등이 뒷벽에 부딪쳤다. 이제 더 이상 물러설 자리는 없었다.

어금니를 질끈 깨물며 철기련이 나름대로 파악한 묘리를 좇아 스승과 똑같이 왼손으로 오른 손목을 쥔 채 오른 주먹을 강하게 내질렀다.

"만리태권―!"

기합일성과 함께 철기련으로부터 스승 동태두가 시전한 것과 똑같은 모양의 권강이 줄줄이 뻗쳐 나갔다.

쿠콰콰콰콰쾅!

연이어 날아들던 권강들이 줄줄이 충돌하며 강력한 연쇄 폭발이 일어났다. 한동안 자욱한 폭연 속에서 철기련은 주먹을 뻗은 자세 그대로 굳어 있었다.

우르르―

우르르릉―

석실의 요동 소리가 심상치 않았다. 오랜 시간 버티지 못하고 무너져 내릴 것이 분명했다.

철기련이 자욱한 폭연 저편을 향해 입 나팔을 만들어 소리쳤다.

"피하셔야 합니다, 스승님! 석실이 붕괴되려고 합니다!"

"네놈이 죽였어."

연기의 장막 저쪽에서 낮은 으르렁거림이 들려왔다.

폭연이 살짝 걷히자 입가에 가는 혈선이 그려진 채 다시 양 주먹을 천천히 휘돌리고 있는 동태두의 모습이 보였다. 또 다른 공세를 준비하며 동태두는 시퍼런 안광을 폭사했다.

"네가 환요(幻妖)를 죽였어! 네놈이 우리 모두의 연인이었던 환요를 죽여 버렸어!"

철기련은 직감적으로 동태두가 만리태권보다 더욱 무서운 비장의 절기를 시전하려 한다는 걸 알았다. 그러나 지금은 석실을 빠져나가는 게 급선무였다. 까딱하면 자신과 스승이 한꺼번에 생매장당할 수도 있었다.

"진정하십시오, 스승님. 일단 이곳을 빠져나간 후……."

"천리소권(千里小拳)―!"

자신을 향해 한 걸음 다가서는 철기련을 향해 동태두는 가차없이 다시 왼손으로 손목을 잡은 오른 주먹을 내질렀다. 소권이라면 작은 주먹을 의미했다. 그러나 스승의 주먹 끝에선 처음부터 바윗덩이처럼 거대한 권강이 쏟아졌다. 만리태권과는 정반대로 그 주먹 끝으로 조금 작은 주먹이, 다시 더 작은 주먹들이 실에 꿰인 듯 줄줄이 뻗쳐 나와 철기련의 면전을 노리고 날아왔다.

마지막에 만들어진 주먹은 어린애의 그것처럼 작고 힘없어 보였지만 철기련은 내심 긴장하지 않을 수 없었다. 저 작은 주먹이야말로 스승의 가공할 내공이 집약된 결정체라는 걸 한눈에 알아볼 수 있었기 때문이다. 망치로 얻어맞은 것보다 송곳으로 찔린 것이 더욱 치명적인 것과 같은 이치였다.

철기련은 처음부터 대항을 포기하고 서둘러 뒷걸음질을 쳤다. 그리고 머리 속으로 빠르게 스승의 천리소권에 대한 묘리를 파악하는 데 주력했다.

"천리소권―!"

잠시 후 다급한 기합성과 함께 철기련의 오른 주먹에서도 스승과 똑같은 모양의 천리소권이 펼쳐졌다.

꽈아앙!

작은 주먹과 주먹이 충돌하며 천지간을 찢어발겨 버릴 듯한 폭음이 터져 나왔다.

천장이 와르르 무너지는 순간 철기련이 비호처럼 몸을 날려 휘청거리는 스승의 끌어안고 뛰쳐 올랐다.

코 끝을 간질이는 미풍에 철기련은 눈을 떴다.

그의 시선 속으로 밤하늘을 가득 수놓은 새벽 별들이 보였다.

'곱기도 하구나.'

한동안 멍하니 별들을 올려다보고 있던 철기련이 황급히 일어섰다.

비로소 지난밤 붕괴하는 석실에서 스승과 함께 탈출하던 기억이 떠올랐기 때문이다. 일어서서 보니 천룡각 앞 광장 한복판이 작은 연무장만한 넓이로 움푹 붕괴되어 있었다. 석실이 있던 자리였다. 그리고 그 옆에 정신을 잃고 누워 있는 스승 동태두가 보였다.

"무사하십니까, 스승님?"

황급히 동태두를 향해 달려간 철기련이 스승의 가슴에 귀를 대보았다.

드르릉.

다행히 스승은 낮게 코를 골며 잠들어 있는 중이었다.

"후우~"

안도의 한숨을 내쉬던 철기련은 문득 이상한 기분이 들었다.

천룡각 밑의 지하 석실이 무너질 때 분명 굉장한 소음이 울려 퍼졌을 것이고, 당연히 천룡각 주변을 겹겹이 에워싸고 있는 방주의 호위를 담당하는 철면흑의대(鐵面黑衣隊)가 달려왔어야 정상이었다. 규율이 엄정하기로 유명한 호신위들이 일제히 잠에 빠져들었을 리는 없고, 그렇다면 누군가에게 제압당해 옴짝달싹도 할 수 없는 상황에 처했다고 보아야 했다.

"역시……."

황급히 몸을 세우고 주변을 둘러보던 철기련이 신음처럼 중얼거렸다. 그의 예상대로 백여 명에 육박하는 철면흑의대가 손과 손에 장검을 뽑아 든 채 하나같이 석상처럼 굳어 서 있는 모습이 시야에 들어왔기 때문이다.

가장 가까운 곳에 서 있는 수신위의 앞으로 다가가 코 밑에 손가락을 대보았다. 호흡이 느껴지는 것으로 보아 죽은 것은 아니고 누군가에 의해 혈도를 제압당한 것 같았다.

"누군지는 모르지만 굉장한 고수가 다녀갔군."

철기련이 저도 모르게 중얼거렸다.

얇은 청동 가면으로 얼굴을 가리고 몸에 착 달라붙는 흑의를 입은 철면흑의대는 모두 일류급의 고수들이었다. 백여 명에 육박하는 일류 고수들을 모조리 주살하는 것보다 소리없이 혈도를 제압하는 것이 몇 배 더 어려운 일이었다.

"칭찬을 해주다니 고맙군."

이때 철기련의 등 뒤에서 낮은 음성이 들려왔다. 그제야 철기련은 수신위들을 모조리 잠재운 장본인이 아직 떠나지 않고 자신의 등 뒤 열 발자국 안에 서 있음을 깨달았다. 감히 고개를 돌릴 수조차 없었다. 이 정도 거리까지 다가오도록 기척을 느끼지 못할 정도의 상대라면 고개를 돌리는 순간 목을 꿰뚫어 버릴 수도 있으리라.

'대체 누굴까? 십상성을 제외하고 누가 있어 이미 임독양맥이 타동 되어 초일류의 반열에 오른 나의 감각을 속이고 목전까지 접근할 수 있단 말인가?'

등줄기를 타고 소름이 돋는 것을 느끼며 철기련은 재빨리 머리를 굴 렸다.

"임독양맥까지 타동시킨 네 감각을 무력화시키고, 등 뒤에까지 접근 한 본좌의 정체를 추측하느라 잔머리를 굴리고 있나?"

"……!"

정곡을 찌르는 목소리에 철기련이 다시 한 번 움찔했다. 나이조차 짐작하기 힘든 고저없는 그 음성은 철기련을 속내를 훤히 꿰뚫고 있는 것 같았다. 얼굴은 볼 수 없었지만 철기련은 지금 자신의 등 뒤에 서

있는 사람이 무공이 고강할 뿐 아니라 상당히 치밀하고 뛰어난 두뇌의
소유자란 걸 직감했다.

다시 등 뒤에서 일체의 감정도 실리지 않은 음성이 들렸다.

"그렇다고 너무 억울해할 필요는 없다. 네가 방금 전에 오른 그 경
지를 나는 이미 십수 년 전에 밟은 사람이다."

"십수 년 전에?!"

철기련의 놀라움은 대단했다. 그가 아는 한 선친이 임독양맥을 타동
시키고 초절정의 반열에 오른 것이 불과 오륙 년 전이었다. 그리고 나
머지 십상성들의 경우도 부친과 비슷하거나 그보다 약간 뒤처졌다. 그
런데 자신의 뒤쪽에 서 있는 저 사람은 이미 십수 년 전에 그와 같은
경지에 올랐다 자부하고 있었다. 그의 말이 사실이라면 철기련은 오늘
밤 감히 저항을 꿈꿀 수조차 없는 고수를 만난 것이리라.

철기련이 평정을 유지하려고 애쓰며 물었다.

"돌아서도 되겠소? 초면에 얼굴도 보지 않고 대화를 나누는 건 예의
가 아닌 것 같소만."

"그러려므나."

철기련이 천천히 돌아섰다. 순간 정확히 열 발자국 앞에 서 있는 깔
끔한 인상의 학자풍 노인이 보였다. 금빛 장포를 입고, 허리에는 금빛
요대를 두르고, 머리에 금관을 쓴 노인은 겉모습은 화려했지만 그윽한
두 눈과 곱게 다듬은 희고 기다란 수염에서 초야에 묻혀 학문을 닦는
고매한 유학자의 모습이었다. 다만 허리춤에 비껴 찬 기다란 장검 한
자루만이 노인이 강호인임을 말해주고 있을 뿐이었다.

노인과 철기련이 한동안 조용히 서로의 얼굴을 응시했다.

철기련은 그답지 않게 초조한 표정이었고, 노인은 마치 어린 제자를

만난 듯 한없이 자애로운 표정이었다. 그런 노인의 눈빛에 철기련은 한없이 작아지는 자신을 느꼈다.

약해지는 마음을 다잡으려 피가 배어 나오도록 입술을 깨물며 철기련이 나직이 물었다.

"존장은 누구십니까?"

노인이 순순히 정체를 밝혔다.

"본좌는 당상학이란 사람이다."

"당상학?!"

철기련의 눈이 찢어질 듯 부릅떠졌다. 근자에 들어 많이 약해지긴 했지만 철기방은 북경 조정의 유력자들과 끈을 연결해 두고 있었고, 그들을 통해 황실의 정세에 대한 소상한 정보를 듣고 있었다.

검군자 당상학.

강호에선 십상성 중 한 명이자 검왕으로 유명했고, 황실에서는 황제의 스승이자 황제의 절대적인 신임을 얻어 황제를 최근 거리에서 호위하는 태감부(台監府)의 수장인 막강한 권력자로 유명한 인물이었다.

사실 철기련은 며칠 전 북경 조정에 있는 조력자로부터 황제가 당상학을 영왕의 반란을 평정할 표리대장군(彪吏大將軍)에 임명했다는 소식을 들었다.

'저 거물이 어떻게 갑자기 내 집 마당으로 뛰어들었지?'

한동안 멍하니 당상학을 바라보고 있던 철기련이 퍼뜩 정신을 차리며 정중히 포권을 취했다.

"인사가 늦었습니다. 소인은 철기방의 방주를 맡고 있는 철기련이라 하옵니다."

당상학의 얼굴에 흡족한 미소가 걸렸다.

"좋은 자세. 상대가 적인지 아군인지 구분이 되지 않을 시엔 일단 예의부터 지키고 볼 일이다. 그래야 최소한 중립으로 만들 여지가 남을 테니 말이다."

당상학의 말이 끝나기 무섭게 철기련이 따지듯 말했다.

"하지만 당 태사(唐太師)께서는 저의 적이 분명하지 않습니까? 본 방은 조정에 의해 영왕의 역모에 조력했다는 혐의를 받고 있고, 태사께옵서는 역모를 토벌하는 표리대장군의 직위를 맡고 계시니 말입니다."

"호오, 제법 말 끝에 뼈를 심을 줄도 아는구나. 무적권왕의 광풍권법을 완벽하게 재현한 것도 그렇고, 본좌 앞에서 당당히 의견을 피력하는 것도 그렇고, 너는 여러모로 탐이 나는 녀석이로구나."

그제야 철기련은 당상학이 스승과 자신의 최후의 비무를 훔쳐본 걸 알았다.

'그런데도 저렇듯 여유로울 수 있다는 건 나 같은 애송이는 손짓 한 번으로 퇴치할 수 있다는 자신감인가?'

철기련의 얼굴에 무인으로서 당연한 불쾌감이 스치고 지나갔다.

정식으로 비무를 청하고 싶은 욕망을 간신히 억누르며 철기련이 당상학을 향해 다시 물었다.

"다시 묻겠습니다. 태사께옵서 누추한 본 방을 방문하신 건 역도들을 정벌하기 위해서입니까?"

당상학이 장난기 어린 표정으로 대답했다.

"그럴 수도 있겠지."

"그럼 금군은 어디에 있습니까? 설마 홀홀 단신으로 본 방을 치겠다는 건 아니겠지요?"

"물론 나는 혼자 오지 않았다."

당상학이 그렇게 말하며 손가락으로 철기련의 어깨 너머를 가리켰다. 홰액 고개를 돌리자 천룡각의 출입구로 통하는 높다란 계단 위에 어느새 이 열 종대 대형으로 시립해 있는 오십여 인의 무사들이 보였다. 당상학과 비슷한 복장에 허리에 검 한 자루씩을 차고 새벽바람에 붉고 기다란 망토를 펄럭이며 서 있는 젊은 무사들이 태감부에 소속된 내시들임을 철기련은 어렵지 않게 알아차렸다. 황제의 침실을 호위하는 태감부의 내시들이 일당백의 고수들이란 건 그도 들어 알고 있었다. 하지만 고작 오십 명을 이끌고 내외에 일만의 방도가 우글거리는 철기방을 치러 왔다고는 믿어지지 않았다.

"저들이 다입니까?"

"더 필요하다고 생각하느냐?"

철기련의 물음에 씨익 웃으며 답하는 당상학의 얼굴에 광오함이 묻어났다. 철기련은 지그시 움켜쥔 주먹을 부르르 떨었다. 당상학이 자신을 의도적으로 도발하고 있다는 생각이 들었다. 하지만 분노가 치미는 것만은 어쩔 수가 없었다. 선친이 평생을 거쳐 이룩한 기반을 당상학은 혼자의 힘으로 하룻밤 만에 허물어뜨릴 수 있다 자신하고 있는 것이다.

당상학이 혀를 끌끌 차며 장난스럽게 말했다.

"저런저런… 성이 난 게로군. 잘하면 내게 비무라도 청할 태세야."

"그러면 안 됩니까?"

철기련이 당상학의 말을 흉내 내어 되받아쳤다.

"나와 비무를 하고 싶다고?"

철기련이 당상학을 향해 정중히 머리를 숙이며 소리쳤다.

"말학 철기련이 하늘 같으신 태사께 감히 한 수 가르침을 청합니다! 부디 거절치 마시고, 후학에게 새로운 길을 열어주십시오!"

스르릉.

"후배께서 그리 진지하게 나오시니 이 늙은이도 뿌리칠 수가 없구먼. 좋아, 내 힘껏 가르쳐 보겠네."

당상학이 허리춤의 검을 천천히 뽑아 들자 희미한 새벽빛을 받은 검날이 쨍 소리를 내며 추상같은 예기를 내뿜었다. 족히 오 척은 되어 보이는 유독 기다란 장검은 한눈에도 천하의 보검처럼 보였다. 검면에 새겨진 푸른 용이 당장이라도 살아 나와 새벽 하늘을 가르고 꿈틀꿈틀 날아오를 것 같았다.

검을 보면 주인을 알 수 있다고 했다.

철기련은 자신의 앞에 버티고 선 저 노무사가 자신의 상상을 초월하는 고수임을 직감했다.

당상학이 일부러 자신을 도발하여 주살하려 한다는 생각을 지울 수 없었다. 자신만 죽는다면 철기방은 한 줌 모래처럼 흩어지고 말 테니까. 그래도 상관없다고 생각했다. 선친의 명예를 지킬 수만 있다면 이 자리에서 당장 죽어도 여한은 없으리라.

꽈아악.

철기련이 허리에 붙인 양 주먹을 지그시 움켜쥐었다. 두 개의 주먹 위로 가는 연기 같은 기세가 가닥가닥 피어오르기 시작했다.

쿠우우우.

철기련이 가슴 앞으로 들어올린 두 주먹을 천천히 휘돌리기 시작하자 그의 전신이 퍼런 불길 같은 기세에 휩싸였다. 크게 원을 그리며 주먹을 더욱 빠르게 휘돌리자 머리 위 삼 장 높이까지 기세가 피어올랐다.

"으하아압! 만리태권—!"

찰나의 순간 왼손으로 오른 손목을 움켜잡은 철기련이 혼신을 실어 오른 주먹을 내뻗자 주먹 끝에서 아주 작은 권강에서부터 점점 커져 가는 권강의 수십 개가 연달아 뻗쳐 나가기 시작했다.

오른손으로 움켜쥔 장검을 늘어뜨린 채 당상학은 자신의 얼굴을 노리고 시시각각 커다랗게 닥쳐 드는 권강들을 지켜보고 있었다.

"좋구나. 네 나이에 그만한 성취가 결코 쉽지는 않았을 터인데."

짧은 탄성과 함께 당상학이 검을 머리 위로 똑바로 세웠다. 바윗덩이만한 권강이 목전으로 닥쳐 드는 순간 당상학이 쳐들었던 검봉을 똑바로 내찔렀다.

"차합!"

츄우웅!

날카로운 파공음과 함께 검봉 끝에서 가늘고 흰 검강 한가닥이 뻗쳐 나왔다. 거대한 권강의 한복판을 향해 검강이 제비처럼 날아들었다.

퍼어엉!

너무 가늘어 아무런 힘도 없어 보이던 검강이 틀어박히자 마지막에 만들어졌던 거대한 권강이 거짓말처럼 파괴되었다.

퍼퍼퍼퍼펑!

그렇게 철기련의 가장 큰 내력이 실린 권강을 파괴한 검광이 줄줄이 날아오는 권강들을 차례로 격파하며 철기련을 노리고 날아갔다.

철기련의 얼굴에 경악이 스쳤다. 당상학이 강할 것이라고 예상은 했지만 이 정도일 줄은 몰랐던 것이다.

"천리소권!"

다급한 외침과 함께 철기련이 다시 오른 주먹을 내질렀다. 이번엔 점점 작아지는 권강이 줄줄이 뻗쳐 날아갔다. 처음 시전했을 때보다 더욱 완벽하게 천리소권을 펼쳤다 자신한 철기련은 이번만은 당상학의 예봉을 꺾을 수 있으리라 확신했다.

파아앙!

그러나 철기련의 기대는 이번에도 비참하게 무너졌다. 철기련의 모든 공력이 집중된 송곳처럼 날카로운 작은 권강마저 당상학의 검강에 의해 갈가리 찢어지고 만 것이다.

"이럴 수가?!"

그 많던 권강을 모조리 파괴시키고, 자신을 노리고 날아드는 검강을 바라보며 철기련을 기겁했다. 철기련이 검강을 피해 재빨리 뒷걸음질을 치기 시작했다. 그의 부친 철태산은 무공에 있어서 가장 기본은 신법이나 보법이라고 가르쳤다. 아무리 강한 공격 수단을 가지고 있어도 적의 공격을 피하지 못하면 무용지물이라고 말했다. 그래서 철기련은 어려서부터 신묘하다는 신법이나 보법은 빼놓지 않고 습득해 두었다. 여기에 임독양맥이 타동되면서 새털처럼 몸이 가벼워졌으나, 검강을 피해 물러서는 그의 보법은 일반인의 눈으로는 따라잡을 수조차 없을 정도로 현란했다.

쑤아아아아앙!

그런데도 검강은 철기련을 놓치지 않고 계속 쫓아왔다. 나중에는 그 검강의 길이가 무려 십 장까지 늘어난 듯 보였다. 십상성 정도의 초절정 고수라면 누구나 강기를 뽑아낼 수 있다. 하지만 그 길이가 보통 오, 육 장을 넘지 못하는 것이 상례였다. 그런데 당상학의 검강은 도무지 끝도 없이 늘어나고만 있었다.

'정말 괴물 같은 노인이다!'

새삼 당상학의 가공할 무공에 진저리를 치며 철기련이 재빨리 좌측으로 방향을 틀었다. 그러면서 그는 검강을 피했다고 확신했다.

쉬이익—

"앗!"

그런 자신을 쫓아 왼편으로 급격하게 꺾이는 검광을 발견한 철기련의 입에서 경호성이 터져 나왔다. 달아나는 상대를 쫓아 꺾어지는 강기라니? 철기련은 강호에 그런 식으로 강기를 펼칠 수 있는 고수가 존재한다는 소리는 풍문으로도 들어보지 못했다.

'어디 한번 해보자!'

오기가 치민 철기련이 두 발을 더욱 신묘하게 움직였다. 그의 신형이 좌측에서 우측으로, 우측에서 좌측으로 빠르게 휘청거렸다.

쉬잉—

쉬잉—

쉬이잉—

그러자 검강도 철기련의 몸놀림에 맞춰 너울너울 춤을 추듯 따라붙었다. 철기련의 얼굴에 처음으로 공포가 어렸다. 힐끗 눈알을 굴려 돌아보니, 이제 거의 이십 장으로 불어난 검강을 검을 가볍게 흔들어 조종하고 있는 당상학의 모습이 보였다. 참으로 놀라운 경지를 보여주면서도 당상학은 전혀 힘이 들지 않는 것 같았다.

"으윽!"

잠시 한눈을 팔던 철기련이 화들짝 놀라며 그 자리에 우뚝 멈춰 섰다. 자신을 뒤쫓던 검광이 올무처럼 둥근 원을 만들어 허리를 휘감아 버렸기 때문이다. 올가미에 걸린 산짐승처럼 철기련은 옴짝달싹할 수조차 없게 돼버렸다.

검강을 뽑아 든 채 허공을 밟듯이 다가온 당상학이 철기련의 바로 앞에 사뿐히 내려섰다.

당상학이 검을 거두자 검강도 씻은 듯이 사라졌다. 검강은 사라졌지만 당상학에게 완전히 압도되어 철기련은 꼼짝도 할 수 없었다.

"너는 앞으로 어떻게 할 생각이냐?"

당상학이 처음처럼 덤덤한 음성으로 물었다.

"무얼 말입니까?"

철기련이 갈라지는 음성으로 되물었다.

"너와 철기방을 살리기 위해 어떻게 움직일 생각이냔 말이다."

"……."

철기련은 잠시 말문이 막혔다. 지난 며칠간 긴 밤을 하얗게 지새우며 고민한 문제였지만, 갑자기 물어오자 말문이 막혀 버린 것이다. 게다가 그 상대가 자신과 방의 생살여탈권을 쥐고 있는 당상학이라 더욱 그랬다.

철기련은 잠시 눈을 감고 마음을 가라앉혔다. 방금 전까지 생사투를 벌이던 상대가 목전에서 칼을 뽑아 들고 있는 상황에서 눈을 감는다는 건 자살 행위와 같았다. 하지만 철기련은 당상학이 자신을 해치지는 않을 것이라는 느낌을 강하게 받고 있었다.

잠시 후, 철기련이 눈을 번쩍 뜨며 진중하게 말했다.

"철기방은 단 한 번도 역천을 꿈꾼 적이 없습니다. 차후로는 황상께 더욱 충성하여 모든 의문을 불식시키는 데 주력할 생각입니다."

"활로는 제대로 파악하고 있구나. 하지만 어떻게 충성을 증명할 테냐? 조정의 대신들은 일제히 철기방의 모반을 고하고, 황상께선 이미 철기방을 불온한 시선으로 바라보기 시작하셨다. 너는 어떤 방법으로 황상의 의심을 풀어드릴 생각이냐?"

여기서 철기련은 다시 침묵했다.

한동안 타는 듯한 시선으로 당상학의 얼굴을 노려보던 철기련이 어금니를 질끈 깨물어 씹어뱉었다.

"제가… 영왕을 죽이겠습니다."

쿠우웅!

동시에 늘 평정을 유지하고 있던 당상학의 두 눈이 찢어질 듯 부릅떠졌다.

한동안 눈을 치뜨고 철기련의 얼굴을 들여다보던 당상학의 입에서 낮은 실소가 새어 나왔다.

"헛… 허허……."

당상학이 이내 고개를 젖히고 대소를 터뜨렸다.

"으하하하하! 재밌구나! 내가 오늘 아주 재미있는 녀석을 만난 게로구나!"

"크흑!"

그 웃음에 실린 막중한 공력을 감당하지 못하고 철기련은 양손으로 귀를 틀어막았다.

꽈아악.

당상학이 갑자기 웃음을 뚝 그치며 철기련의 어깨를 힘주어 잡았다.

"너는 오늘부터 내 제자가 되거라."

"예?"

"나는 아직 중원 천지에서 너만큼 영민하고, 너만큼 강한 아이를 본적이 없다. 너라면 가르치는 보람이 있겠구나."

철기련이 힐끗 동태두 쪽을 쳐다보았다.

"아시다시피 제게는 이미 스승이 계십니다."

"세상을 살면서 꼭 한 명의 스승만 두라는 법은 없다. 더구나 동태두와 나는 오랜 지기이니 그도 이해해 줄 것이다."

"태사님과 스승님이 친구란 말씀입니까?"

"물론이다."

철기련의 얼굴로 의혹이 스치고 지나갔다.

그의 표정을 읽었는지 당상학이 차분한 목소리로 말을 이었다.

"너는 혹시 사대비문에 대해 들어본 적이 있느냐?"

당상학의 입에서 사대비문에 대한 이야기가 나오자 철기련은 내심 놀라면서도 천천히 고개를 끄덕였다.

"돌아가신 아버님께선 스승님이 지금은 강호에서 완전히 자취를 감춘 사대비문 중 권문의 수장이 아닐까라는 추측을 하셨습니다."

"제대로 보았다. 동태두는 권문의 수장이다. 그리고 나는 사대비문 중 검문(劍門)의 수장이기도 하지."

"태사께서 검문의 수장?!"

"그렇다. 또한 권문의 수장인 동태두와 나는 절친한 친구 사이니라. 이제 네가 왜 내 제자가 되어도 상관없는지 알았겠지?"

"으음……"

철기련이 한동안 깊은 침음을 흘리며 생각에 빠졌다.

철기련의 어두운 얼굴을 바라보며 당상학이 다시 물었다.

"아직도 내 제자가 되는 것이 망설여지느냐?"

"그렇지는 않습니다. 다만 또 한 가지 문제가 있습니다."

"무엇이냐?"

"즙포 여린이 태사님의 제자인 줄 압니다. 아시다시피 여린과 저는 한 하늘을 이고는 살아갈 수 없는 불구대천지 원수가 되었습니다. 그런데 제가 태사님의 제자가 된다면, 그는 제 사형이 될 것이므로……."

당상학이 대수롭지 않다는 표정으로 손을 휘휘 내저었다.

"여린, 그 아이는 이미 나와의 연이 끊겼다. 네가 그 아이를 죽이든 살리든 나는 관여하지 않겠다."

"정말이십니까?"

"내가 허언을 입에 담을 사람으로 보이느냐?"

대답 대신 철기련은 그 자리에 털썩 무릎을 꿇었다.

철기련이 땅바닥에 이마를 찧으며 우렁차게 소리쳤다.

"미욱한 말학이 한가닥 연이 닿아 강호에 존성대명을 떨쳐 울리시는 태사님을 사부로 모시게 되었습니다. 재주없다 나무라지 마시고, 부디 가르침을 내려주옵소서."

"오냐, 오냐. 내 너를 기꺼이 가르치고 키워줄 것이야."

당상학이 품속에서 비급 한 권을 꺼내 철기련의 눈앞으로 내밀었다.

"월영검법(月影劍法)……?"

비급의 겉면에 적힌 제목을 천천히 읽어 내리는 철기련을 보며 당상학이 물었다.

"혹시 검법을 익혔더냐?"

"어려서 삼재검을 약간 배웠을 뿐입니다."

"오히려 잘되었구나. 괜히 잡다한 검법을 익혀봤자 방해만 될 뿐이지. 복잡한 무리를 단숨에 깨우치는 너의 천재적인 두뇌라면 나의 비전검법을 익히는 데 그리 오랜 시간이 걸리진 않을 것이다. 나도 때때로 살펴봐 줄 것인즉, 밤낮을 가리지 말고 부지런히 수련하도록 하거라."

"제자, 스승께서 물려주신 월영검법으로 반드시 영왕의 목을 베겠습니다."

당상학이 빙그레 웃었다.

"오냐, 나도 기대가 크구나. 그러나 영왕은 그렇게 쉽게 죽을 남자가아니다. 너는 이미 십상성 중 절반 가량이 영왕 쪽으로 넘어간 사실을알고 있느냐?"

"강호인들이 벌써 영왕과 결탁을 시작했다는 말씀입니까?"

"강호란 원래 그런 곳이다. 겉으론 무학에만 관심있는 척 도도하게굴지만 권력의 변화에 가장 민감하게 반응하고, 격렬하게 반응하는 것이 바로 그 세계의 사람들이지. 또한……."

당상학이 잠시 말을 끊었다.

그리고 철기련에게 얼굴을 바싹 들이밀며 낮고 은근한 목소리로 말했다.

"내가 영왕을 죽이라고 시킬지, 황제를 죽이라고 시킬지 아직 장담하기엔 이르지 않겠니?"

입으론 웃으며 두 눈을 뱀처럼 사악하게 빛내는 당상학의 얼굴을 철기련이 질린 듯 들여다보았다. 늘 군자의 풍모를 유지하던 당상학이갑자기 이런 표정을 지으리라고는 철기련은 상상도 못했다.

지독한 음모를 품고 있는 자의 눈빛.

선인처럼 웃으면서 일거에 만인을 주살할 수 있는 폭군의 눈빛.

저도 모르게 부르르 진저리를 치며 철기련은 당상학이란 인물이 자신이 상상했던 것보다 백 배, 천 배 무서운 사람임을 직감했다. 저 음모의 소용돌이에 말려들면 언젠가는 사지가 갈가리 찢겨 죽고 말리라.

들불처럼 피어오르는 불안과 의심을 감추기 위해 철기련이 황망히 고개를 숙였다.

"그럼 제자는 앞으로 무엇을 해야 합니까?"

"넌 반드시 해야 할 일이 있지 않느냐? 먼저 선친의 원수를 갚고, 철기방을 더욱 공고히 세우거라. 나 역시 잠시 국사를 미뤄두고 개인적으로 해결할 일이 있다."

"개인적으로 해결할 일이시라면……?"

"사대비문 간의 오랜 원한에 대해선 들어본 적이 있더냐?"

"사대비문이 서로 간의 알력 때문에 쇠약해져 구파일방에 의해 멸문했다는 풍문만 들었을 뿐입니다."

몸을 바로 세운 당상학이 평소의 군자다운 표정으로 돌아와 천천히 고개를 가로저었다.

"우린 구파일방에게 패한 적이 없다. 사대비문의 수장들이 치명상을 입고 백 년 가까이 은신할 수밖에 없었던 건 교활한 술책으로 우리를 이간시킨 시문의 수장, 소사청 때문이다."

"소사청이라면 무적권왕 스승님께서 그토록 저주하던 그 사람 말입니까?"

"맞다. 소사청 때문에 사랑하는 여인까지 잃고 가장 큰 타격을 받은 사람이 바로 동태두지."

"그럼 그 소사청이란 자는 어떻게 되었습니까?"

당상학이 우울한 표정으로 중얼거렸다.

"내 손에 죽었다. 아니, 죽었다고 생각했다. 하지만 그 교활한 놈이 아직 살아 있는 것 같더구나. 나도 얼마 전에야 놈이 살아서 이곳 사천 땅을 활보하고 있다는 사실을 알아냈다. 그래서 내가 만사를 제쳐 두고 사천으로 달려온 것이지."

당상학이 오른 주먹을 강하게 움켜쥐며 이빨문 소리로 씹어뱉었다.

"놈을 죽여야 한다. 놈이 살아 있으면 주머니 속에 송곳을 넣어둔 것처럼 늘 불안할 수밖에 없지. 이번만큼은 내가 놈을 죽일 것이다. 다시는 살아나지 못하도록 소사청, 그 쥐새끼의 혼까지 살라 버리고 말 것이다."

퍼런 안광을 폭사하며 다짐을 거듭하는 당상학을 올려다보며 철기련은 소사청이란 인물이 당상학에겐 상당히 위협적인 존재라는 걸 직감했다. 하지만 결코 내색을 하지는 않았다. 다만 그 이름 석 자를 가슴 깊숙이 새겨두며 머리를 조아렸다.

"제자도 스승님의 바람이 하루 속히 이루어질 수 있도록 최선을 다하겠습니다."

"그래, 그래. 철기방의 정보력이라면 큰 도움이 되겠지."

당상학이 기꺼운 표정으로 철기련의 어깨를 두드렸다.

"그럼 열흘 후 이곳에서 다시 만나자꾸나. 그때까지 본좌의 월영검법을 열심히 수련해 두도록."

그 말을 끝으로 당상학이 뿌옇게 밝아오는 새벽 하늘로 몸을 날렸다. 허공을 밟듯이 내달리는 당상학과 그를 뒤쫓는 오십여 인의 내시들의 뒷모습을 향해 철기련은 허리를 깊숙이 숙이고 있었다. 천천히 고개를 쳐드는 철기련의 얼굴은 어두웠다. 훌륭한 스승을 새로이 모시게 됐다는 것이 아니라, 무언가 정체조차 불분명한 족쇄가 발목에 채워졌다는 느낌이었다.

"그래, 일단은 순서대로 해나가면 되겠지."

여린의 얼굴을 떠올리며 철기련은 잠든 동태두 쪽으로 걸음을 옮겼다.

무인답지 않게 가벼운 동태두의 몸을 번쩍 안아 들며 철기련은 당상학에게든 황제에게든 호락호락하게 당하진 않겠다는 다짐을 하고 있었다.

*   *   *

"왜 안 된다는 거지?"

이른 아침부터 여린의 집무실에선 여인의 날카로운 고함이 터져 나오고 있었다. 여린을 비롯해서 총관 곽기풍과 세 포두는 자리를 비운 상태에서 여급사인 화초랑만이 집무실을 지키고 있었다.

그런데 갑자기 북소소가 들이닥쳐 지하 뇌옥의 열쇠를 내놓을 것을 요구했고, 화초랑은 그렇잖아도 여린에게 꼬리를 치는 꼴이 보기 싫었던 북소소의 말을 일언지하에 묵살했다.

자신의 책상 앞에 비스듬히 앉은 화초랑이 씨근덕거리는 북소소의 얼굴을 올려다보며 예쁘게 웃었다.

"뇌옥의 열쇠는 북 즙포님께서도 가지고 계시잖아요?"

"누가 일반 뇌옥의 열쇠를 달라고 했어? 내가 내놓으라는 건 일반 뇌옥 밑에 있는 특수 뇌옥의 열쇠잖아!"

사하현 현청의 뇌옥은 지하 이층의 구조로 되어 있었다. 지하 일층에는 일반 잡범들이 수감되어 있고, 이층에는 모반을 꾀한 역도들이나 많은 인명을 살상한 흉악범들이 수용돼 있었다. 물론 지금은 단 한 명만이 지하의 특수 뇌옥에 갇혀 있었다. 철기방의 전 한주 향주 독사성.

북소소는 지금 그를 만나려고 하는 것이다. 그런데 평소에도 상사인 자신을 홍루의 기녀 보듯 하는 저 시건방진 여급사가 반질반질 웃으며 성질을 돋구었다.

당장이라도 등 뒤의 고려검을 뽑고 싶은 충동을 억누르며 북소소가 화초랑에게 얼굴을 바싹 들이밀고 으르렁거렸다.

"나 알고 보면 성질 꽤나 더러운 년이거든. 아침부터 복날 개새끼처럼 쥐어터지고 싶지 않으면 빨랑 열쇠 내놔라, 응?"

"그러니? 나도 알고 보면 성질깨나 사나운 년인데. 어디, 때릴 수 있으면 한번 때려봐. 때려봐."

"이걸 그냥 콱!"

"꺄아악! 사람 살려! 즙포사신이 엄한 사람을 두들겨 팬다아!"

이죽거리는 화초랑의 얼굴을 노리고 북소소가 주먹을 쳐드는 순간, 화초랑이 숨넘어가는 비명을 질러댔다.

"무슨 일입니까?"

이때 곽기풍이 방문을 밀고 들어와 두 여자의 하는 꼴을 보고 놀라 눈을 동그랗게 떴다.

"우와앙~ 총관님, 제 말 좀 들어보세요. 여기 북 즙포님께서 제 얼굴이 반반한 게 마음에 들지 않는다며 마구 주먹질을 하시지 뭐예요? 즙포사신이면 다인가요? 즙포사신이면 질투에 눈이 멀어 하급자를 마구 두들겨 패도 상관이 없는 건가요, 예?"

"허어……."

곽기풍의 품에 와락 안기며 눈물을 펑펑 쏟는 화초랑을 북소소가 기가 막히다는 눈으로 쳐다보았다.

물색 모르는 곽기풍이 험험, 헛기침을 하며 점잖게 말했다.

"초랑이가 우리 현청에서 가장 예쁘장한 건 물론 사실입지요. 또한 여 줍포님께 마음을 두고 있는 것도 사실입니다. 그렇다고 사적인 감정으로 아랫사람을 다스리는 건 좀 곤란하지 않을까요? 제 오랜 경험으로 미루어 그런 식으로는 아랫사람의 존경을 받을 수가……."

"열쇠 내놔요!"

더 이상 말을 섞기도 귀찮아진 북소소가 곽기풍의 앞으로 다가와 턱 밑으로 불쑥 손바닥을 내밀었다.

"열쇠라뇨? 무슨 열쇠요?"

"현청 특수 뇌옥의 열쇠 말이에요. 듣자하니, 독사성을 그곳에 가둔 후 현감 영감께서 보관 중이던 열쇠를 이곳 집무실에서 보관하게 되었다면서요?"

"……."

특수 뇌옥에 대한 얘기가 나오자 곽기풍이 갑자기 입을 굳게 다물고 화초랑과 북소소의 얼굴을 번갈아 쳐다보았다. 곽기풍이 화초랑의 얼굴을 때릴 듯 주먹을 화악 쳐들었다.

"이게 또 헛소리를 지껄였구만!"

"꺄악!"

콰악.

그런 곽기풍의 손목을 움켜잡으며 북소소가 채근했다.

"열쇠부터."

"미안하지만 내드릴 수 없습니다."

곽기풍이 북소소의 손을 뿌리치고 손바닥으로 관복을 탁탁 털며 말했다.

"왜요?"

"자신의 허락없이는 누구에게도 열쇠를 내어주지 말라는 여 줍포님의 엄명이 있었기 때문입니다."

북소소가 도끼눈을 떴다.

"나는 그보다 선임 줍포예요. 당연히 내 명이 우선하는 거 아닌가요?"

"이번 건만은 다릅니다."

"뭐가 어떻게 다른데?"

화가 치민 북소소가 아예 반말로 나갔다.

그래도 노회한 총관 곽기풍은 꿈쩍도 하지 않았다.

"우선 독사성의 신분이 신분인지라 경호상의 문제도 있고······."

"곽 총관은 영리한 사람인 줄 알았는데, 이제 보니 썩은 감자 같은 머리를 가지고 있군. 나한테 밉보여서 좋을 건 없을 텐데?"

"물론 백화루에서 북 줍포님의 무서움은 충분히 경험했습니다. 아무리 그래도 이번만은 양보할 수가 없군요. 죄송합니다."

"당신, 정말 다치고 싶어?"

"이 늙은이를 때리시겠다면 맞겠습니다. 자, 어서 때리십시오."

곽기풍이 북소소에게 반들반들한 얼굴을 들이밀었다. 북소소가 정말 곽기풍의 면상을 박살 낼 듯 움켜쥔 주먹을 벌벌 떨었다.

"끄으으······."

"무슨 일이오?"

두 사람 간의 팽팽한 긴장감을 깨뜨린 건 여린의 목소리였다. 여린이 어느새 집무실 안으로 들어와 곽기풍과 북소소의 심각한 대치 상황을 지켜보고 있었던 것이다.

화초랑이 여린의 앞으로 쪼르르 달려가 고자질하듯 말했다.

"저기 북 즙포님께서 식전부터 갑자기 밀고 들어와 독사성이 갇혀 있는 특수 뇌옥의 열쇠를 내놓으라며 분탕질을 치지 뭐예요? 저는 당연히 안 된다고 했죠. 왜 안 되냐? 그야 여 즙포님이 안 된다고 하셨으니까 하늘이 반쪽 나도 안 되는 거죠. 저는 언제나 여 즙포님의 말씀을 하늘님 말씀처럼 믿고 따르는 최측근으로서……."

어느새 본론을 한참 벗어나고 있는 화초랑을 가볍게 밀치고 여린이 북소소의 앞으로 다가갔다.

여린이 언제나처럼 선량한 미소를 머금은 채 성난 북소소의 얼굴을 빤히 들여다보았다.

"치잇!"

그 웃음이 부담스러워 북소소는 서둘러 고개를 돌려 버렸다. 여린의 미소에는 사람의 마음을 움직이는 묘한 힘이 있었다. 이 사람이 절대 그런 사악한 짓을 했을 리 없다고 믿게 만드는 힘.

"우린 친구라고 생각했는데… 아닌 거요?"

여린의 다정한 목소리를 듣고 북소소가 홱 고개를 돌리며 찢어지는 목소리로 소리쳤다.

"그것과 이건 달라! 당신이 아무리 내 친구라 해도! 아니, 내 정인이라고 해도! 그렇다고 해도……."

북소소가 더 이상 말을 잇지 못하고 씨근덕거렸다.

눈치 빠른 곽기풍이 버둥거리는 화초랑의 손목을 잡고 서둘러 집무실을 빠져나가고 있었다.

한동안 덤덤히 북소소의 사나운 눈빛을 받아내던 여린이 싱긋 웃으며 북소소가 미처 하지 못한 뒷말을 이어주었다.

"그렇다 해도 즙포로서의 본분을 벗어난 행위는 용서할 수 없다. 맞습니까?"

북소소가 무겁게 고개를 끄덕였다.

"맞아요."

여린은 여전히 웃는 얼굴이었다. 비웃음도 아니고, 서글픔이 실린 웃음도 아니었다. 누군가 뺨을 때렸는데, 그저 허허거리는 실없는 사람의 웃음 같다고 북소소는 생각했다. 북소소는 왠지 가슴이 미어지는 것 같았다. 철기련, 그 사내를 제외하고 그녀를 이처럼 애잔하게 만든 남자는 맹세코 여린이 처음이었다.

'공(公)은 공, 사(私)는 사!'

마음을 다잡으려 어금니를 질끈 깨무는 북소소였다. 이때 북소소의 눈앞으로 여린이 불쑥 손바닥을 내밀었다. 손바닥 위에는 붉은 수실 끝에 매달린 큼직한 청동 열쇠 하나가 놓여 있었다.

"이건?"

의아하게 묻는 북소소를 향해 여린이 다시 빙긋 웃었다.

"북 즙포께서 그토록 갖고 싶어하던 특수 뇌옥의 열쇠입니다."

"이걸 왜 순순히 내어주죠?"

"그야 북 즙포님이 즙포사신이니까요. 즙포사신은 범법이 이루어졌다고 의심되는 모든 사건을 파헤칠 의무와 권리를 가지고 있지 않습니까?"

한동안 멍한 눈으로 여린의 얼굴을 들여다보던 북소소가 천천히 열쇠를 집어 들었다.

미련없이 돌아서서 집무실을 빠져나가는 여린의 뒷모습을 향해 북소소가 항변하듯 소리쳤다.

"당신이 만약 불법적인 방법으로 철기방에 대한 수사를 벌였다면,

나는 가차없이 당신을 응징할 거예요. 당신이 내 친구이든 아니든 상
관없이 말이에요."

"그러라고 열쇠를 내준 거요."

집무실 문을 열고 나가며 여린이 덤덤히 말했다.

방문이 닫힌 후 북소소는 한참 동안 여린이 건네준 열쇠를 내려다보
며 서 있었다.

철커덩.

특수 뇌옥으로 통하는 둔중한 철문이 열리자 칠흑처럼 어두운 공
간의 저 안쪽에서 퀴퀴한 곰팡내가 풍겨왔다. 그 냄새에 묻은 불길하
고도 암울한 기운에 질려 북소소는 문 안쪽에 잠시 멍하니 서 있었
다.

철컹.

뒤쪽에서 문이 닫히는 소리를 듣고서야 북소소는 퍼뜩 정신을 차
렸다. 철기방에서 살수를 파견할지도 모른다는 불안감 때문에 이렇
듯 사람이 들고 날 때도 무조건 문을 걸어 잠궈 둔다고 들은 것 같았
다.

어둠이 조금 눈에 익숙해지자 북소소가 좁은 복도 안쪽으로 천천히
걸음을 옮겼다. 텅 비어 있는 좌우의 뇌옥을 지나 그녀가 복도 맨 끝에
있는 뇌옥을 향해 천천히 걸어갔다.

뇌옥 안에는 한 사내가 벽을 바라보며 앉아 있었다.

반백의 머리카락은 산발했고, 오랫동안 빨지 않아 때가 덕지덕지 묻
은 좌수복을 입은 중년사내의 뒷모습은 왜소해 보였다. 그래서 북소소
는 저 남자가 정말 한때 냉혼흉살이라 불리우며 한주 땅을 공포에 떨

게 만들었던 독사성이 맞을까 하는 의구심이 들었다.

"독사성 대협?"

북소소의 목소리를 듣고 중년 사내가 천천히 고개를 돌렸다. 어둠 속이었지만 깊게 갈무리한 사내의 동공 깊숙한 곳에서 한줄기 서늘한 한광이 스치고 지나가는 것을 북소소는 똑똑히 보았다. 어버이 같은 철태산을 배신했다는 자책감 때문에 의기소침하여 웅크리고 있었으나, 그래도 독사성은 독사성. 북소소는 자신이 쓸데없는 의심을 했다는 걸 알았다.

북소소가 철창 사이로 얼굴을 바싹 붙이며 말했다.

"저는 사하현 현청으로 새로이 부임한 즙포 북소소라고 합니다. 독 대협을 돕기 위해 왔지요."

"나를 돕겠다고? 즙포사신이 말인가?"

독사성이 마른 먼지 같은 헛웃음을 지었다.

"여린, 그놈은 어떻게 된 거냐? 천하가 다 제것인 양 설쳐 대더니, 그새 목이라도 날아간 거냐?"

"아닙니다. 저는 여린의 독직 및 비위 사실을 조사하기 위해 성청에서 파견된 즙포입니다. 그러니 협조해 주십시오."

독사성이 귀찮다는 듯 다시 벽을 향했다.

"난 도와줄 것도 없고, 도움받을 것도 없는 사람이다. 귀찮게 하지말고 물러가라."

"철기련님이 보냈다고 해도 절 이리 박대하실 겁니까?"

"소군께서 널 보내셨다고?"

비로소 격한 반응을 보이며 독사성이 철창 앞으로 다가와 앉았다.

양손으로 철창을 움켜쥐며 독사성이 빠르게 물었다.

"소군은? 소군은 건강하시더냐? 이 사람을 많이 원망하고 계시지는 않더냐?"

북소소가 약간은 침울한 표정으로 말했다.

"그분은 더 이상 소군이 아닙니다. 새로이 철기방의 방주가 되셨지요."

"소군께서 방주가 되셨다고?"

이해할 수 없다는 표정으로 독사성이 되물었다.

"그럼 대제께옵서는? 대제께옵서 소군께 방주의 위를 물려주신 것이냐?"

"아닙니다. 방주께서 돌아가셨기 때문에 소군께서 그 자리를 물려받은 것입니다."

쿠우웅!

마치 벼락이라도 맞은 사람처럼 독사성이 눈을 홉떴다.

전류에 감전된 듯 한동안 사지를 푸들푸들 떨던 독사성이 눈물이 그렁하게 맺힌 눈으로 북소소를 쏘아보며 물었다.

"방주께서 돌아가셨다는 게 틀림없는 사실이렷다?"

"예."

"왜? 도대체 누가 있어 대제님을 시해할 수 있단 말이냐?!"

철컹철컹.

흥분한 독사성이 양손으로 움켜잡은 철창을 마구 흔들자 뇌옥 전체가 무너질 듯 요동쳤다.

독사성을 진정시키기 위해 북소소가 빠르게 말했다.

"줍포 여린이 청성 등과 연합하여 철기방을 쳤습니다. 그 와중에 그만……."

"그럼… 여린, 그 간악한 놈이 대제를 시해했단 말이냐?"

"그렇습니다."

"끄으으으……."

굵은 눈물방울을 주르륵 흘리며 독사성이 상처 입은 맹수 같은 신음을 내뱉었다.

"으허허헝—! 나 때문이다! 내가 여린에게 굴복하여 '붕우금침어령'이 숨겨진 장소를 말했기 때문이다! 못난 내가 결국 어버이 같은 대제님을 돌아가시게 만든 것이다!"

쿵쿵쿵쿵!

독사성이 바닥에 이마를 짓찧으며 서럽게 통곡했다.

그런 독사성을 향해 북소소가 조심스럽게 물었다.

"제가 알기로 독 대협께선 결코 철혈대제를 배신하실 분이 아닌데, 어쩌다 여린에게 굴복하게 된 겁니까? 여린이 뭔가 부당한 방법으로 압력을 가한 건 아닌지요?"

그러나 독사성의 귀에는 북소소의 목소리가 들리지 않는 듯했다. 피가 철철 흘리는 이마로 계속 뇌옥 바닥을 찧으며 독사성이 울부짖었다.

"죽게 내버려 두었어야 했다! 숨겨둔 마누라와 어린 딸년 따윈 여린의 손에 죽도록 그냥 내버려 두었어야 했어! 사사로운 정에 이끌려 내가 그만 대제님을 배신하고 말았구나! 끄흐흐흑—!"

"그 말씀은 여 즙포가 독 대협의 아내와 딸을 납치하여 자백을 강요했다는?!"

북소소의 얼굴이 창백해졌다.

이제야 모든 것이 명명백백해지는 것 같았다. 오직 복수의 일념을 품고 사하현으로 부임한 여린이 목적을 이루기 위해 저지른 숱한 악행들이 하나씩, 하나씩 자리를 찾아 북소소의 머리 속에서 완전한 하나의 줄거리를 완성시켰다.

그녀는 왠지 구토가 치밀 것 같았다. 진실에 접근하면서도 내심 진실이 밝혀지는 것이 두려웠던 그녀였다. 어느 날 갑자기 절친했던 사람의 전혀 다른 사악한 면을 훔쳐본 것처럼 북소소는 가슴이 쿵쾅거리면서 숨이 막혔다.

사실 얼마 전부터 그녀는 여린이 자신의 상상 이상으로 악랄한 인간일지도 모른다는 생각을 하는 한편, 그의 그러한 면을 발견하지 않게 되길 바라는 이율배반적인 마음이 들었다. 그만큼 여린이란 사람에게 호감과 호의를 갖고 있었던 것이다.

복잡한 감정을 통제하기 위해 북소소는 가슴 저 깊은 곳에서부터 분노를 끌어올렸다.

여린은 즙포사신으로서, 아니, 한 인간으로서 결코 해서는 안 될 악행을 저질렀다. 그는 단죄받아 마땅한 사람이었다.

'그렇군. 그래서 기련은 나로 하여금 여 즙포를 조사하도록 만들었군.'

북소소는 이제야 철기련의 의도를 알아차릴 수 있었다. 그는 아마도 즙포 여린을 완전히 파멸시키고 싶었을 것이다. 백주대로에서 칼로 찔러 단숨에 죽일 수도 있지만, 그런 방법으로는 성이 차지 않았으리라. 동생을 농락하고, 아버지를 죽음으로 내몬 여린을 한 명의 즙포로서 완전히 매장시킨 후 천천히 짓이겨 죽일 작정인 것이다.

'이 일을 떠맡는 게 아니었어. 기련이 아무리 사정해도 이 일만은 시작하는 게 아니었어.'

맥없이 풀려 버린 두 다리를 간신히 움직여 북소소가 어둑한 뇌옥의 복도를 천천히 되짚어 나왔다.

등 뒤에서 독사성의 처절한 울부짖음이 들려왔다.

"크아아아악—! 날 죽여라! 어서 나도 죽여라, 여린!"

그날 오후 늦도록 텅 빈 집무실에서 홀로 쉬고 있던 북소소는 독사성이 목을 맸다는 소식을 전해 들었다. 그때까지도 생각을 정리하지 못하고 망설이던 북소소가 자리를 박차고 일어섰다. 독사성의 갑작스런 죽음이 그녀의 결심을 재촉했던 것이다.

벌컥.

북소소가 현감 영감의 방문을 거칠게 밀치고 들어오자, 철기방과 관련된 향후 진로에 대해 숙의 중이던 현감 상관홀과 곽기풍, 하우영과 여린 등이 놀란 눈으로 돌아보았다.

상관홀이 짜증기가 묻어나는 목소리로 북소소를 쏘아붙였다.

"거, 방문을 열고 들어오기 전에 헛기침이라도 좀 하면 안 되나, 북 즙포? 요즘 즙포들은 왜 하나같이 싸가지가 없나 몰라."

상관홀을 싹 무시하고 북소소가 여린 앞에 버티고 섰다.

여린이 북소소를 올려다보며 싱긋 웃었다.

"무슨 일로 그리 화가 나셨소, 북 즙포?"

"웃지 마."

"예?"

"웃지 말란 말야, 새끼야?!"

북소소가 빽 소리치자 비로소 상황의 심각성을 깨달은 좌중이 무거운 침묵 속으로 빠져들었다.

여린만이 여전히 웃으며 북소소를 향해 물었다.

"왜 그리 화가 나신 거요? 말을 해야 알 거 아닙니까?"

"오냐, 말해주지."

어금니를 으드득 갈아붙이며 북소소가 손가락으로 여린을 겨누었다.

"네가 철려화를 끌어들였지? 네가 갈산악을 죽였지? 네가 수연이란 여자를 죽였지? 그리고 또 네가 청성의 말코도사들을 시켜 독사성의 아내와 여식을 납치했지? 도대체 네 개인적인 복수를 위해 얼마나 많은 사람들을 희생시킨 거야, 이 새끼야!"

"후우우~"

여린이 참 곤란한 일을 당하게 되었다는 듯 어색하게 웃으며 깊은 한숨을 내쉬었다. 그 웃음이 북소소의 분노에 기름을 끼얹었다.

차아앙!

"웃어? 지금 웃음이 나와? 너 같은 놈은 당장 파직감이야! 아니지. 성주 대인께 알려 네놈을 성청으로 압송한 후, 지저분한 죄상을 낱낱이 파헤치고 말 테다!"

격노한 북소소가 등 뒤의 고려검을 벼락처럼 뽑아 여린의 얼굴에 겨누었다.

자리를 박차고 일어선 곽기풍이 양손을 황망히 내저으며 북소소를 달랬다.

"자자, 일단 진정하십시오, 북 줍포님. 이번 일은 그리 간단하지가 않습니다. 까닥하면 여기 있는 모든 사람들의 목이 떨어질 수도 있는 심각한 문제이니, 일단 심각하게 의논을 한 이후……."

"당신들도 똑같아!"

"으악!"

북소소가 검끝이 자신을 향하자 곽기풍이 의자에 풀썩 주저앉았다.

북소소가 핏발 선 눈으로 좌중을 둘러보며 싸늘히 내뱉었다.

"당신들도 이 더러운 일에 협조하거나, 동조했겠지. 당신들 역시 파직을 피할 순 없을 거야."

"우리가 무슨 죄가 있다고⋯⋯."

나직이 구시렁거리던 곽기풍이 북소소의 사나운 눈빛을 마주하곤 고개를 꽉 떨구었다.

여린이 스윽 자리에서 일어나 북소소를 스쳐 걸음을 옮겼다.

"이건 나와 북 줍포 간의 문제인 것 같으니 나가서 얘기합시다."

"변명을 할 생각하지 마. 난 이미 네 죄상에 대해 낱낱이 알고 있어."

방문을 열고 나가는 여린의 뒤를 북소소가 빠르게 뒤쫓았다.

"북 줍포님."

부르는 소리에 돌아보자 하우영이 천천히 다가오는 게 보였다.

북소소 앞에 멈춰 선 하우영이 그녀의 얼굴을 들여다보며 묵직하게 말했다.

"여 줍포가 불법적인 방법들을 동원한 건 인정하오. 하지만 철기방은 법을 지켜가며 물리칠 수 있는 상대가 아니오."

그러나 북소소의 표정은 냉랭했다.

"하우 포두 역시 목적을 위해서는 수단 방법을 가릴 필요가 없다 말하고 싶은가요?"

"아니오. 난 다만 여 줍포를 무조건 악당으로 몰아붙이지 말았으면 하는 거요."

"내가 아는 한 모든 악행은 똑같아요. 악한 목적을 가진 사람이 악행을 저질렀든, 선한 목적을 가진 사람이 악행을 저질렀든. 나는 내 기준으로 여 즙포를 판단하고 단죄할 겁니다."

하우영의 미간이 씰룩였다. 하우영이 북소소의 얼굴에 시선을 박은 채 어금니를 지그시 깨물었다.

"그럼 북 즙포는 어디서 뭘 하고 있었소?"

"무슨 말이죠?"

"철기방이 국법을 뒷간의 똥덩이처럼 우습게 여기고, 온갖 천인공노할 악행을 저지르고 있을 때, 잘난 북 즙포는 어디서 무얼 하고 있었느냔 말이오?"

북소소가 가슴을 쭉 펴며 대답했다.

"난 다른 사건에 매달려 있었어요. 만약 내게 철기방에 대한 수사 명령이 떨어졌다면, 조금도 망설이지 않고 철기방의 심장부를 향해 돌진했을 거예요. 물론 여린처럼 불법적인 방법은 결코 사용하지 않았겠죠."

"크흐흠……."

할 말을 잃은 하우영이 깊은 신음을 내뱉었다. 그런 하우영을 뒤로 하고 북소소가 휙 돌아서서 방을 빠져나가 버렸다.

'조용히 해결되긴 틀린 것 같군.'

복도를 걸어나가는 북소소의 완고한 뒷등을 바라보는 하우영의 표정이 밝지 않았다.

푸륵.

푸르륵.

현청 마당으로 나오자 여린이 자신의 애당나귀인 용마의 목을 쓰다

듣고 있는 게 보였다. 영물이란 소문이 있더니, 용마는 오랜만에 주인을 만난 강아지처럼 꼬랑지를 휘휘 흔들며 여린의 볼을 살갑게 핥아대고 있었다.

북소소가 다가온 것을 알아차린 여린이 계속 용마의 목덜미를 쓰다듬으며 말했다.

"북경의 스승님으로부터 이 녀석을 얻었지요. 아주 어렸던 절 스승님은 꽤 쓸 만한 제자라고 생각하셨던 모양입니다. 그러니 영물 중의 영물로 애지중지하던 이 녀석을 저에게 선뜻 내주셨겠지요."

"……."

여린이 비로소 북소소 쪽을 돌아보며 히쭉 웃었다.

"어디 가고 싶은 데 없습니까? 용마, 이놈이 겉보기엔 이래 봬도 천리마 못지않게 빠르답니다. 사천성 안이라면 어디든 한나절이면 달려갈 수가 있지요."

"지금 웃음이 나와?"

여린의 웃음에 북소소는 이제 짜증이 났다. 북소소가 여린을 매몰차게 몰아붙였다.

"당신이 지금 어떤 상황에 처했는지 모르겠어? 지금 당장 당신을 포박할 수도 있어? 그런데 뭐? 나랑 놀러 가자고?"

"포박을 받기 전에 술이라도 한잔 마시고 싶어서 그럽니다."

"그 말은 모든 죄를 인정한다는 뜻이야?"

"인정할 수도 있고, 인정하지 않을 수도 있습니다."

"무슨 헛소리야?"

"오늘 밤 북 즙포님이 꼭 가보고 싶은 장소로 용마를 타고 달려가 시원하게 술을 한잔 사주신다면 모든 죄를 인정하겠습니다. 어때요? 이만하면 괜찮은 제안 아닌가요?"

"정말이지? 정말 술 한잔 마시고 나서 모든 죄를 인정할 거지?"

"그렇다니까요."

그러면서 여린이 또 환하게 웃었다.

북소소는 그 웃음이 보기 싫어 고개를 돌리며 빠르게 말했다.

"꼭 가보고 싶은 곳이 한 군데 있긴 해. 거기 가서 술 한잔 마시자."

"거기가 어딥니까?"

"검당현."

"검당현이오? 검당현이면 두 시진 정도만 부지런히 달리면 당도할 수 있겠군요."

"검당현까지는 족히 이백 리 길이야. 관운장의 천리마가 현신한다 해도 두 시진 안에 닿을 수 있는 거리는 아니라고."

"들었냐, 용마야? 북 줍포께서 널 못 믿겠다고 하시는구나."

여린이 장난스럽게 웃으며 용마의 등을 툭툭 두드렸다. 그러자 용마는 주인의 말을 알아들은 듯 신경질적으로 투레질을 하며 성난 울음을 토해냈다.

푸히히힝!

"그것 보세요. 용마도 화를 내지 않습니까?"

여린이 용마의 등 위로 훌쩍 올라타며 북소소에게 손을 내밀었다. 여린이 내민 손을 북소소는 빤히 쳐다보기만 했다.

"안 가실 겁니까?"

"검당현에 가서 술을 마시면 약속대로 모든 죄를 인정하는 거지?"

"몇 번을 말해야 믿겠소?"

북소소가 여린의 손을 붙잡고 올라가 여린의 바로 뒤쪽에 앉았다.

"가자, 용마야! 검당현까지 두 시진 안이다!"

여린이 옆구리를 건어찼고, 용마가 빠르게 달려나갔다.

우투투투투!

현청 대문을 바람처럼 짓쳐 나온 용마가 여린과 북소소를 태운 채 인가마저 뜸해진 변두리의 밀 밭 길을 무서운 속도로 내달렸다. 북소소도 어려서부터 승마를 즐겼고, 지금도 사가의 마구간에 애마가 묶여 있었다. 하지만 그 어떤 명마도 지금의 용마보단 빠르지 못할 것이라고 그녀는 생각했다. 아니, 울창한 밀 밭을 휙휙 스치며 내달리는 용마의 속도는 그 이름처럼 전설의 용이 대지 위를 질주하는 것처럼 빨랐다.

저도 모르게 여린의 옆구리를 끌어안으며 북소소가 눈을 들어 밀 밭의 저 너머를 보았다. 끝도 없이 펼쳐진 사천의 광활한 초지는 핏빛 노을에 물들었다. 가끔 양 떼를 몰고 집으로 돌아가는 유목민들의 모습이 보이기도 했다. 하루의 고단한 노동에 시달린 저들은 아내가 만든 정성스런 음식과 아이들의 천진한 웃음으로 충분한 보상을 받으리라.

북소소도 한때 저런 일상을 꿈꾼 적이 있었다. 하지만 철이 들면서 포기할 수밖에 없었다. 아버지의 삶을 알게 되면서 그녀는 스스로 모든 편안함과 안락함을 포기한 채 즙포가 되어 악을 좇으며 살았다. 자신이 바른 일 열 가지를 행하면 아버지의 업보가 하나쯤은 지워질 거라는 믿음 때문이었다. 어려서 엄마를 잃은 자신을 동냥젖으로 키운 아버지를 포박하는 대신 그녀는 자신의 공덕으로 아버지의 죄를 조금이라도 씻어내는 방법을 택했다. 그것이 자신이 할 수 있는 최선이라고 자위하며 살았다.

아버지를 생각하자 문득 가슴이 시려왔다. 그래서 그녀는 저도 모르게 여린의 넓은 등에 얼굴을 기대었다. 여린의 등이 생각보다 따뜻하다는 것을 깨닫고 그녀는 놀랐다. 이처럼 따뜻한 등을 가진 남자가 어떻게 그런 무서운 일을 벌일 수 있었을까?

그건 아마도 증오가 아니라 사랑 때문이었을 것이다. 자기처럼 아버지를 너무도 사랑했기 때문에 그 사랑을 빼앗긴 만큼 증오의 깊이도 깊어졌기 때문일 것이다. 북소소는 또 가슴이 답답해짐을 느꼈다. 여린을 용서하고 싶어하는 자신을 깨달았기 때문이다.

'안 되지. 절대 안 돼.'

마음을 다잡으려 북소소는 여린의 허리를 끌어안은 팔에 더욱 힘을 불어넣었다.

"이제 그만 좀 힘을 푸시오. 갈비뼈가 으스러질 것 같소."

여린의 음성에 상념에 빠져 있던 북소소는 퍼뜩 정신을 차렸다.

용마가 어느새 달음박질을 멈추고 땀에 흥건히 젖은 채 천천히 걸음을 옮기고 있었다. 서둘러 주위를 둘러보니 낯익은 풍광이 시야에 들어왔다. 그사이 벌써 검당현에 도착한 것이다.

검당현은 북소소가 처음 사령장을 받고 부임한 임지였다. 이곳에서 그녀는 철기련을 만났다. 그를 만나 다시없을 진한 사랑을 나누고, 또다시 가슴이 무너지는 시련의 아픔을 경험하기도 했다. 나무 한 그루, 풀 한 포기조차 의미없는 것이 없는 검당현의 풍경이었다.

여린이 북소소를 돌아보며 또 빙긋 웃는다.

"어디로 모실까요, 북 중포님?"

"아소산을 알아?"

"알고 있습니다. 제가 이래 봬도 사천 토박이거든요."

"그럼 아소산으로 가. 그곳에 내가 사천 땅에서 가장 가보고 싶어하는 추억의 장소가 있어."

북소소가 부러 쌀쌀맞게 대답했다. 하지만 여린은 개의치 않고 씩씩하게 용마의 고삐를 흔들었다.

"들었지, 용마야? 아소산이다."

푸히힝!

용마가 다시 달리기 시작했다.

반 각 정도의 시간 만에 용마는 작은 야산 같은 용마산의 중턱에 위치한 산촌에 도착했다. 촌락이라고 해봤자 키 낮은 모옥들 십여 채가 옹기종기 모여 있는 아주 작은 마을이었다.

용마의 고삐를 잡은 채 북소소를 따라 마을 안으로 걸어 들어가며 여린은 이상하다는 듯 고개를 갸웃했다. 그럴 것이 마을 한복판의 좁은 공터에서 뛰어놀고 있는 십수 명의 아이들만 보일 뿐 어른들이 한 명도 보이지 않았기 때문이다.

"앗! 저기 소소 누나다!"

한창 기마 놀이를 하고 있던 사내아이들 중 한 녀석이 북소소를 가리키며 소리쳤다.

"정말?"

"어디? 어디?"

"우와! 정말 소소 누나가 맞잖아!"

북소소를 알아본 아이들이 우르르 몰려와 순식간에 그녀를 에워쌌다.

"누나! 소소 누나!"

"왜 이렇게 오랜만이에요, 누나?"

"으앙~ 왜 이제야 온 거야, 언니?"

"저 향학에 들어갔어요, 언니. 향학에 들어가면 가죽신 사준다고 했잖아요. 잊지 않았죠?"

아이들이 저마다 북소소의 팔을 잡아당기며 앞다퉈 말을 쏟아내는 바람에 여린은 정신이 하나도 없었다. 그러나 북소소는 무엇이 그리 좋은지 아이들 하나하나의 볼을 쓰다듬어 주며 다정하게 웃을 뿐이었다.

"이놈들! 그렇게 한꺼번에 매달리면 어떻게 하느냐?"

우렁한 목소리에 여린이 고개를 돌리자 저쪽 한 모옥의 문을 열고 나오는 구레나룻이 더부룩하고 차돌멩이 같은 덩치가 젊은 시절의 만만치 않은 관록을 말해주는 중년 사내 하나가 보였다.

"안녕하세요, 백광 아저씨?"

"어서 오너라, 소소야."

백광이란 사내가 마치 친조카를 대하듯 북소소를 다정하게 끌어안았다.

"한데 이 남자는 누구냐?"

북소소에게서 떨어진 백광이 여린을 보며 물었다. 순간 주변에 모여 있던 아이들의 시선도 여린의 얼굴로 쏠렸다. 경계하는 듯도 하고, 혹은 기대를 품은 것도 같은 중년 사내 백광과 모든 아이들의 눈이 뚫어지게 자신을 응시하자 강철 심장을 가졌다는 여린도 약간은 부끄러운 기분이 들었다.

"험험, 나로 말할 것 같으면……."

"이분은 저와 같은 현청에서 근무하는 즙포사신 여린님이세요."

여린의 말을 재빨리 가로채며 북소소가 소개를 했다.

"아하, 여 즙포님이셨구만."

고개를 끄덕이며 백광이 씨익 웃었다. 그 웃음의 의미를 알 듯도, 모를 듯도 하여 여린은 고개를 갸웃했다. 여린의 궁금증은 아이들에 의해 풀렸다.

"여린 아저씨가 소소 누나의 정인이에요?"

"당연하지! 그렇지 않으면 왜 우리 다정촌(多情村)까지 데려왔겠냐?"

"우와! 선머슴아 같은 소소 누나가 제법 잘생긴 아저씨를 골랐네."

"혼인식은 언제 올릴 거예요, 아저씨?"

여린이 아이들 쪽으로 상체를 기울이며 장난스럽게 웃었다.

"하하! 이 아저씨는 내일 당장이라도 혼인을 하고 싶은데, 소소 누나가 자꾸 도망을 가는구나. 어떡하면 좋겠니?"

"그럼 내일 당장 우리 마을에서 혼인식을 올려요!"

"맞아요! 백광 아저씨가 도와줄 거예요."

"만세!"

신이 난 아이들이 여린과 북소소의 주위를 빙글빙글 돌며 노래하듯 소리쳤다. 만면에 웃음을 머금으며 백광이 여린을 향해 손을 내밀었다.

"축하하네. 소소가 드디어 임자를 만난 게로군."

"그런 게 아니에요!"

북소소가 날카로운 목소리로 빽 소리쳤다. 그러자 아이들이 움직임을 멈추고 불안한 눈으로 북소소를 쳐다보았다.

"왜 소리는 지르고 그러시오? 아이들이 놀라지 않소?"

그렇게 말하며 여린이 얼렁뚱땅 북소소의 어깨에 팔을 둘렀다.

북소소는 당장 여린의 뺨을 후려치고 싶었지만 아이들의 불안한 면면을 보자 차마 그럴 수가 없었다.

여린의 팔을 잡아 천천히 내려놓으며 북소소가 애써 웃는 얼굴로 말했다.

"여 줍포님과 난 아직 그런 사이가 아니란다. 지금은 그냥 좋은 친구 사이야. 무슨 말인지 알겠지?"

"헛허! 자네가 아직 소소를 완전히 붙잡지 못한 모양이군. 하긴 소소처럼 대가 센 여자를 잡으려면 시간이 좀 필요한 법이지."

백광이 여린의 어깨를 툭툭 두드리며 호인처럼 웃었다.

"그런 게 아니라니까요!"

북소소가 다시 성난 고함을 내질렀다. 아이들이 다시 불안해하는 조짐을 보이자 북소소는 서둘러 촌락 중앙의 모옥을 향해 바삐 걸어갔다.

"아저씨는 잘 알지도 못하면서!"

툴툴거리는 북소소의 뒷모습을 바라보며 백광이 히쭉 웃었다.

그가 여린의 귀에 대고 나직이 속삭였다.

"여자란 일단 자빠뜨리고 볼 일일세. 아무리 드센 여자도 그 맛을 한 번 보고 나면 새끼 양처럼 순해지는 법이거든."

"아저씨!"

백광의 말을 엿들은 북소소가 백광을 홱 돌아보며 날카롭게 소리쳤다.

"음왓하하! 내가 소싯적에는 그렇게 잘나가는 사람이었지! 이곳 검당현에서 이 백광의 이름 두 글자를 모르고서는 도무지 장사를 해먹을 수 없었으니까 말이야."

밤이 깊었고, 모옥 안의 좁은 탁자에 차려진 술자리도 깊어가고 있었다. 값싼 죽엽청을 열 병도 넘게 마신 백광은 젊을 적 이곳 아소산 일대를 주름잡았던 산적 시절의 무용담을 늘어놓기에 여념이 없었고, 덕분에 여린은 백광이 당시 검당현의 줍포였던 북소소에게 흠씬 두들겨 맞은 후 포박되었던 일과 검당현의 고아들을 돌보는 조건으로 풀려난 일까지 비교적 소상히 알게 되었다.

여린과 북소소도 제법 취해 있었다.

생긴 것 같지 않게 백광이 제법 맛깔스럽게 무쳐 내놓은 산나물은 입에 착착 달라붙었고, 덕분에 값싼 죽엽청도 천하의 명주처럼 달디달게 느껴졌다.

"하긴 여기 소소가 아니었으면 벌써 토포꾼들에게 잡혀 목 없는 시체가 되었거나, 표사들의 칼에 찔려 까마귀밥이 되었을 테지."

술이 조금 더 들어가자 호기는 사라지고, 백광의 얼굴은 애잔하게 젖어들기 시작했다. 북소소가 백광의 빈 잔에 술을 따르며 핀잔을 주었다.

"또, 또 그 얘기. 괜히 반 푼어치도 되지 않을 감상에 젖지 말고 술이나 마셔요."

"아니야… 아니야."

눈물이 그렁하게 맺힌 눈으로 백광이 방 한쪽의 침상에서 잠든 서너 명의 아이들을 돌아보았다.

"처음에는 울며 겨자 먹기로 떠맡았지만, 저 아이들이 아니었으면

난 정말 어떻게 되었을지 몰라. 내가 좀 불우한 환경에서 자랐거든. 창부였던 우리 어머니는 날 낳자마자 술김에 실수로 씨를 뿌린 아비란 작자에게 날 떠맡겼고, 철이 들면서 아비의 본부인과 배다른 형제들에게 모진 학대를 당했어."

쾅쾅!

백광이 주먹으로 제 가슴팍을 북처럼 두드리며 굵은 눈물을 줄줄 흘렸다.

"당연히 이 가슴속에 불덩이가 자랄 수밖에. 그 불덩이가 치솟을 때마다 주먹질이요, 칼질이었어. 누군가를 죽이기 전에 소소에게 붙잡힌 게 그나마 행운이었지. 영원히 꺼지지 않을 것 같던 그 불길이 신기하게도 아이들을 보살피면서 사그라지더란 말이지. 소소와 아이들은 내 은인이야. 내가 아이들을 보살피는 게 아니라 아이들이 날 보살피고 있다, 이 말씀이지. 응? 내 말 무슨 말인지 알아듣겠어?"

그러면서 백광이 여린의 등짝을 팡팡 두드렸다.

"그런 의미에서 건배 한번 하시죠, 형님?"

"형님? 어라, 이 친구 제법 예의를 차릴 줄 아네 그려. 좋아, 마음에 들었다."

채앵!

백광이 여린에게 소리 나게 술잔을 부딪쳤다. 술을 단숨에 비운 백광이 여린을 향해 짐짓 눈을 부라렸다.

"내 경고 한마디 함세, 아우님."

"하십시오. 귓구녕을 활짝 열고 경청하겠습니다."

"우리 소소의 눈에서 눈물 빼지 말게나. 그러면 이 백광이가… 한때 광폭랑(狂暴狼)으로 불리웠던 이 백광이가 자네를 용서하지 않을 게야.

자네는 내 손에 죽은 목숨이라 이 말이지. 알아들어?"

눈앞으로 주먹을 디밀고 으르렁거리는 백광을 향해 여린이 환하게 웃었다.

"명심, 또 명심하겠나이다, 형님."

"좋아, 아주 좋아."

여린의 등을 소리 나게 두드리며 백광이 북소소를 향해 취한 웃음을 흘렸다.

"소소야, 나 이놈 마음에 든다. 올 가을이 오기 전에 우리 다정촌에서 백년해로를 맺으면 좋겠다, 응?"

"끄응~"

북소소는 더 이상 여린과의 사이를 변명하지 않았다. 해봤자 통할 리도 없는 상황이었기 때문이다.

"자자, 형님. 한 잔 더 하셔야죠."

백광에게 다시 술을 따르려는 여린을 북소소가 손을 뻗어 제지했다.

"그만둬. 이제 곧 곯아떨어질 거야."

"이렇게 멀쩡하신데, 무슨 소리!"

여린이 고집스럽게 술을 따르려는데, 백광의 상반신이 앞쪽으로 천천히 기울어졌다.

쿵!

드르릉~ 드르르릉~

탁자에 이마를 처박은 백광이 요란하게 코를 곯았다.

"거봐. 내가 뭐랬어?"

북소소가 술잔을 쭉 들이키며 말했다. 여린 역시 술잔을 기울이며 피식 웃었다.

"그렇군. 당신 말이 맞았어."

"자, 이제 말해봐."

술잔을 내려놓은 북소소가 반쯤 감긴 눈을 애써 치뜨며 여린을 향해 물었다.

"뭘 말이오?"

"네가 저지른 범법 행위를 모조리 자백하란 말이야."

"지금 꼭 들어야겠소?"

"그래, 난 꼭 들어야겠어."

연거푸 술잔을 들이킨 여린이 웃음기를 싹 거두며 말했다.

"모두 사실이오."

"뭐?"

"당신이 조사한 모든 내용들이 사실이란 말이오."

"정말?"

"정말이오."

"진짜?"

"진짜요."

어금니를 지그시 깨물고 여린을 잡아먹을 듯 노려보던 북소소가 화를 억누르는 목소리로 다시 물었다.

"그럼 철려화를 이용해 철기방에 잠입한 것도 사실이겠네?"

철려화의 이름이 나오자 여린도 움찔했다. 술을 한 잔 더 들이키고 나서야 여린이 고개를 주억주억했다.

철썩!

북소소의 손이 다짜고짜 여린의 뺨을 후려갈겼다.

"이 천하의 개잡놈! 너 같은 놈이 어떻게 줍포가 되었는지 모르겠다!

너처럼 사악한 놈이 어떻게 법을 집행하고, 양민을 보호하는 줍포가 될 수 있었느냐 말야?"

"한 달만 시간을 주시오."

여린이 절박하게 말했다.

"한 달? 왜? 또 어떤 사람을 엮어 넣어 병신을 만들려고?"

"한 달이면 철기방을 깨끗이 정리할 수 있소. 여기서 내가 멈추면 나를 도왔던 많은 사람들이 피해를 입게 되오. 그러니 한 달만 말미를 달라는 거요. 한 달 후에는 내 발로 성주 대인 앞에 나아가 죄를 자복하고, 벌을 달게 받겠소."

"닥쳐, 개자식아!"

북소소가 손가락으로 여린을 겨누며 악에 받쳐 소리쳤다.

"너 때문에 려화가 어떻게 되었는지 알아? 너 때문에 려화, 그 불쌍한 것이 백치가 돼버렸어! 어떻게 책임질래? 대체 그 아이의 인생을 어떻게 책임질 거냐고?"

여린은 할 말을 잃고 멍한 표정이 되었다. 철려화가 어느 정도 타격을 입었을 거라고 예상은 했지만 그 정도 상태일 줄은 몰랐던 것이다. 뒤늦은 후회와 자책이 가슴 가득히 밀려들었다. 눈물을 보이게 될 것 같아 여린은 서둘러 고개를 숙였다.

"려화? 철려화?"

이때 두 사람의 소란에 깨었는지 백광이 취한 얼굴을 쳐들고 중얼거렸다.

"철려화면 철기련, 그 새끼의 동생 아니냐? 철기련 나쁜 놈의 새끼. 그 새끼가 갑자기 떠나는 바람에 소소, 네가 얼마나 마음 고생이 심했어? 내 눈에 띄기만 하면 아예 고자로 만들어 버릴 텐데… 음냐~"

쿵!

말을 끝마치기도 전에 백광이 다시 이마를 박았다.

여린이 천천히 고개를 들었다. 그의 얼굴에서 더 이상 후회의 빛은 찾아볼 수 없었다. 불신과 의혹이 가득 담긴 시선으로 여린이 북소소의 얼굴을 올려다보았다.

"철기련이… 당신의 정인이었어?"

북소소는 당황했다. 하지만 거짓말을 하고 싶진 않았고, 또 거짓말을 해야 할 이유도 없었다.

"맞아. 하지만 지금은 끝난 사이야."

여린이 잔뜩 비틀린 웃음을 지었다.

"호오, 그래서? 그럼 한 가지만 더 물어보자. 혹시 나에 대해 조사를 해달라고 부탁한 게 그 자식이냐?"

"……."

북소소는 대답하지 못했다.

여린이 자리를 박차고 일어서며 버럭 소리쳤다.

"날 조사하라고 사주한 게 그 자식이냐고 묻고 있잖아?!"

"맞아! 하지만 이것과 그것은 별개의 문제야!"

"닥쳐! 뭐가 별개라는 거야?"

손가락으로 북소소를 겨누는 여린의 두 눈에서 살벌한 안광이 폭사되었다.

"너도 철기련, 그 자식과 똑같아. 너희 잘난 척하는 족속들은 하나같이 남의 눈의 티는 보면서 제 눈의 들보는 보지 못하지. 내가 어떻게 살았는지 알아? 너희들이 호의호식하며 히덕거리는 동안 내가 얼마나 비참하게 살았는지 아느냐고?"

무서운 표정으로 씩씩거리는 여린을 북소소가 조용히 스쳐 걸어나 갔다.

"너란 남자는 참 불쌍해. 난 이제 너에 대한 마지막 희망마저 버리기로 했어."

쿠웅!

모옥의 문이 닫히자 여린은 허물어지듯 의자에 주저앉았다. 목이 타는 듯했다. 앞에 놓인 죽엽청 병을 움켜쥔 여린이 걸신들린 사람처럼 벌컥벌컥 술을 들이켰다.

문을 열고 모옥을 나서자 오월의 훈풍이 얼굴을 간지럽혔다.

휘청거리는 걸음으로 여린이 마당 한쪽에서 한가롭게 풀을 뜯고 있는 용마를 향해 걸어갔다.

"용마야, 인마……."

여린이 양손으로 용마의 얼굴을 붙잡고 콧잔등에 이마를 대었다.

세상에 오직 혼자라는 생각뿐이었다. 복수심으로 가슴이 들끓을 때는 한 번도 외롭다는 생각을 해본 적이 없었다. 그런데 지금은 외로웠다. 누군가 자신을 알아주고, 왜 자신이 악해질 수밖에 없었는지 알아주었으면 좋겠다는 생각이 들었다. 그러나 아무도 없었다. 세상 사람들은 자신의 아픈 과거 따윈 아랑곳하지 않고 현재의 악행에 대해서만 비난을 퍼붓고 있었다.

"나한테는 너밖에 없구나… 나한테는 너밖에……."

굵은 눈물이 용마의 콧잔등 위로 후두둑 떨어졌다. 주인의 마음을 아는지 용마도 서글프게 끄륵끄륵, 울며 긴 목으로 여린의 어깨를 감쌌다. 말 못하는 용마에게 의지하여 여린은 그렇게 한참 동안 소리 죽여 울었다.

"한심한 꼴이 되었구나."

등 뒤에서 차가운 음성이 들려온 건 바로 그때였다.

"사, 사부님?"

천천히 몸을 돌려세우던 여린은 자신의 앞에 홀연히 서 있는 사부 당상학의 모습을 발견하고 크게 놀랐다.

"못난 놈!"

북경 도찰원에서의 마지막 만남 때처럼 당상학은 일말의 애정도 담기지 않은 서늘한 눈으로 여린을 바라보았다.

"제자가 사부님을 뵙습니다."

여린이 털썩 무릎을 꿇으며 고개를 숙였다.

"누가 네 사부냐? 너와 난 이미 사제의 연이 끊어졌노라고 분명히 얘기했다."

"그래도 사부님은 영원한 제 스승이십니다."

"아니라고 했다."

"아닙니다. 사부님은 제 하나뿐인……."

뻐억!

미끄러지듯 달려온 당상학이 발로 여린의 턱을 걷어찼다.

우당탕!

뒤쪽으로 부웅 날아간 여린이 용마의 발밑까지 정신없이 나뒹굴었다. 지독한 취기 때문에 고통도 느껴지지 않았다. 버둥거리며 몸을 일으킨 여린이 당상학의 발밑에 다시 엎드렸다.

"스승님… 스승님……."

그는 너무도 약해져 있었다. 지난 십 년간 그의 삶은 오직 복수를 위한 것이었다. 이제 복수심과 함께 키워온 혈령신공마저 사라지고 나자 그는 빈 껍데기만 남은 인간이 되었다. 그래서 여린은 당상학에게 매달렸다. 천지간에 오직 자신과 연을 맺고 있는 스승. 자신을 미워하든 어여삐 여기든 스승과의 연만은 끊고 싶지 않은 여린이었다.

"이놈이 끝까지."

당상학이 왼손을 활짝 펼치자 여린의 머리통이 당상학의 손아귀 안으로 빨려 들어갔다.

"벌레 같은 놈! 벌레 같은 놈! 이 벌레보다 못한 놈아!"

쫙쫙쫙쫙!

왼손으로 여린의 머리통을 움켜잡은 당상학이 오른 주먹으로 여린의 뺨을 마구 후려쳤다. 내공이 실리지는 않았지만 철갑 같은 당상학의 손바닥이 틀어박힐 때마다 고개가 뽑혀질 듯 돌아가며 한 움큼씩 핏물을 게워냈다.

히히히힝!

주인의 위급을 알아차린 용마가 눈을 시퍼렇게 빛내며 당상학에게로 접근했다. 일전불사의 태도. 당상학이 기가 막히다는 눈으로 그런 용마를 보았다.

"허어, 이놈이 옛 주인도 알아보지 못하고 살기를 드러내? 죽고 싶은 게냐?"

당상학이 서늘한 살기를 내뿜자 기세에 질린 용마가 멈칫했다. 당상학의 앞에 무릎을 꿇고 앉은 용마가 혓바닥으로 당상학의 장화 코를 싹싹 핥았다. 마치 여린을 살려달라고 애원하는 듯했다.

"이놈, 미물인 주제에 제법 의리가 있구나."

당상학이 피식 웃으며 여린의 머리통을 잡았던 손을 풀었다.

힘없이 주저앉는 여린을 벌레처럼 내려다보며 당상학이 내뱉었다.

"차라리 복수에 미쳐 날뛰던 그때가 나았다. 지금의 넌 고깃덩어리로밖에는 써먹을 수가 없구나."

"죄, 죄송합니다."

입가로 피를 줄줄 흘리면서도 여린이 다시 머리를 조아렸다.

"크흐흠……."

한동안 못마땅하게 여린을 내려다보던 당상학이 차갑게 물었다.

"나에게 빚이 있다는 건 인정하느냐?"

"제자가 어찌… 그걸 모르겠나이까?"

"어찌 갚을 테냐?"

"그건……."

"이제 하찮은 내공마저 사라져 버린 마당에 무엇으로 그 빚을 갚을 수 있느냐는 말이다."

"무엇이든 시켜만 주십시오. 신명을 바치겠습니다."

"철기련을 죽여라."

갑작스런 당상학의 말에 여린이 놀라 번쩍 고개를 쳐들었다.

유리알처럼 투명하게 빛나는 눈으로 여린을 내려다보며 당상학이 거부할 수 없는 힘을 실어 또박또박 말했다.

"적당한 시점이 오면 내가 너에게 명할 것이다. 그때 수단과 방법을 가리지 말고 철기련을 척살해라. 이것이 내가 너에게 옛 스승으로서 내리는 마지막 임무이니라."

"……."

여린은 한동안 혼란스런 표정으로 당상학을 올려다보았다. 이내 여린의 고개가 아래쪽으로 떨구어졌다.

"명심하겠습니다, 스승님."

여린이 고개를 쳐들었을 때 당상학은 이미 사라지고 없었다. 다만 용마만이 여린의 옆에서 볼을 쓱쓱 핥아대고 있었다.

"가버리셨는가? 못난 제자에게 따뜻한 말 한마디 건네지 않고 그렇게 가버리셨는가?"

설움이 울컥 치밀었다. 설움에 이어 누구에게 향하는지도 모를 분노가 치밀었다.

"끄응~"

취기 때문에 후들거리는 다리를 간신히 펴고 여린이 일어섰다. 위태롭게 휘적휘적 걸음을 옮겨 여린은 북소소가 홀로 잠들어 있는 모옥을 향해 다가갔다.

텅 빈 모옥 안의 나무 침상 위에 북소소는 이불도 덮지 않고 쓰러져 잠들어 있었다. 침상 밑에는 빈 술병 두 개가 뒹굴고 있었다. 여린을 추궁하는 그녀의 마음도 편치 않았던 것이다. 사실 그 추궁은 이미 오래전 부친인 북궁연에게 했어야 옳았다. 자책감이 그녀를 괴롭혔고, 그래서 술을 더 마셨다. 덕분에 여린이 거칠게 문을 밀고 들어오는 기척도 알아차리지 못했다.

"……."

북소소의 옆에 서서 여린이 한동안 그녀의 잠든 얼굴을 내려다보았다. 평소 여장부처럼 괄괄한 그녀였지만 잠든 얼굴만은 아기처럼 고왔다. 여린이 손을 뻗어 북소소의 뺨을 쓰다듬었다. 살결이 부드러웠다. 문득 북소소의 얼굴에 겹쳐 철기련이 얼굴이 떠올랐다. 철기련이 그녀의 정인이었고, 지금도 사랑하는 사이라는 생각이 떠오르자 가슴 저 밑

바닥에서 뜨거운 불덩이가 치솟았다. 그건 분노였고, 좀 더 정확히 표현하면 질투였다. 영혼까지 태워 버릴 듯한 질투의 불길이 전신을 휘감는 것을 느끼며 여린은 비로소 자신이 북소소를 사랑하고 있음을 깨달았다.

철기련에게만은 빼앗기고 싶지 않았다.

다른 남자라면 몰라도 그에게만은 이 여자를 내주고 싶지 않았다.

사랑의 감정이 탐욕과 증오로 뒤바뀌는 데는 그리 오랜 시간이 걸리지 않았다.

"으흡!"

갑자기 숨이 막혀 눈을 부릅뜬 북소소는 자신의 입술을 덮치고 있는 여린을 발견했다.

"무, 무슨 짓이야? 비, 비켜!"

그러나 여린은 꿈쩍도 하지 않았다. 성난 야수처럼 숨을 헐떡이며 찢어발기듯 그녀의 옷을 벗길 뿐이었다. 북소소가 손을 더듬어 검을 찾아봤지만 어디로 갔는지 찾을 수가 없었다. 그녀는 다시 오른손에 공력을 불어넣어 보았다. 지독한 취기 때문에 공력이 모아지질 않았다.

여린에 의해 그녀는 순식간에 알몸이 되었다.

"비켜! 비켜! 이 더러운 자식!"

역시 알몸을 포개어오는 여린의 가슴을 북소소가 주먹으로 마구 두들겼다. 그러나 여린은 꿈쩍도 하지 않았다. 공력을 끌어올릴 수 없는 그녀는 그저 사내의 완력에 힘없이 꺾일 수밖에 없는 한 떨기 꽃이었다.

"아악!"

사타구니 쪽에서 강렬한 통증을 느끼며 북소소가 입을 한껏 벌리고 비명을 내질렀다.

"넌 내 거야! 넌 내 거야! 넌 내 거야!"

여린의 숨찬 헐떡임만이 눈물을 주르륵 흘리는 북소소의 귓가를 어지럽혔다.

第十三章

여린, 사랑을 갈구하다

여린, 사랑을 갈구하다

너를 좋아해서 대기할 수 없었다고 할까?
넌 너무 좋아하게 돼서
차마 그 말을 할 수 없었다고 하면 속이 시원하겠어?

다음날 새벽, 여린은 모옥의 나무 침상 위에서 깨어났다.

"으으, 머리야."

지독한 숙취 때문에 뒤통수를 감싸 쥐고 침상에서 일어나던 여린은 자신의 알몸을 발견하고 그만 소스라치게 놀랐다.

"이게 대체 어떻게 된 거지?"

정신없이 주위를 둘러봤지만 다행히 모옥 안에는 아무도 없었다. 서둘러 단의를 걸치며 여린은 지난밤의 기억을 떠올려 보았다. 그러나 그의 기억은 당상학을 만나던 부분에서 끊어져 있었다.

"사부님을 만난 후 북 줍포가 자고 있는 모옥으로 들어가서… 억!"

여린의 입에서 경악성이 터져 나왔다. 잠든 북소소의 옷을 찢어발기고 미친 듯 겁탈하는 광경이 비로소 떠오른 것이다.

"이럴 수가… 내가 대체 무슨 짓을 한 거지……?"

혹시 꿈이 아닌가 몇 번이나 기억을 되짚어 보았다. 하지만 꿈은 아니었다. 가슴팍에 난 여자의 손톱 자국이 그걸 증명하고 있었다. 자신을 향한 북소소의 마지막 저항의 흔적.

"일단 북 즙포를 만나야 한다!"

대충 의복을 갖춰 입은 여린이 황망히 모옥 밖으로 달려나왔다.

히힝.

모옥 바로 옆에서 풀을 뜯던 용마가 반가운 척을 했지만 여린은 본 척도 않고 백광과 함께 술을 마시던 모옥의 문을 열어젖혔다. 백광과 아이들만 잠들어 있을 뿐 북소소는 없었다. 다른 모옥들도 모두 뒤져 보았지만 어디에서도 그녀의 흔적은 찾을 수 없었다.

"이런 미친… 이런 미친!"

쾅쾅쾅!

여린이 주먹으로 마당 한켠에 서 있는 거목을 후려쳤다.

"네가 찾는 여자는 자정 무렵 매에 쫓긴 닭처럼 달아났으니 포기하는 게 좋을 거야."

갑작스런 음성에 여린이 흠칫 고개를 돌렸다. 그곳에는 청해일이 서 있었다. 비릿한 미소를 머금은 채 자신을 바라보는 청해일을 향해 여린이 빠르게 다가갔다.

"너, 이 자식! 북 즙포에게 해코지를 했다가는 내 손에 죽을 줄 알아!"

여린이 청해일의 멱살을 와락 움켜잡으며 사납게 으르렁거렸다.

"몸도 성치 않으면서 무리를 하면 쓰나?"

"아악!"

청해일이 간단하게 여린을 손목을 비틀어 무릎을 꿇도록 만들었다.

이를 악무는 여린에게 얼굴을 바싹 들이밀며 청해일이 이죽거렸다.

"어때? 지난밤 좋은 꿈은 꾸셨나?"

"이 새끼."

"아아, 네 여자에겐 손끝 하나 대지 않았으니 걱정하지 말라고. 하지만……."

갑자기 청해일의 얼굴에서 웃음기가 싹 가셨다.

여린의 턱을 으스러져라 움켜잡으며 청해일이 냉막하게 씹어뱉었다.

"하지만 말야, 네가 계속 이렇게 비협조적으로 나오면 나도 얌전히 있을 수만은 없단 말이지."

"이이……."

"숨을 죽이고 있던 철기방 새끼들이 갑자기 미쳐 날뛰기 시작했어. 내원의 늙은이들이 백주대로로 뛰쳐나와 우리 애들을 때려잡고 있거든. 덕분에 어렵게 되찾은 주루와 전장 중 절반이 다시 놈들의 수중으로 떨어지고 말았지 뭐야. 이걸 어떻게 책임질래?"

"그걸 왜 내가 책임져?"

"호오, 이제 와 그렇게 나오시면 곤란하지? 우린 계약을 맺었어. 넌 우리 청성의 도움으로 철태산을 죽이고, 청성은 철기방에게 빼앗긴 이권을 되찾기로. 그런데 네놈이 계집 따위와 노닥거리며 발목을 잡아주지 않으니까 철기방 새끼들이 설치는 거 아냐."

채앵.

청해일이 등 뒤의 협봉검을 뽑아 여린의 왼쪽 눈을 겨누었다.

"내 말 똑똑히 들어, 줍포사신 나으리. 우리 청성은 이번 일에 명운을 걸었어. 네가 이제 와 발뺌을 하겠다면 너뿐 아니라 북소소인가 하는 그 줍포 년도 뒈진다, 이 말씀이야. 알았어?"

"아, 알았다."

"그래, 그렇게 나와야지."

여린이 마지못해 대답하자 청해일이 비로소 검을 거두었다.

철컹.

검집 속에 검을 집어넣으며 청해일이 돌아섰다. 여린이 어금니를 사려 물고 노려보는데, 청해일이 그 자리에 우뚝 멈춰 서며 여린을 돌아보았다.

"그 줍포를 사랑하나?"

"그건 네가 상관할 바가 아니야."

청해일이 히쭉 웃었다.

"사랑한다는 말로 들리는군. 그렇다면 단속을 잘해야 할 거야. 그 여자가 네 뒤를 캐고 다니는 것 같은데, 그걸 멈추지 않으면 우리가 강제로 멈추게 하는 수밖에 없거든."

청해일의 웃음이 으스스하게 변했다.

"우린 동업자 아닌가? 네가 다치는 걸 그냥 두고 보고만 있을 순 없지."

"독사 같은 놈!"

여린이 으드득, 이를 갈아붙이며 멀어지는 청해일을 노려보았다. 청해일의 모습이 완전히 사라지자 여린이 황급히 용마에 올라탔다.

"현청으로 돌아가자, 용마야!"

여린이 박차를 가했고, 용마가 바람처럼 내달리기 시작했다.

그날 아침, 철기련은 천룡각의 대전에 놓인 기다란 탁자의 상석에 홀로 앉아 있었다. 깍지 낀 양손 위에 턱을 괸 채 철기련은 텅 빈 열두 개의 의자를 쳐다보았다.

방주인 그는 오늘 아침 회의를 소집했고, 당연히 내원의 장로들은 저 자리를 지키고 있어야 했다. 그런데 아무도 오지 않았다. 장로들이 이제 노골적으로 그의 명령을 무시하기 시작했다는 증거였다.

저벅저벅.

저쪽 입구를 지나 대전 안으로 걸어 들어오는 구일기의 모습이 보였다.

"잘 잤는가?"

철기련의 얼굴을 보기 민망했는지 구일기가 애써 시선을 피하며 인사말을 건넸다.

철기련이 정면을 응시한 채 짧게 물었다.

"나머지 장로들은 왜 오지 않는 겁니까?"

"그들은 오지 않을 걸세."

구일기의 목소리는 침통했다. 맹금왕으로 불리며 한줄기 강맹한 지공으로 강호를 주름잡았던 그도 하극상이라는 초유의 사태 앞에서만큼은 고개를 숙이지 않을 수 없었다.

"그렇군요. 그들은 결국 오지 않는군요."

"대부분의 장로들이 오제 독보광에게 동조하고 있네. 그들이 이미 청성에게 빼앗긴 방의 이권 대부분을 회복했다고 하더군."

철기련은 구일기의 말속에 자신을 향한 질책이 녹아 있음을 느꼈다. 자신에게 가장 충실한 구일기까지 저 정도라면, 나머지 장로들이 이권을 빼앗겨도 참고 인내하라는 자신의 말을 얼마나 고깝게 들었을지 미루어 짐작이 되었다.

"먼저 집안 단속부터 해야 할 것 같군요."

천천히 자리에서 일어서는 철기련을 구일기가 놀란 눈으로 올려다 보았다.

"집안 단속이라니? 뭘 어찌하려고?"

철기련이 형형한 눈으로 구일기를 보았다.

"하극상에 대한 방의 처분은 무엇입니까, 구 사숙님?"

"그, 그야……."

"대답해 주십시오."

"당연히 참수로 다스려야 할 대죄일세."

"그럼 그렇게 하면 되겠군요."

"무슨 소린가? 내원의 장로들 대부분이 외원의 당주와 향주들을 휘하에 거느리고 있어. 게다가 나조차도 그들 둘을 한꺼번에 상대하기가 버거운 판국에 자네 혼자서 뭘 어쩌겠다는 것인가?"

"구 사숙님께서는 저를 너무 과소평가하고 계시는 것 같군요."

조용히 웃는 철기련의 눈빛이 조금 더 짙어졌다. 심기를 다스리지 않고는 똑바로 쳐다보기조차 힘든 그 눈을 보며 구일기는 철기련의 성취가 자신의 상상을 훨씬 초월한다는 사실을 깨달았다.

'대제의 눈은 참으로 정확하시구나. 소군께서 오랜 방황을 끝내고 무학에 전념한다면 일 년 안에 강호제일의 고수로 등극할 것이라고 장담하시더니…….'

구일기는 내심 흐뭇했다. 아무리 그렇더라도 철기련 혼자 내원의 장로 모두를 상대한다는 건 불가능한 일이었다.

그래서 그는 대전을 빠져나가려는 철기련의 앞을 한사코 가로막았다.

"젊은 혈기로 움직일 일이 아닐세. 일단 장로들을 달랜 후에……."

"달랜다고 영이 서겠습니까?"

철기련이 차갑게 구일기의 말을 잘랐다.

"지금은 달랠 때가 아니고 매를 들 때입니다."

그렇게 말하며 철기련이 구일기를 가볍게 밀치고 당당히 걸어나갔다.

"이보게! 이보게! 같이 가세!"

구일기가 황망히 철기련을 뒤좇았다.

천룡각의 계단을 밟고 내려오던 철기련이 우뚝 멈춰 섰다. 계단 아래에서 마축지의 감시를 받으며 서 있는 북소소를 발견했기 때문이다.

철기련이 화를 내고 있다고 잘못 판단한 마축지가 황급히 앞으로 나서며 변명을 늘어놓았다.

"죄송합니다, 방주님. 당분간 외부인을 일체 들이지 말라는 명을 받았지만, 이 여자가 방주님의 정인이라고 우기는 바람에 그만……."

"됐으니 물러가라."

마축지를 물리친 철기련이 북소소 앞으로 천천히 다가갔다. 철기련이 한동안 가만히 북소소의 얼굴을 들여다보았다. 며칠 전에 보았을 때보다 훨씬 초췌해진 것 같았다. 그리고 그녀답지 않게 무언가에 쫓기는 사람처럼 초조해 보이기도 했다.

철기련이 싱긋 웃으며 물었다.

"어디가 아픈 거야?"

북소소가 갑자기 철기련을 와락 끌어안았다. 철기련을 좇아 계단을 내려오던 구일기가 험험, 헛기침을 하며 황급히 전각 안으로 되돌아갔다.

잠시 후, 철기련과 북소소는 한적한 정원에 나란히 앉아 있었다. 북소소는 말이 없었고, 철기련은 조용히 북소소의 말을 기다렸다. 마침내 북소소가 나직이 입을 열었다.

"내가 찾아와서 놀랐어?"

"약간 놀라기는 했지. 하지만 반가워."

"……."

북소소는 다시 침묵했고, 철기련은 또 기다렸다.

"그때 한 말 진심이었어?"

"무슨 말?"

"나와 다시 시작하고 싶다는 말."

"당연하지."

"정말이야?"

철기련을 돌아보며 되묻는 북소소의 눈에 살짝 물기가 어린 것 같았다. 철기련은 그녀에게 무언가 중대한 문제가 생긴 걸 직감했다. 하지만 아무것도 묻지 않기로 했다. 때론 모른 척해 주는 것이 상대방에게 가장 큰 도움이 된다는 걸 알고 있었기 때문이다.

철기련이 양손으로 북소소의 손을 힘주어 잡으며 다정하게 말했다.

"소소가 다시 돌아와 준다면 내겐 그만한 기쁨이 없겠어."

"좋아, 우리 다시 시작해. 대신 이번 일에서 손을 떼게 해줘."

"이번 일이라면……?"

"여린을 조사하는 일 말이야."

순식간에 철기련의 얼굴이 싸늘히 가라앉는 걸 북소소는 놓치지 않았다. 표정 변화를 감추려는 듯 철기련이 북소소를 살며시 끌어안았다.

"이번 일은 내게는 아주 중요한 일이야. 이번 일만 잘해주면 다시는 소소에게 어려운 부탁은 하지 않을 거야. 그러니 조금만 더 참고 날 도와주면 안 될까?"

북소소가 철기련의 가슴을 슬며시 밀어냈다.

"결국 그런 거였어?"

"소소."

그녀의 음성이 조금 높아졌다.

"결국 여린을 파헤치기 위해 내게로 돌아온다는 거였냐고?"

"그게 아니야, 소소."

"아니긴 뭐가 아니야!"

자리를 박차고 일어서며 북소소가 빽 소리쳤다.

"소소……."

놀란 철기련이 북소소를 따라 천천히 일어섰다.

그런 철기련의 얼굴을 겨누며 북소소가 어금니를 지그시 깨물고 내뱉었다.

"당신은 좀 더 잔인하고, 좀 더 철저하게 그를 짓밟고 싶은 것이겠지. 그 다음엔 또 어떻게 될까? 이번엔 그의 혈육 중에 누군가가 또 당신을 죽이지 않는다고 어떻게 장담하겠어? 결국 피가 피를 부르는 복수의 악순환이 이어질 뿐이야."

철기련이 눈을 가늘게 뜨고 북소소를 쳐다보았다. 그의 동공으로 의혹과 불신이 스치고 지나갔다.

"설마 그놈을 사랑하게 된 거야?"

"무, 무슨 소리야?"

지난밤의 일이 떠올라 북소소는 옛 정인의 얼굴을 똑바로 쳐다볼 수 없었다. 철기련의 손이 양쪽 어깨를 지그시 누르자 북소소는 흠칫 놀랐다.

그런 북소소에게 얼굴을 바싹 들이밀며 은은한 노기가 담긴 음성으로 철기련이 말했다.

"다른 놈은 몰라도 그놈만은 안 돼. 나와 다시 시작하지 않아도 좋으니까, 절대 그놈만은 안 돼. 내 말 무슨 뜻인지 알겠지?"

"악!"

저도 모르게 철기련의 손아귀에 힘이 들어갔고, 북소소가 고통스런 비명을 내질렀다. 비명 소리에 놀란 철기련이 황망히 손을 떼었다.

"미, 미안. 놀라게 할 생각은 없었어."

"그거 혹시 알아?"

철기련을 바라보는 북소소의 눈길도 싸늘하게 변했다.

"당신과 여린이란 그 남자 눈빛이 비슷하게 변해가고 있어. 그리고 난 그 사실이 무서워."

그 말을 끝으로 북소소가 몸을 돌려세워 정원을 걸어나갔다. 철기련은 북소소를 불러 세우지 못했다. 그녀가 남긴 마지막 말이 메아리처럼 귓가를 빙빙 맴돌고 있었다. 오월의 풀 향기가 싱그러운 나무숲 한가운데서 철기련은 한동안 그렇게 바위처럼 서 있었다.

*　　　*　　　*

북천현에 위치한 도박장 만부각(滿富閣)의 대문을 밀치고 들어가는 독보광의 가슴은 뿌듯하기만 했다. 넓은 정원 여기저기에 피떡이 되어 뒹굴고 있는 청성과 말코도사들의 시체가 보였다.

자신을 따라 들어오던 백옥수 소화영과 만수마군 조충 등 여덟 명의 장로를 돌아보며 독보광은 득의롭게 웃었다.

"어떻습니까, 여러분?"

자신과 성격이 비슷해 죽이 가장 잘 맞는 조충이 주먹을 흔들며 화답했다.

"고생했네, 오제. 만부각은 매달 금 열 관씩을 상납하던 방의 주요 수입원 중 하나가 아닌가. 만부각을 수복했으니 이제 철기방의 체면이 서게 생겼어."

"하지만 방주께서 뭐라고 하실지……."

방의 정보 조직인 추밀전의 수장답게 신중한 성격의 소화영이 걱정스럽게 말했다.

그러나 독보광은 대수롭지 않게 받아넘겼다.

"어린 방주의 명을 기다리다간 우리 모두 거리로 나앉게 될 거요. 어차피 이게 다 방을 위하는 길이니, 방주께서도 나중엔 우릴 칭찬해 주실 겁니다."

"하지만……."

소화영이 흥을 깰 것 같아 독보광은 황급히 몸을 돌려세우며 격렬한 전투를 치른 후 온몸에 피칠을 하고 있는 방도들을 향해 주먹을 번쩍 쳐들며 일갈했다.

"이제 만부각도 우리 철기방의 것이다!"

"와아!"

"와아아아!"

수백 명에 이르는 방도들이 방의 상징인 낭아곤을 흔들며 우렁찬 함성을 내질렀다.

'이게 바로 철기방다운 모습이지!'

걱정을 늘어놓던 소화영마저 얼굴 가득 뿌듯한 미소가 피어올랐다. 피를 보면 볼수록 더욱 강해지는 야성의 힘. 그것이 바로 오늘의 철기방을 만든 원동력이었던 것이다.

그날 밤, 만부각에서는 질펀한 술판이 벌어졌다. 통돼지 다섯 마리가 구워지고 근처의 주루들을 싹 뒤집어 술독을 수십 개나 짊어지고 왔다. 격렬한 전투를 치른 방도들은 마당에서 돼지를 구우며 술을 마셨고, 독보광을 중심으로 한 장로들은 그 너머 대청 위에 술상을 펴놓고 마셨다.

"핫하하! 좋구나! 참으로 유쾌한 밤이다!"

돼지 뒷다리를 통째로 뜯으며 독보광이 호탕하게 웃어 젖혔다.

콰아앙!

"악!"

"으악!"

이때 갑작스런 폭음과 방도들의 비명이 들려와 한창 오르던 취흥을 깨뜨려 버렸다. 독보광이 방태극을 뽑아 들고 대청 앞으로 나섰다.

"청성의 반격이냐?"

"미안하지만 청성은 오지 않았습니다, 독 숙부."

주춤주춤 길을 터주는 방도들 사이로 뒷짐을 진 채 당당히 걸어 들어오는 철기련과 두 눈을 삼엄하게 빛내며 뒤를 따르는 구일기가 보였다. 방도들을 헤치고 걸어온 철기련이 대청 바로 밑에 우뚝 멈춰 섰다.

엷은 웃음을 머금은 철기련이 은은한 눈빛으로 방태극을 곧추세우고 있는 독보광과 그 너머 어찌할 바를 모르고 서 있는 소화영과 조충 등을 찬찬히 훑었다.

"제가 아무래도 여러 장로 분들께 말을 잘못 전달한 것 같습니다. 저는 분명 천룡각으로 모이라고 전했는데, 이렇듯 여러분 모두 엉뚱한 장소에 와 계시니 말입니다."

소화영이 재빨리 독보광의 옆으로 나서며 변명조로 말했다.

"용서하십시오, 방주님. 방주님의 영은 제대로 전달받았으나, 이곳 만부각을 수복하는 일이 더 급하다고 생각되어 그만……."

"그걸 왜 여러분이 정하십니까?"

"예?"

안광이 조금 더 짙어지며 철기련이 낮지만 위압적인 음성으로 추궁했다.

"어느 게 더 중요한지, 살릴 것인지 죽일 것인지, 싸울 것인지 말 것인지, 그런 건 모두 방주인 제가 결정해야 하는 사안이 아니던가요?"

"으음."

민망해진 소화영이 침음을 흘렸다.

"그렇지가 않습니다."

쿵!

방태극으로 바닥을 찍으며 독보광이 도전적으로 소리쳤다.

"방주께서 올바르지 않은 길로 나가실 때 조언하고 만류할 수 있는 사람들이 바로 장로들입니다. 방주께서는 분명 잘못된 길을 가고 계셨습니다. 그래서 저희들이……."

"그럼 앞으로도 제가 잘못된 길로 가고 있다고 생각하면 때때로 내 명을 거역하겠구나, 독보광!"

평정을 유지하고 있던 철기련이 갑자기 눈을 치뜨며 소리쳤다.

황당한 표정을 짓던 독보광 역시 눈을 범처럼 치떴다.

"내가 그래도 너의 숙부 되는 사람이다! 그런데 어디서 반말지거리를 하는 것이냐?!"

구일기가 철기련의 옆으로 나서서 독보광을 가리키며 일갈했다.

"이놈, 방주께 그 무슨 말버릇이냐!"

"크흐흐! 형님께서는 여전히 어린 방주만 감싸고도시는군요. 잘하면 다시 기저귀를 갈아주겠다고 하시겠습니다."

"이놈이……!"

독보광을 향해 몸을 날리려는 구일기를 철기련이 손을 뻗어 제지했다.

그리고 낮고 단호한 음성으로 독보광을 향해 말했다.

"잠시 내려와라, 독보광. 내가 아무래도 직접 버릇을 고쳐 놔야 할 것 같구나."

"오냐, 조카야! 나 역시 너의 그 못된 말버릇을 고쳐 주고 싶어 안달이 나던 참이다!"

쿠쿵.

훌쩍 날아오른 독보광이 양 발로 땅바닥을 내리찍으며 철기련의 앞으로 내려섰다.

"오제, 네놈이 끝까지!"

"물러서 있어라, 맹금왕! 지금부터는 아무도 나서지 마라!"

철기련이 버럭 소리를 지르자 격분하여 독보광에게 달려들려던 구일기가 멈칫했다.

독보광의 얼굴에 시선을 박은 채 철기련이 단호하게 내뱉었다.

"지금부터 나와 독보광이 비무를 벌일 것이다. 비무에서 패한 자는 스스로 오른팔을 자르고 방을 떠난다는 조건이다."

"방주님⋯⋯."

구일기가 뭐라고 하려다가 힐끗 돌아보는 철기련의 형형한 눈빛을 발견하곤 입을 다물어 버렸다. 구일기는 설레설레 고개를 흔들며 십여 걸음을 물러섰다.

좌중의 시선이 집중된 상태에서 철기련과 독보광은 한동안 서로의 얼굴을 지그시 노려보며 대치했다.

붕붕.

"후회하지 않겠소, 방주? 내 방태극은 한 번 성이 나면 상대를 가리지 않소."

독보광이 방태극을 붕붕 휘두르며 위협적으로 말했다. 그로서도 철기련과의 대결을 피할 생각은 없는 것 같았다. 아니, 광오하게 빛나는 두 눈에는 이 기회에 어린 조카의 버릇을 고쳐 놓겠다는 의지가 역력했다.

우우웅.

철기련이 움켜쥔 양 주먹을 가슴 앞에서 천천히 휘돌리자 그 궤적을 따라 안개 같은 기류가 형성되었다.

"너야말로 팔이 잘린 후에 어린애처럼 울지나 말거라, 독보광."

"어른을 공경하는 법부터 다시 가르쳐야겠구나!"

쾌애애액.

철기련의 도발에 격분한 독보광이 기다란 방태극을 길게 휘두르자 한줄기 강맹한 극영이 채찍처럼 철기련의 옆얼굴로 날아들었다.

떠어엉!

철기련이 왼팔을 가볍게 휘둘러 극영을 튕겨냈다.

츄츄츄축.

독보광이 연이어 방태극을 마구 내지르자, 마치 악마의 얼굴처럼 생긴 다섯 개의 극영이 사나운 이빨을 쫙 벌리고 철기련를 압박해 들어갔다. 독보광의 독문극법 중 하나인 귀면수라(鬼面修羅)의 수법이 펼쳐지는 순간이었다.

철기련이 귀면탈을 쓴 것 같은 극영들을 노려보며 오른 주먹을 순식간에 연달아 내질렀다.

파파파파팡!

주먹과 극영이 충돌하며 어둑한 밤하늘에 시퍼런 불꽃이 작렬했다. 높이 날아오른 철기련이 그 불꽃을 뚫고 독보광을 향해 내달렸다. 자신을 향해 똑바로 날아오는 철기련을 올려다보며 독보광은 내심 당황했다. 자신의 능력 중 삼 할만 사용해도 어린 조카의 버릇을 충분히 고칠 수 있다고 자신했던 그였다. 그러나 지금 눈앞에 보이는 철기련의 무위는 최선을 다한다 해도 승리를 장담할 수 없을 정도로 막강했다.

'언제 저렇게 강해졌지?'

머리 위에서 방태극을 바람개비처럼 붕붕 휘두르며 독보광은 긴장하지 않을 수 없었다.

"천지화해(天地火海)!"

허공중에서 양 주먹을 마구 내지르며 닥쳐 드는 철기련을 향해 방태극을 쳐올리는 독보광의 기세에 혼신이 실릴 수밖에 없었다. 천지간을 온통 불바다로 만들어 버릴 듯한 십여 가닥의 뜨거운 열기가 철기련을 옥죄며 날아왔다. 그 열기를 향해 철기련이 발출한 십여 개의 권강이 노도처럼 쏘아졌다.

콰콰콰콰쾅!

"윽!"

"으윽!"

두 사람의 화려한 무위를 넋을 놓고 지켜보던 방도들은 두 개의 강기가 폭발하며 날카로운 경기의 파편이 우박처럼 떨어지자 팔등으로 얼굴을 가리며 주춤주춤 물러섰다.

"억!"

독보광의 입에서 낮은 비명이 터져 나왔다. 자신의 혼신이 실린 천지화해의 수법을 너무도 쉽게 물리친 철기련이 삼 장 가까이 늘어난 권강을 한 자루 창처럼 찌르며 닥쳐 들고 있었기 때문이다.

"이놈! 주둥이만 살아 있는 건 아니었구나!"

파라라락.

독보광이 뒷걸음질을 치는 한편, 방태극을 빠르게 휘돌리며 내뻗었다. 회오리처럼 회전하는 극영이 권영을 완벽하게 에워쌌다. 독보광의 입가에 짧은 미소가 걸렸다. 이번만큼은 철기련의 권강을 산산이 부숴 버릴 수 있다는 자신감 때문이었다.

콰쾅!

하지만 고막을 울리는 강력한 폭음과 함께 극영이 산산이 흩어지며 더욱 빨라진 권강이 텅 빈 독보광의 가슴팍으로 날아들었다.

'이, 이럴 수가! 저 나이에 강기를 발출하는 것도 놀라운데, 그 강기

가 대제의 그것과 비교해도 전혀 손색이 없을 정도라니?!'

독보광이 어려서부터 지켜본 철기련은 굉장한 무재였다. 하지만 취군자라는 별명을 얻을 정도로 갑자기 술독에 빠져 청년기를 보내며 철기련의 무공은 오히려 퇴보했다. 아무리 무공의 천재라고 해도 어떻게 사람이 단 며칠 만에 갑자기 저렇듯 강해질 수 있는 것인지 독보광으로서는 도무지 이해가 되질 않았다.

'이대로 팔이 잘려 쫓겨나고 마는 것인가?'

독보광의 얼굴이 절망적으로 일그러질 때 뒤쪽에서 맹렬한 외침 소리가 들려왔다.

"이 사람도 화염극왕과 함께 한 수 가르침을 청하겠나이다, 방주!"

독보광이 흠칫 고개를 돌리자 만수마군 조충이 피리를 입에 물고 허공을 밟듯이 달려오고 있는 게 보였다.

"만수마군 형님!"

너무도 반가운 마음에 독보광은 눈물을 쏟을 뻔했다. 조충은 자신의 바로 위 사형제로, 화급한 성정이 비슷해서 어려서부터 죽이 잘 맞던 사이였다. 사실 이번에 어린 방주에게 반기를 든 것도 조충이 도와줄 것이라는 믿음 때문이었다. 과연 조충은 믿음을 배신하지 않았다.

삑리리.

부우우웅—

허공을 날아오며 피리를 불어대자 어디선가 날아온 수백, 수천 마리의 혈봉(血蜂)들이 조충의 신형 주변을 붉은 안개처럼 에워쌌다. 만수마군이란 별호답게 조충은 한 자루 피리로 천하의 모든 금수들을 부릴 수 있는 능력을 가진 사람이었다.

일신의 무공은 약간 떨어졌지만, 그는 그 능력 하나로 대철기방의 장로에까지 올랐다. 수천, 수만 마리의 금수와 맹수들을 거느리고 돌격해 오는 고수를 상상해 보라. 그의 그런 능력은 특히 방파 대 방파끼리의 전면전이 벌어질 때마다 빛을 발해 철태산이 생존해 있을 때도 조충의 특별한 능력을 아꼈다.

어른 주먹만한 크기에 붉은 솜털로 뒤덮인 무시무시한 형상의 혈봉은 조충이 부리는 온갖 금수 중에서 가장 무서운 종류였다. 북만의 대수림(大樹林)에서만 서식하는 이 혈봉의 침에 한 번 쏘이면 집채만한 황소도 열 걸음을 걷지 못하고 사지가 마비되어 죽는다고 알려져 있다.

부우우우웅―

그런 혈봉 수천 마리가 일제히 철기련의 얼굴을 노리고 날아갔다. 엄정한 기세가 실린 권강도 혈봉을 모조리 제압하지는 못했다. 철기련이 주먹을 좌우로 흔들어 몇백 마리의 혈봉을 떨어뜨렸지만 나머지는 온전히 살아남아 그의 면전으로 사나운 침을 번뜩이며 닥쳐 들었다.

"고맙소, 사형(四兄)! 역시 사형밖에 없구려!"

엎친 데 덮친 격으로 독보광까지 세 가닥 강맹한 극영을 폭출하며 협공을 가해왔다.

"이놈들, 도저히 용서할 수가 없구나!"

철기련이 위기에 몰렸다고 판단한 구일기가 양손으로 맹렬한 기세를 피워 올리며 달려나왔다.

"멈추시오, 구 숙부! 구 숙부까지 나설 필요는 없소!"

철기련이 또다시 구일기를 제지했다. 주먹을 거둬들여 잠시 호흡을 가다듬은 철기련이 짧은 기합일성과 함께 양 주먹을 동시에 내질렀다.

순간 실로 놀라운 일이 벌어졌다.

철기련의 오른 주먹과 왼 주먹에서 각각 스승 동태두의 절기인 만리태권과 천리소권이 동시에 펼쳐진 것이다.

철기련의 왼 주먹에선 점점 커지는 이십여 개의 권강이 일렬로 죽 늘어져 조충을 향해 날아갔고, 오른 주먹에선 점점 작아지는 이십여 개의 권강이 일렬로 죽 늘어져 독보광을 향해 쇄도했다.

파직.

파지직.

집채만큼 거대해진 권강에 부딪치며 혈봉들이 마치 호롱불로 날아든 나방처럼 분분히 터져 나갔다.

"혈봉들이… 내 자식 같은 혈봉들이 다 죽는다!"

울음 섞인 신음을 내지르는 조충의 면전으로 거대한 권강이 날아들었다. 조충이 오른손에 움켜쥔 피리를 권강을 노리고 휘둘렀다.

꽝!

하지만 조충은 원래 내공이 깊은 사람은 아니었다. 권강에 가슴을 격중당한 그가 입과 코로 길게 핏물을 게워내며 너울너울 날아갔다.

"크아아아! 이깟 어린애 같은 주먹으로 날 어쩔 수 있을 것 같으냐?!"

사나운 폭갈음을 내지르며 눈앞으로 닥쳐 드는 작은 권강을 향해 독보광이 방태극을 내질렀다.

떠어엉!

하지만 주먹의 크기와 위력은 반비례했다. 방태극으로 주먹을 때리

는 순간 극자루를 잡은 손아귀가 찢어발겨지며 가슴에 극심한 통증이
엄습했다.

"우웨에엑!"

검붉은 선혈을 한 말이나 토해내며 독보광 역시 조충처럼 날아갔다.

쿠웅!

쿠우웅!

대청의 계단을 박살 내며 처박히는 두 사람의 참혹한 몰골을 대청
위에 선 나머지 장로들이 질린 듯 내려다보았다.

일어나 보려고 버둥거리는 독보광과 조충의 앞으로 철기련이 뒷짐
을 진 채 오연히 내려섰다.

구일기를 비롯한 좌중 모두가 경탄과 경외의 시선으로 철기련의 얼
굴을 바라보았다. 방금 철기련이 보여준 무위는 생전의 방주와 견주어
조금도 손색이 없었다. 아니, 어쩌면 철혈대제를 이미 뛰어넘었다고
보아야 할지도 몰랐다.

강자존(强者尊).

무림에서는 오직 강한 자만이 존경을 받는다. 누군가에게 존경받고
복종을 요구하고 싶다면 자신의 강함을 증명해 보이면 된다. 철기련은
그러한 무림의 불문율을 몸과 의지로 확실히 보여줬던 것이다.

장로들이 구르듯 대청 아래로 내려왔다.

백옥수 소화영을 필두로 일렬로 무릎을 꿇은 장로들이 땅바닥에 이
마를 붙이며 목청 높여 소리쳤다.

"방주님께 충성을 맹세하나이다!"

연이어 마당 여기저기 흩어져 있던 방도들도 차례로 무릎을 꿇었다.

"충성을!"

"충성을!"

"충성을 맹세합니다!"

한동안 덤덤한 시선으로 그들을 둘러보던 철기련이 아직도 버둥거리고 있는 독보광과 조충을 쳐다보며 나직이 명령했다.

"두 사람을 일으키시오."

장로들이 달려가 독보광과 조충을 일으켜 세웠다. 소화영 등이 독보광과 조충을 철기련 앞에 거칠게 무릎 꿇렸다.

독보광의 피 묻은 입가에 헛웃음이 걸렸다.

"하하하! 내가 애송이 조카에게 패했는가? 장강의 앞 물결은 뒷 물결에 밀린다지만, 이건 참으로 덧없구나. 지난 사십 년의 세월이 참으로 덧없어."

퍼억!

"방주님 앞에서는 예를 취하거라!"

"우욱!"

소화영이 등판을 후려치자 독보광이 다시 핏물을 왈칵 토했다.

철기련이 그런 소화영을 지그시 노려보았다.

"그래도 얼마 전까지 뜻을 같이하던 사이인데 너무 박정하게 대하는 거 아닙니까, 소 숙모."

소화영이 이마가 땅에 닿도록 머리를 조아렸다.

"방의 미래를 도모하자는 독보광의 감언이설에 잠시 속기는 하였으나, 추호도 방주님을 욕보일 생각은 없었습니다. 믿어주옵소서."

나머지 장로들도 소화영을 따라 머리를 조아리며 철기련의 눈치를 살폈다.

강호의 인심이란 원래 이런 것인가?

철기련은 왠지 씁쓸한 기분을 느끼며 실성한 사람처럼 큭큭거리고 있는 독보광에게로 시선을 던졌다.

"이제 약속을 지키셔야죠, 독 숙부?"

"물론이다. 약속은 지키라고 있는 것이니까. 오른팔을 자르고 방을 영원히 떠나는 것이 약속이었지, 아마?"

"그렇습니다."

"그래, 분명히 그렇게 약속했어."

자조적으로 중얼거리며 독보광이 왼손으로 오른 팔뚝을 움켜잡았다. 칼을 쓸 것도 없이 통째로 팔을 뜯어내려는 것 같았다.

독보광이 문득 하늘을 우러르며 서럽게 울부짖었다.

"용서하십시오, 대제! 제가 잠시 탐욕에 눈이 멀어 대제의 아들께 저항했으나, 대제의 유지를 거역할 생각은 추호도 없었나이다!"

우드득.

독보광의 손아귀에 힘이 들어가면서 뼈 뒤틀리는 소리가 섬뜩하게 울렸다.

콰아악.

바로 그 순간 철기련의 손이 독보광의 손목을 움켜잡았다.

"왜?"

독보광이 의아한 눈으로 철기련을 올려다보았다. 철기련이 그런 독보광 앞에 한쪽 무릎을 꿇고 앉으며 빙긋 웃었다.

"제가 어찌 아버님의 열두 의제 중 한 분이시자, 방을 지탱하는 가장 튼튼한 기둥 중 하나인 독 숙부님을 해칠 수 있겠습니까? 숙부님의 말씀처럼 돌아가신 아버님의 유지를 계속 받들 생각이라면 방에 남아 미욱한 저를 도와주십시오."

"너, 너, 그 말이……?"

철기련이 깊숙이 머리를 조아렸다.

"이렇게 부탁드립니다, 독 숙부님."

"끄으으."

독보광이 움켜쥔 두 주먹을 부들부들 떨며 뜨거운 눈물을 줄줄 흘렸다. 그 옆에 꿇려 앉은 조충의 눈에서도 눈물이 쉴 새 없이 흘렀다.

독보광이 철기련의 다리를 와락 끌어안으며 어린애 같은 울음보를 터뜨렸다.

"으허허헝! 다시 태어났다 생각하고, 이 목숨은 반드시 방주를 위해 바치겠나이다!"

나머지 장로들도 땅바닥에 엎드려 눈물을 쏟았다. 그런 장로들의 등을 철기련이 어린아이 다독이는 듯 부드럽게 두드려 주었다.

철기련을 뒷모습을 바라보며 구일기는 가슴이 벅차 오름을 느꼈다. 철혈대제가 불의의 죽임을 당하면서 느껴졌던 암울한 절망감이 이제 선대 방주 시절보다 더욱 화려한 성세를 맞을 것이라는 기대감으로 뒤바뀌는 순간이었다.

철기련이 분연히 떨치고 일어서며 당당히 선언했다.

"오랫동안 기다리셨습니다, 여러분! 이제 마음껏 세상으로 뛰쳐나가 우리 철기방을 욕보였던 모든 적도들을 물리칠 때가 되었습니다!"

"와아아아!"

피 끓는 함성이 만부각 지붕 위 밤하늘로 울려 퍼졌다.

＊　　　　＊　　　　＊

사하현 현청에서 북소소의 모습은 며칠간 찾아볼 수 없었다.

"여자들은 이래서 안 돼요. 나라의 녹을 먹는 관리가 아무 연락도 없이 갑자기 종적이나 감추고 말이야."

곽기풍의 툴툴거리는 소리를 귓등으로 흘리며 여린은 초조했다.

오월 중순으로 접어들면서 본격적인 반격을 시작한 철기방과 청성파가 백주대로에서 칼부림을 벌이는 등 양파 간의 싸움이 격렬해지고 있었다. 곽기풍과 하우영을 비롯한 세 명의 포두들은 정신없이 출동을 거듭하고 있었지만, 여린은 한 번도 참여하지 않고 북소소를 찾는 일에만 몰두했다.

"불은 누가 지르고, 불 끄는 일은 엄한 놈들이 떠맡고."

그런 여린을 곱지 않게 흘겨보며 곽기풍이 볼멘소리를 해댔지만 여린은 신경 쓰지 않았다. 지금 그의 마음속은 오로지 북소소를 찾아야 한다는 생각으로 가득 차 있었다.

그러잖아도 어수선한 사하현 현청을 발칵 뒤집어놓은 또 하나의 사건이 발생했다. 바로 성주 북궁연이 현청을 방문한다는 소식이 날아든 것이다.

현감 상관흘과 곽기풍 등이 매일같이 포두들과 포사들을 독려하여 병장기에 기름을 친다, 침실을 정리한다, 성주께서 밟고 들어오실 앞마당에 대리석을 깐다, 하여 현청은 이래저래 벌집을 쑤셔놓은 듯 어수선했다.

다음날 이른 아침, 형형색색의 깃발을 치켜든 백여 명의 위군 철기(鐵

騎)들의 삼엄한 호위를 받으며 네 필의 말이 끄는 가마에 오른 북궁연이 마침내 사하현 현청의 대문 앞에 당도했다.

새 관복을 깨끗이 빨아 입고 번들번들 날을 세운 장창을 곧추세운 채 대문 앞을 지키고 있던 막여청은 성주 대인의 어마어마한 행렬을 마주하는 순간 지나친 긴장감 때문에 그만 숨이 턱 막혀 버리고 말았다.

덕분에 수신위들의 호위를 받으며 마차 아래로 내려선 북궁연이 자신을 향해 걸어올 때까지 당연히 해야 할 군례조차 올리지 못하고 두 다리를 후들후들 떨고만 있었다. 그런 막여청을 스쳐 막 대문 안으로 들어서려던 북궁연이 멈칫했다.

"너는 이름이 무엇이냐?"

딱… 딱딱.

지엄하신 성주 대인께서 물었는데도 막여청은 대답조차 못하고 얼음을 깨문 사람처럼 그저 이만 맞부딪쳤다.

북궁연의 입에서 신경질적인 노호성이 터져 나왔다.

"이름이 무엇이냐고 물었잖느냐, 이놈아?"

"예… 옙! 포사 막여청!"

간신히 대답하는 막여청에게 얼굴을 들이밀며 북궁연이 차갑게 눈을 빛냈다.

"그래, 막여청. 네놈은 왜 상관을 보고도 군례를 올리지 않지? 듣기로는 사하현의 군기가 개차반이라고 하던데, 소문이 역시 사실이었더냐?"

"그, 그런 것이 아니옵고……."

막여청은 이제 비 오듯 식은땀을 줄줄 흘리고 있었다. 당장이라도 성주 대인의 명을 받은 철기들이 달려들어 넓적한 군도로 목을 뎅강 잘라 버릴 것 같았다.

"그런 것은 아니옵고… 그런 것은 절대 아니옵고……."

비 맞은 중처럼 중얼거리는 막여청을 스쳐 북궁연이 찬바람을 일으키며 휑하니 들어가 버렸다.

"하나를 보면 열을 안다고 했다. 대문을 지키는 문지기란 놈이 저 모양이니, 안에 있는 놈들이야 오죽할까?"

막여청은 이대로 성주 대인을 들여보내선 안 된다고 생각했다. 자신의 잘못 때문에 현감 영감을 비롯해서 총관님과 즙포사신님, 그리고 포두님들이 죄 치도곤을 당할 것이고, 그러면 그 소문이 퍼져 사랑하는 화초랑이 자신을 더욱 멸시하게 될 것이 불 보듯 뻔했기 때문이다.

마지막 용기를 쥐어짠 막여청이 북궁연 쪽으로 돌아서며 다시 한 번 제대로 군례를 올렸다. 오른손에 쥐고 있던 창을 앞쪽으로 쭉 내뻗으며 씩씩하게 소리쳤던 것이다.

"추웅— 썽!"

그 순간 땀에 흥건히 젖어 있던 막여청의 손이 창자루를 놓치면서 앞쪽으로 강하게 밀어냈던 창이 북궁연의 뒷등을 향해 쓰러졌다.

푸욱.

"크흡!"

떨어지던 창날이 정확히 엉덩이를 찌르는 순간 북궁연의 입에서 억눌린 비명이 흘러나왔다.

"너 이놈……?!"

"아, 아닙니다. 그런 것이 아니옵고……."

잡아먹을 듯 노려보는 북궁연을 향해 막여청이 양손을 마구 내저었다. 그러나 변명이 통할 상황이 아니었다.

그러잖아도 꼬투리를 잡아 이 망할 놈의 현청을 송두리째 뒤집어엎어 버리고 싶었던 북구연이 막여청을 손가락으로 가리키며 발작적으로 소리쳤다.

"저놈을 포박해라!"

주위에 있던 철기들이 우르르 달려들어 막여청을 붙잡았다.

"아닙니다! 일부러 그런 게 아니에요! 제발 믿어주세요! 엉엉엉~"

야차처럼 성이 난 얼굴로 엉덩짝을 감싸 쥐고 절룩절룩 걸어 들어오는 북궁연과 그 뒤쪽 철기들에게 붙잡혀 질질 끌려 들어오는 막여청을 바라보며 현청의 모든 식솔들을 정렬시켜 놓고 대문 안쪽에 시립해 있던 상관흘은 스스로 두 눈을 뽑아버리고 싶은 심정이었다. 상관흘이 구르듯 달려가 북궁연 앞에 넙죽 엎드렸다.

"원로에 얼마나 노고가 많으셨습니까, 대인?"

"노고야 이곳에서 다 겪었지."

북궁연이 분노로 일렁이는 눈으로 막여청을 노려보았다. 상관흘도 북궁연을 따라 막여청을 죽일 듯이 째려봤다. 당장 달려가 성주 대인의 심기를 건드린 병신 같은 포사 놈을 잘근잘근 밟아버리고 싶은 심정이었다.

상관흘의 머리 위로 북궁연의 추상같은 분노가 떨어졌다.

"도대체 현청 관리를 어떻게 하는 거야, 엉? 대문을 지키는 놈이 저 모양이니, 안에 있는 놈들은 얼마나 쪽정이 같겠어, 엉? 살만 뒤룩뒤룩 쪄서 녹봉이나 축내는 돼지 같은 놈."

"주, 죽여주십시오."

땅바닥에 이마를 붙이는 상관흘의 콧잔등으로 땀방울이 주르륵 흘렀다. 북궁연의 싸늘한 목소리가 다시 들려왔다.

"내가 왜 이 깡촌까지 행차했는지는 알고 있지?"

"그건 잘⋯⋯."

뻐억!

"꾸웩!"

북궁연의 발바닥에 콧잔등이 쑤셔 박힌 상관흘이 코피를 쏟으며 벌러덩 넘어갔다.

말 잘 듣는 똥개처럼 다시 후다닥 기어와 엎드리는 상관흘을 향해 북궁연이 무섭게 으르렁거렸다.

"왜 명령을 어기고 출병했어? 네놈들의 미친 짓거리 때문에 사천 땅이 온통 무림방파들 간의 전쟁터가 돼버리지 않았어? 어떻게 할 거야? 이 사태를 어떻게 책임질 거야, 엉?"

상관흘이 코피가 주르륵 흐르는 얼굴을 돌려 맨 앞줄에 서 있는 여린을 쏘아보았다. 아랫사람의 잘못은 곧 상관의 실수로 이어진다지만 여린 대신 당하는 게 못내 억울했던 것이다. 북궁연도 여린을 발견했다.

"이게 누구신가?"

북궁연이 히쭉 웃으며 곽기풍, 하우영, 장숙, 단구 등과 나란히 서 있는 여린 쪽으로 다가갔다.

"줍포 여린이 성주 대인을 뵈옵니다."

여린이 가슴에 주먹을 붙이며 짧게 군례를 올렸다.

달그락달그락.

어느새 오른손 손아귀 안에서 호두알 두 개를 빠르게 굴리며 북궁연이 번들거리는 눈으로 여린의 얼굴을 들여다보았다. 호두알 굴리는 소리가 점점 빨라지는 것으로 보아 여린을 향해 그의 분노도 커져 가는 것이 분명했다.

"왜 그랬니?"

"……."

"왜 내가 특별히 파견한 북 즙포를 연금하면서까지 출병을 감행했니?"

여린이 스윽 고개를 들어 북궁연의 눈을 똑바로 쳐다보았다.

그리고 확신에 찬 어조로 말했다.

"철기방의 악행이 너무 지독한지라 촌각을 다툴 수밖에……."

쫘아악!

말이 채 끝나기도 전에 북궁연의 손바닥이 여린의 뺨을 갈겼다. 고개가 한껏 돌아간 여린의 얼굴을 겨누며 북궁연이 씹어뱉었다.

"그것이 아니라 네 복수를 위해서였겠지. 복수에 눈이 뒤집혀 상관의 명령 따위는 뒷간 통에 처박아 버린 거 아냐, 인마?"

여린은 대답하지 않았다. 그저 덤덤한 시선으로 북궁연을 돌아보며 피식 웃을 뿐이었다.

"웃어? 지금 웃음이 나오냐?"

여린의 웃음이 북궁연의 분노에 기름을 끼얹었다.

곽기풍 등은 더욱 허리를 꼿꼿이 세우고 북궁연의 분노가 어디까지 미칠지 가슴을 졸이며 지켜보고 있었다.

북궁연이 손가락으로 여린의 가슴을 쿡쿡 찔러댔다.

"당장 하극상의 죄를 물어 참수해 버리고 싶다만 아직은 살려두마. 북 즙포가 네 죄상을 낱낱이 고변하면, 그때 정식으로 국문을 열어 널 갈가리 찢어 죽이고야 말 테다."

생각 같아서는 단매에 쳐 죽이고 싶었지만, 어쨌든 여린은 북경 조정에서 파견한 사정관이었다. 이런 미묘한 시점에 사정관을 죽인다면 괜한 오해를 살 수도 있는 일인지라 북궁연은 간신히 살기를 억눌렀다.

북궁연이 똥 마려운 개새끼처럼 안절부절못하며 서 있는 상관흘을 돌아보며 버럭 소리쳤다.

"즙포 북소소는 어디에 있나?"

"저, 그것이……."

"왜 대답을 못해?"

"며칠째 행방이 묘연합니다. 저희들도 백방으로 수소문하고 있으나 도무지……."

"네놈이 설마 소소를……?"

북궁연이 도끼눈을 뜨고 여린을 홱 노려봤다.

여린이 피식 웃으며 말했다.

"그래도 북 즙포의 안위는 걱정되시는 모양입니다."

"이놈이!"

다시 손을 쳐들던 북궁연이 멈칫했다.

주먹을 콰악 움켜쥐며 북궁연이 상관흘에게 명령했다.

"지금 당장 모든 업무를 중단하고 북 즙포의 행방을 찾으라. 오늘부터 나는 현청에서 묵으며 철기방과 청성파 간의 분쟁을 종식시키는 데 진력할 것이니라."

"알겠습니다, 성주님."

"또 하나……."

분이 풀리지 않은 시선으로 덜덜덜 떨고 있는 막여청을 노려보며 북궁연이 말했다.

"지금 당장 저놈의 목을 쳐서 저자거리에 효수하도록. 저놈이 누군가의 사주를 받고 나를 암살하려고 했다."

"아닙니다! 아닙니다! 전 다만 실수로 그랬을 뿐입니다! 살려주십시오, 성주 대인! 으허허헝~"

사색이 된 막여청이 서럽게 울부짖었다. 여린의 옆에 서 있는 화초랑이 겁에 질린 눈으로 자신을 쳐다보고 있었지만 체면을 돌볼 겨를 따윈 없었다. 이렇게 개죽음을 당할 순 없었다. 그러나 북궁연은 단호하기만 했다.

"꿇려라."

처척.

북궁연의 명령이 떨어지게 무섭게 두 명의 철기가 막여청의 어깨를 찍어눌러 무릎을 꿇도록 만들었다.

차앙.

꼭 장비처럼 우락부락하게 생긴 철기 한 명이 허리춤의 군도를 뽑으며 막여청 앞에 버티고 섰다. 너무도 갑작스럽게 죽음이 다가들고 있었다. 자신 앞에 선 철기의 번들거리는 칼날을 쳐다보며 막여청은 지금 자신이 당하고 있는 이 상황이 꿈인지 현실인지 아리송하기만 했다.

철기가 양손으로 잡은 칼을 화악 치켜올리는 순간, 막여청은 두 눈을 질끈 감아버렸다.

'아아, 초랑이.'

마지막까지 그의 망막에 얼룩지는 건 화초랑의 고운 얼굴이었다.

"멈추시오!"

여린의 외침 소리가 들려온 건 바로 그때였다. 철기가 내려친 칼날이 막여청의 목 바로 옆에서 이슬이슬하게 멈추었다.

"너, 미쳤니?"

북궁연의 성난 눈초리를 받으며 여린이 한쪽 무릎을 꿇었다.

"모든 잘못은 저에게 있습니다, 성주 대인. 다른 사람들은 다치지 않게 해주십시오."

"네가 정말 죽고 싶구나?"

"이틀만 말미를 주십시오. 제가 반드시 북 즙포를 찾아 돌아오겠습니다. 북 즙포가 저의 모든 과오를 알고 있으니 그때 벌을 내리셔도 늦지는 않을 것입니다."

한동안 여린을 노려보던 북궁연이 나직이 되물었다.

"이틀이라고 했지?"

"예."

"좋다. 이틀간의 말미를 줄 테니 북 즙포를 찾아와라. 만약 이틀이 지났는데도 돌아오지 않으면 저놈은 목 없는 시체가 되어 있을 것이다."

북궁연이 공포에 질려 눈을 흡뜨고 있는 막여청을 가리켰다. 부끄럽게도 막여청의 사타구니는 오줌으로 흥건히 젖어 있었다. 그런 줄도 모르고 막여청은 화초랑을 향해 헤벌쭉 웃었다. 살아서 다시 화초랑을 사랑할 수 있게 되었다는 안도의 웃음이었다.

"흥!"

화초랑이 콧바람을 날리며 막여청의 웃음을 외면해 버렸다.

그 길로 여린은 용마에 올라타고 검당현으로 내달렸다.

　사하현을 이 잡듯 뒤졌는데도 북소소는 찾을 길이 없었고, 어쩌면 그녀가 검당현으로 돌아가 있을지도 모른다는 생각이 불현듯 스쳤기 때문이다. 사람이나 짐승이나 상처를 입으면 가장 편안한 장소를 찾아 숨지 않던가.

　여린의 예상대로 북소소는 검당현에 있었다. 돼지 부레를 꿰매어 만든 공으로 열심히 격구를 차는 아이들 너머에서 북소소는 한 떨기 꽃처럼 조용히 서 있었다. 며칠 사이 얼굴이 눈에 띄게 야위어 여린의 마음을 시리게 했다.

　"와아! 여린 아저씨다!"

　"아저씨, 우리랑 같이 격구해요!"

　아이들이 여린을 알아보고 우르르 몰려왔다.

　"좋다! 이 아저씨가 격구라면 또 자신있지!"

　한동안 여린은 아이들과 어울려 땀을 뻘뻘 흘리며 공을 찼고, 북소소는 표정의 변화 없이 그런 여린의 모습을 지켜보았다.

　뻥!

　여린이 힘껏 걷어찬 공이 푸른 오월의 하늘 높이 날았다.

　"와아아아!"

　아이들이 함성을 지르며 공을 쫓아 일제히 달려갔다.

　자욱한 모래먼지를 뚫고 여린이 북소소를 향해 천천히 다가갔다. 북소소 앞에 서서 여린은 한동안 말이 없었다. 한참 만에야 그는 무겁게 입을 열었다.

　"돌아갑시다."

　"어디로?"

"현청으로 가야죠."

"……."

"지금 현청에는 성주 대인께서 와 계십니다."

"아버지가?"

북소소의 얼굴에 처음으로 표정 변화가 나타났다.

"예, 당장 북 즙포님을 찾아오지 않으면 모두 죽여 버리겠다고 으름 장을 놓고 계시지요. 그러니 갑시다."

그렇게 말하며 여린이 버릇처럼 환하게 웃었다. 그 웃음에 북소소는 기가 막혀 버렸다.

"당신은 대체 어떻게 된 사람이지? 어떻게 강제로 욕보인 여자 앞에 서 그런 식으로 웃을 수가 있지? 속이 없는 거야, 아니면 그런 짓 따윈 아무렇지도 않게 생각할 정도로 인면수심인 거야?"

"한 번도……."

웃음을 거두지 않은 채 여린이 천천히 입을 열었다.

"한 번도 살아 있길 잘했다는 생각을 한 적이 없었소. 그날 밤 현청 으로 노도처럼 밀고 들어온 흉수들은 내게 칼을 던져 주며 이미 죽은 아버지의 가슴에 또다시 칼을 박으라고 강요했소. 겁에 질린 난 그들 의 명령에 따를 수밖에 없었소. 아마 그날 이후부터였을 거요. 살아 있 길 잘했다는 생각을 할 수 없게 된 것은……."

북소소는 비로소 여린의 입가에 걸린 웃음이 서글픔을 표현하고 있 다는 걸 깨달았다. 왠지 가슴 한구석이 저릿했다.

"그런데 당신을 만난 이후 십 년 만에 그런 생각을 했소. 살아 있길 잘했다는 생각. 내 행동을 변명하고 싶은 생각은 추호도 없소. 이런 말 이 위로가 될지 어떨지는 모르겠지만, 당신에게로 향했던 내 마음이 더러운 욕망만은 아니었다는 걸 알아주면 고맙겠소."

여린의 웃음이 조금 더 짙어졌고, 그래서 조금 더 서글퍼 보였다.

애써 고개를 돌려 여린을 외면하며 북소소가 말했다.

"내가 현청으로 돌아가면 당신에게 어떤 일이 벌어질지 알고는 있어?"

여린이 선선히 고갤 끄덕였다.

"성주께서 날 참수하시겠다고 할 테죠."

"왜 그렇게 태연히 말하는 거야?"

북소소가 여린을 홱 돌아보며 소리쳤다.

"왜 남의 말하듯 하느냐고? 다른 사람이 아니라 바로 당신의 목숨이 오락가락하는 판국인데, 당신은 왜 그리 태연해!"

"죽음에 대해 생각해 본 적이 있소?"

"……."

"죽음이란 놈은 참 우스워서 생각하면 할수록 친근감을 느끼게 되오. 아마 너무 오랜 세월 동안 죽음에 대해 생각해 왔기 때문일 거요, 내가 더 이상 죽음을 두려워하지 않게 된 것은."

"당신들 두 남자는 정말 지독하게 닮았군."

어금니를 사려 물며 북소소가 내뱉었다.

"철기련과 나 말이오?"

"그래, 당신들 두 사람은 정말 쌍둥이처럼 닮았어. 그리고 난 그런 당신들에게 이젠 정말 넌덜머리가 나."

여린을 거칠게 밀치고 북소소가 용마를 향해 걸어갔다. 현청으로 돌아갈 결심을 한 것이다.

질주하는 용마의 등에 올라타 사하현으로 돌아오는 동안 북소소는 절대로 여린의 옆구리를 잡지 않았다. 때때로 내뱉는 깊은 한숨에서 북소소가 지금 얼마나 극심한 심적 고통을 겪고 있는지 미루어 짐작할 수 있었다.

현청의 지붕 위로 보름달이 떠올랐다.

아직 초저녁이었지만 낮에 북궁연에 의해 한바탕 난리가 났던 현청 안은 쥐 죽은 듯 고요했다.

후원으로 통하는 월동문을 지나던 북소소가 멈칫했다.

투구와 철갑으로 무장한 위군의 장수 수십 명이 후원 별채를 겹겹이 에워싸고 있는 게 보였다. 등 뒤에 일검을 찬 북소소가 다가가자 위군 서넛이 눈을 부라리며 앞을 막아섰다.

"무슨 용무요?"

"아아, 그분은 그냥 들여보내도 괜찮아."

북소소의 얼굴을 알아본 장수 한 명이 황급히 달려와 북소소를 별채 쪽으로 안내했다.

달그락달그락.

별채 아랫목 보류 위에 비스듬히 앉아 북궁연은 손 안의 호두알을 빠르게 굴리고 있었다. 그런 북궁연 앞에 앉으며 북소소는 부친이 깊은 생각에 빠져 있음을 알아차렸다. 한참 동안 북소소 쪽은 쳐다보지도 않고 호두알을 굴리던 북궁연이 딸의 모습을 발견하고는 눈을 동그랗게 떴다.

"언제 왔니?"

"한참 됐어요."

"험험, 내가 생각을 좀 하느라 네 기척도 알아차리지 못했구나."

"국가와 백성을 위한 생각이겠지요?"

북소소가 추궁하는 듯한 눈으로 부친의 얼굴을 똑바로 응시했다.

'또… 또 저런 눈빛.'

자신의 야비한 성정을 꿰뚫어 보는 듯한 딸의 시선이 부담스러워 북궁연은 험험, 헛기침을 하며 천장을 응시했다.

"정국이 아주 복잡하게 꼬이고 있어. 영왕은 기세가 등등하고, 북경 조정에선 태사 당상학을 표리대장군으로 삼아 내보냈다는데, 아직 이렇다 할 기별 한자락 없고…….."

북소소를 쳐다보는 북궁연의 표정이 사납게 변했다.

"이럴 땐 거북이처럼 등딱지 속에 얼굴을 파묻고 죽은 듯이 엎드려 있는 게 상책인데, 여린, 그 견자 놈이 일을 죄 망쳐 놓고 말았어. 여린의 비리에 대해 꽤 많은 사실을 밝혀냈다고?"

'후우.'

속으로 깊은 한숨을 내쉬며 북소소는 잠시 망설였다. 그녀는 아직까지 여린을 어찌할지 결정하지 못하고 있었다.

"왜 그래? 무슨 일이 있었니?"

북궁연의 동공이 순간적으로 영활하게 빛났다. 이번에는 북소소가 천장을 올려다보았다. 딸의 미세한 감정 변화까지 단숨에 파악하는 부친의 시선이 부담스러웠기 때문이다.

"시간이 조금 더 필요해요."

"무슨 소리!"

쾅!

흥분한 북궁연이 주먹으로 방바닥을 후려쳤다.

"지금 때가 어느 때인데, 그런 한가한 소릴 하고 있어? 여린이란 놈은 정국을 혼돈으로 몰아가는 소용돌이의 핵심에 있어! 하루빨리 놈을 제거하지 않으면 놈이 안고 있는 거대한 화약고가 폭발해서 너와 나까지 가루로 만들어 버린단 말이다!"

"전 아버지의 영욕에는 관심이 없어요."

북소소가 단호한 음성으로 말했다.

"제게 중요한 건 여린이 불법을 자행했느냐, 안 했느냐의 사실적인 판단뿐이죠. 여린이 불법을 자행했다면, 그것이 아버지의 명에 따른 것이라 해도 즙포로서 전 당연히 여린을 처단할 겁니다. 하지만……."

"하지만?"

딸을 지그시 응시하는 북궁연의 눈매가 조금 더 날카로워졌다. 그 눈빛에 꿀리지 않기 위해 북소소는 가슴을 쭉 폈다.

"조그만 더 시간을 주세요. 아직 확실한 물증을 확보하지 못했어요."

"증거가 없어도 네 고변 한마디면 놈을 죽일 수 있다."

"증거가 없으면 고변도 없습니다."

"으으음."

어금니를 깨물며 딸의 얼굴을 직시하던 북궁연이 불쑥 내뱉었다.

"여린이란 놈과 잤지?"

"아버지!"

"아비의 눈을 똑바로 보고 얘기해! 그 후레자식과 정분이 났느냔 말이다!"

"전 그만 나가보겠습니다."

서둘러 자리를 박차고 일어서는 북소소를 향해 북궁연이 버럭 소리쳤다.

"앉아!"

두 부녀가 불구대천지 원수라도 되는 양 팽팽한 긴장감 속에 서로의 얼굴을 무섭게 노려보았다.

이때 바깥쪽에서 위군 장수의 목소리가 들려오지 않았다면 부녀 중 한쪽은 상대의 눈빛에 눌려 질색해 버렸을지도 모를 일이다.

"손님께서 찾아오셨습니다, 대인."

"누구라고 하더냐?"

"철기련이라고 전하면 아실 거라고 했습니다만."

"철태산의 아들 철기련?"

"기련이 왜 아버지를?"

두 부녀가 동시에 눈을 부릅뜨며 방문 쪽을 돌아보았다.

북궁연과 북소소가 방문을 열고 별채의 툇마루로 나왔다.

철기련은 후원 한복판에 태연히 서 있었다. 뜻하지 않은 북소소의 모습을 발견하고 약간 놀라는 듯했지만 이내 여유로움을 되찾았다.

철기련이 북궁연을 향해 머리를 깊숙이 조아리며 예를 취했다.

"철기방의 신임 방주 철기련이 삼가 성주 대인을 알현하옵니다."

철기방 소리에 놀란 장수들이 황급히 철기련을 에워싸며 검을 뽑아 겨누었다.

북궁연이 철기련을 내려다보며 차갑게 물었다.

"철기방의 방주께서 웬일로 야심한 시각에 이 사람을 찾아오셨는 고?"

"긴한 청이 있어 결례를 무릅쓰고 왔습니다."

"흐음, 긴한 청이라. 어디 한 번 말씀해 보시게."

"성주 대인과 독대를 하고 싶습니다만."

"독대를?"

"예, 워낙 긴한 청인지라 주위를 물리치고 은밀히 말씀을 드리고 싶군요."

"흐음."

북궁연이 턱을 어루만지며 찬찬히 철기련을 살폈다. 진중하면서도 악한 기운은 없어 보였다. 아직 약관이 분명한데, 나이답지 않게 말속에 사람을 안심시키는 힘이 녹아 있었다. 그렇더라도 지금은 때가 좋지 않았다.

"철 방주는 자신이 지금 어떤 처지에 놓여 있는지 잘 모르는 것 같군. 그대의 가문은 역도로 지목받고 있어. 그런 자네와 내가 단둘이 앉아 은밀히 나눌 말이 있을 것 같은가?"

"생각하기 나름이겠지요. 성주 대인께서도 조만간 저를 한 번 만나려고 하지 않으셨습니까? 그날이 약간 앞당겨졌다고 생각하시면 어떨런지요?"

북궁연은 내심 적잖게 놀랐다. 철기련이 정확히 그의 심중을 파악하고 있었기 때문이다.

달그락달그락.

불나게 호두알을 굴리며 생각에 생각을 거듭하던 북궁연이 북소소를 힐끗 돌아보며 말했다.

"북 즙포는 이만 물러가지. 난 저 젊은 친구와 잠시 대화를 나눠야겠네."

북소소가 북궁연을 향해 가볍게 고갤 숙여 보이곤 대청 계단을 밟고 내려갔다. 철기련 옆을 스쳐 지나가던 북소소가 문득 걸음을 멈추었다. 북소소가 의혹이 가득한 눈으로 철기련을 돌아보았지만 철기련은 고개만 까닥할 뿐이었다.

"자, 들어가세."

마당 한복판에 멈춰 서서 북소소가 철기련의 어깨에 팔을 두르고 방 안으로 사라지는 부친의 뒷모습을 쳐다보았다. 두 사람의 뒷모습에서 짙은 음모의 냄새가 풍겼다.

처억.

북소소의 발이 소리없이 별채의 지붕 위로 내려섰다.

월동문을 통해 후원을 빠져나간 북소소는 위군들의 눈을 피해 뒷담을 넘어 별채의 지붕 위로 뛰어오른 것이다.

딸칵.

기와 한 장을 뜯어내자 희미한 빛이 새어 나오는 방 안쪽이 내려다보였다.

방 한복판에 북궁연과 철기련이 마주 앉아 있는 게 보였다. 북소소는 좁은 틈에 귀를 붙이고 두 사람의 대화를 엿듣기 시작했다.

"말해보게. 은밀한 청이란 도대체 무엇인가?"

"먼저 성주께서 저희 철기방을 더 이상 역도의 무리로 생각하지 않아주셨으면 합니다."

북궁연이 실소를 흘렸다.

"그게 내 생각대로 되는 일인가? 북경의 조정에서 어떻게 생각하느냐가 문제이지."

"북경에서 이곳 사천 땅까지는 수천 리 길입니다. 그리고 성에 주둔

중인 오천의 위군은 성주께서 통솔하고 계시지요."

미미하게 웃으며 말하는 철기련의 얼굴을 바라보던 북궁연이 움찔했다.

"자네, 그 말뜻은?"

철기련이 씨익 웃으며 말을 이었다.

"영왕의 세력이 생각보다 만만치가 않습니다. 황실과 전면전으로 치닫는다면 정국은 파란에 휩싸이게 되겠지요. 그리되면 중앙의 조정은 더 이상 지방에 신경을 쓰지 못하고, 군사력을 가진 수많은 지방관들과 토호들이 각지에서 발호할 것입니다."

"춘추전국이 도래한다는 거로군."

북궁연이 신음처럼 중얼거렸다.

"예. 그래서 저는 차후 사천 땅에서 가장 강력한 권력을 움켜쥐실 성주 대인의 확답을 듣고 싶은 겁니다. 이런 밀월 관계가 발전한다면 후일 대인께서 천하의 주인이 되시는 초석이 될지 누가 또 알겠습니까?"

"……"

북궁연은 한동안 말을 잇지 못하고 멍한 눈으로 철기련을 바라보았다.

천하의 주인이라… 천하의 주인.

꿈에서조차 생각해 본 적이 없는 자리였다. 그런데 저 젊은 녀석의 말 한마디에 북궁연은 온몸의 피가 부글부글 끓어오름을 느꼈다. 철기련의 말에는 분명 상대를 압도하고, 상대의 신뢰를 끌어내는 힘이 있었다.

'철기방과 힘을 합친다면 가능한 일이 아닐까? 저 젊은 녀석을 내

사람으로 끌어들인다면 정말 언젠가는 천하가 내 품으로 굴러 떨어지지 않을까?

북궁연의 얼굴로 탐욕스런 웃음이 떠올랐다.

한참을 달콤한 상상에 빠져 있던 북궁연의 미간이 갑자기 씰룩했다.

"아차!"

북궁연의 뇌가 빠르게 위험 신호를 보냈던 것이다. 엷은 미소를 머금은 채 자신을 주시하는 철기련의 얼굴을 훔쳐보며 북궁연은 저 젊은 놈이 세 치 혓바닥으로 자신의 이지를 현혹시키고 있음을 깨달았다.

'꽃은 화려한데 가시에 독이 묻어 있구나.'

북궁연은 철기련이 화려함으로 사람을 현혹시키지만, 막상 꺾으려고 손을 뻗으면 성난 가시로 손을 찌르고야 마는 독화(毒花) 같다고 생각했다.

'위험한 놈이다. 지극히 위험한 놈이야.'

그렇게 속으로 중얼거리면서도 북궁연은 미소를 잃지 않았다. 괜히 이쪽의 마음을 들킬 필요는 없었다.

북궁연이 더욱 친근해진 목소리로 말했다.

"좋아, 네 자네의 제안을 숙고해 보지. 긴한 청이라는 건 그게 전부인가?"

"한 가지 더 있습니다."

"말해보게."

"청성을 치는 걸 묵인해 주십시오."

북궁연이 대수롭지 않다는 듯 손을 내저었다.

"무림의 일은 원래 관에서 상관할 바가 아닐세."

"단순히 공격하는 게 아니라 오백 년 역사를 자랑하는 청성의 대들보를 뽑아 아예 씨를 말려 버릴 작정인데도 말씀입니까?"

"그, 그건……."

철기련의 두 눈에서 진한 살기가 뚝뚝 흘렀다. 온갖 풍상을 겪으며 성장한 노회한 정치인인 북궁연의 심장까지 오그라들게 만드는 지독한 살기였다. 북궁연은 새삼 철기련이 여린보다 몇 배 무서운 상대이고, 언젠가는 여린과 함께 반드시 제거해야 할 상대라고 확실히 못 박아두었다.

살기를 갈무리한 철기련이 한층 차분해진 목소리로 말했다.

"청성과 같은 명문대파를 멸문시킨다는 건 쉬운 일이 아니지요. 청성 출신으로 강호 구석구석과 조정에 포진한 수많은 부호들과 권력자들이 압력을 가해올 테니까요. 성주 대인께서는 그걸 막아주시면 됩니다."

"그래서… 내가 얻는 게 무엇이지?"

"후일을 도모할 막대한 군자금을 드리겠습니다."

"흐흐! 춘추전국을 대비하라 이건가? 내가 알기론 조정에 의해 역도로 지목된 이후 철기방의 형편도 그리 넉넉지는 않은 줄 아는데."

"청성이 소유한 옥토 수십만 평과 청성의 보고에 쌓인 금화 수천 관을 모두 대인께 바치겠습니다."

'얄밉도록 똑똑한 놈. 결국 인심도 쓰고, 청성을 칠 명분도 얻겠다, 이거로군.'

속마음과는 상관없이 북궁연이 호방하게 웃으며 연신 고개를 주억거렸다.

"좋군, 아주 좋은 제안이야. 오늘 밤 자넬 만난 건 정말 큰 행운이로

구만."

철기련이 깊숙이 머리를 조아렸다.

"마지막으로 한 가지 청이 더 있습니다."

"무언가?"

고개를 슬쩍 쳐들며 철기련이 히쭉 웃었다.

"즙포 여린의 목숨을 저에게 맡겨주십시오."

"그는 조정에서 파견한 사정관일세. 성주인 나라 해도 사정관의 목숨을 함부로 취할 수는 없지."

북궁연이 짐짓 곤란하다는 표정을 지었다.

그런 북궁연의 얼굴을 직시하며 철기련이 확신에 차서 말했다.

"성주 대인께서도 이미 그가 부담스럽지 않으십니까? 철기방이 그를 죽여준다면 크게 기뻐하실 일이지요."

북궁연은 그만 말문이 콱 막혔다. 철기련에겐 도무지 속내를 감출 수가 없는 것이다. 마치 발가벗은 채 광장 한복판에 서 있는 사람처럼 기분이 더러웠다. 애써 불쾌감을 찍어누르며 북궁연이 살갑게 웃었다.

"알았네. 여린에 대한 처분 역시 자네에게 일임하도록 하겠네."

"감사합니다, 대인."

자리를 털고 일어선 철기련이 북궁연을 향해 다시 머리를 조아렸다.

"야심한 시각에 시간을 내주셔서 감사합니다. 경륜 높으신 대인과 대화를 나누면서 말학의 안계가 더욱 넓어진 것 같습니다."

"나야말로 자네 덕분에 안계를 넓혔다네. 강호 최고의 방파로 우뚝 설 철기방의 미래가 눈앞에 보이는 듯하구만."

"그럼 소인은 이만."

뒷걸음질로 물러난 철기련이 막 방문을 열고 나가려는 순간, 등 뒤에서 북궁연의 목소리가 들려왔다.

"자넨 왜 아무것도 요구하지 않지?"

"예?"

천천히 돌아보는 철기련을 향해 북궁연이 의아하다는 표정으로 물었다.

"자넨 내게 참 많은 걸 주기로 했어. 난 그 대가로 몇 가지 약속을 했고. 한데 그 약속을 왜 문서 같은 것으로 남기려 하질 않지? 후일 내가 딴소리를 하면 어쩌려고?"

한동안 조용히 미소를 머금고 있던 철기련이 조용히 입을 열었다.

"아버님께서는 때때로 제게 방의 여러 가지 비밀스런 일에 대해 말씀해 주셨습니다. 풍상이 끊이지 않는 강호이고 보니, 후일 자신에게 무슨 변이라도 생길까 봐 후계 작업의 일환으로 그리하지 않으셨나 생각됩니다. 덕분에 전 장로들조차 알지 못하는 방의 여러 비밀스런 거래에 대해 알게 되었지요."

"그래서?"

"그중에는 흑나찰(黑羅刹)이란 별호를 가진 한 세작에 대한 이야기도 포함되어 있었습니다. 흑나찰은 우리 쪽과 은밀한 거래를 주고받던 현청에 소속된 즙포사신이었지요."

"……."

흑나찰이란 이름을 듣는 순간 북궁연의 얼굴이 백지장처럼 창백해졌다.

그러거나 말거나 철기련은 덤덤히 말을 이었다.

"흑나찰은 십여 년 전 사하현 현감 여진중을 제거할 때 결정적인 도움을 주었습니다. 그때 죽은 현감 여진중이 바로 여린의 아비이지요."

"그만 하게."

"아주 흥미로운 이야기인데 조금 더 들어보시지요?"

"흑나찰이 바로 나라는 건 자네도 알고, 나도 알아. 모두 알고 있는 이야기를 더 이상 주고받은들 무슨 의미가 있겠는가?"

"그렇겠군요. 어쨌든 그런 이유 때문에 성주 대인께 따로이 증표를 요구하지 않은 겁니다. 양측이 공유한 비밀이야말로 가장 확실한 증표가 될 테니까요."

"그렇군."

"그럼 조만간 또 찾아뵙겠습니다."

"살펴가게."

타악.

"크흐흠."

조용히 닫히는 방문을 뚫어져라 노려보며 북궁연이 침음을 흘렸다.

달그락달그락.

손아귀 안에서 호두알이 불이 나게 돌아가고 있었다.

"헉헉!"

북소소는 정신없이 현청 연무장을 가로질러 여린의 집무실을 향해 달려가고 있었다.

'아버지가 여린의 선친을 죽인 흉수 중 한 명이었다니! 그런데 왜? 그런데 왜?'

너무도 강렬한 의문 때문에 머리가 깨질 듯 아팠다. 여린은 분명 그 사실을 알고 있었을 것이다. 그런데 왜 말하지 않았을까? 자신이 그를 복수에 미친 살인마로 몰아붙일 때조차 그는 왜 침묵을 지키고 있었던 걸까? 북소소는 이 밤이 지나기 전 반드시 대답을 들어야만 했다.

벌컥.

"꺄악!"

"으아악!"

북소소가 여린의 집무실 방문을 박차고 뛰어들었을 때, 막 서로를 부둥켜안은 채 입을 맞추고 있던 화초랑과 막여청이 벼락이라도 맞은 사람처럼 놀라며 화들짝 떨어졌다.

"우, 우린 아무 짓 안 했어요. 여기 막 포사가 낮에 성주 대인께 얻어맞은 자리가 저런다고 해서 잠시 살펴보고 있던 중이라고요."

내실 문을 활짝 열어젖히고 여린을 찾는 북소소를 향해 뽀르르 달려온 화초랑이 다급히 변명을 늘어놓았다. 하지만 북소소는 그런 것에는 전혀 관심이 없었다.

"여 줍포 어디 있어?"

"예?"

콰악.

"여 줍포 어디에 있느냐고?"

북소소가 화초랑의 어깨를 힘주어 잡으며 버럭 소리쳤다.

"줍, 줍포님은 구강 변의 선술집에서 탁주나 마신다며 한 식경 전에 나가셨는데요."

"구강 변이라고 했지?"

화초랑을 거칠게 밀치고 북소소가 방문 밖으로 달려나가려고 했다.

그런 북소소의 팔을 화초랑이 붙잡고 늘어졌다.

"얘기 안 할 거죠?"

"뭘?"

"내가 막여청과 이상한 짓을 했다고 여 즙포님께 말하지 않을 거죠?"

"싫다."

북소소가 단호히 말하자 화초랑이 눈을 부릅떴다.

"평소 네가 미운 짓거리를 너무 많이 했기 때문이지!"

"까악!"

화초랑을 밀쳐 쓰러뜨리며 북소소가 구르듯 달려나갔다.

봄빛이 완연한 구강 변의 허름한 선술집에서 여린은 홀로 앉아 술잔을 기울이고 있었다. 이미 꽤 많은 숫자의 빈 술병들이 탁자 위에서 뒹굴고 있었다.

술잔을 들자 수많은 얼굴들이 스치고 지나갔다.

갈산악… 독사성… 사문기… 수연…….

맨 마지막에는 철려화의 얼굴이 떠올랐다. 자신을 완전히 믿어주고, 가슴 깊숙한 곳에 묻어둔 상처까지 내보였던 여자. 그들은 모두 여린, 그의 목적을 위해 죽거나 씻을 수 없는 상처를 입었다.

죽으면 구중지옥에 떨어져 혼까지 태워지고 말 것이다!

모든 회한을 술잔에 담아 단숨에 털어 넣었다.

"크으으"

손등으로 입가를 훔치는 여린의 눈에 인영 하나가 비쳤다. 힐끗 고개를 들자 가쁜 숨을 몰아쉬며 서 있는 북소소가 보였다.

여린이 히쭉 취한 웃음을 흘렸다.

"북 줌포께서 여긴 어쩐 일이십니까? 술 생각이라도 나신 겁니까?"

"당신을 보러 왔어."

"저를요? 아무짝에도 쓸모없는 범법자인 저에게 무슨 용무가 있으시길래?"

꽈악.

다시 술병을 잡는 여린의 손목을 북소소가 움켜잡았다.

"한 가지 묻고 싶은 게 있어. 정직하게 대답해야 돼. 알았지?"

"……."

뻥진 눈으로 북소소를 쳐다보던 여린이 장난스럽게 고개를 끄덕였다.

"예, 예. 정직하게 대답할 테니 무엇이든 물어보십시오."

"왜 얘기하지 않았어? 왜 우리 아버지가 당신의 아버지를 죽인 흉수 중 한 명이란 사실을 내게 얘기하지 않았어?"

찰나의 순간 여린의 눈으로 섬뜩한 한광이 스치고 지나갔다. 그의 눈에서 줄줄이 뻗쳐 나오는 원독이 너무도 지독해, 북소소는 저도 모르게 손을 놓고 맞은편 의자에 풀썩 주저앉고 말았다.

딱딱, 딱딱딱.

여린이 찢어질 듯 눈을 부릅뜬 채 사지를 벌벌 떨며 이를 맞부딪쳤다. 북소소는 여린이 자신을 노려본다고 생각했다. 그런데 아니었다. 여린의 눈은 북소소의 어깨 너머 십 년 전의 과거를 향해 치닫고 있었다.

십 년 전 겨울, 부친 여진중이 죽고 이틀이 지났다. 몇몇 지인들과 관에서 파견된 사정관들이 조문을 하였지만 한 마을의 수장이 죽은 것 치곤 너무도 썰렁한 상갓집 분위기였다. 모두가 철기방을 두려워했기 때문이다.

부친의 영정 앞에서 울다 잠들고, 다시 울다 잠들기를 반복하던 여린이 아침 햇살이 은은히 비추는 회랑을 걸어나왔다. 너무도 배가 고팠던 것이다. 아버지의 가슴에 칼을 박는 패륜을 저지르고도 배고픔을 느끼는 자신이 혐오스러웠지만, 어린 여린은 삶에 대한 본능적인 욕구에 이끌려 시녀들이 있는 부엌 쪽으로 걸음을 옮겼다.

"걱정 마시오. 모든 일이 잘 처리되었소."

이때 회랑 옆의 굳게 닫힌 방문 안쪽에서 낯익은 음성이 흘러나왔다. 아버지의 의제이자 자신을 친조카처럼 귀여워해 주는 북 즙포님의 목소리였다. 여진중이 죽었다는 소식을 듣고 가장 먼저 달려와 반쯤 넋이 나가 있던 여린을 따뜻하게 보듬어준 사람도 바로 북 즙포였다.

"숙부?"

숙부를 부르며 여린이 방문을 빼꼼히 열었다.

순간 어둑한 방구석에 등을 보이며 서 있는 북 즙포와 그 앞에 부복한 한 흑의 복면인의 모습이 들어왔다. 안으로 들어가려던 여린은 문득 걸음을 멈추고 열었던 문을 다시 반쯤 닫고 조용히 안쪽을 주시했다. 북 즙포의 뒷등에서 풍기는 왠지 모를 불길함이 그렇게 하도록 시켰다.

흑의 복면인이 머리를 깊숙이 숙이며 북 즙포에게 물었다.

"그럼 대제께는 어떻게 보고하면 될까요?"

"현감 여진중의 죽음은 이것으로 일단락되었다고 전하거라. 관에서

는 더 이상 현감의 죽음을 빌미로 철기방을 추궁하지 않기로 했다고
말이다."

"잘 알겠습니다, 흑나찰님."

"흐흐! 이로써 대제께 진 빚 중 일부나마 갚게 되는 셈인가?"

달그락달그락.

손 안의 호두알을 굴리며 여린 쪽으로 돌아서는 남자는, 바로 여린
이 친숙부처럼 따르며 존경해 마지않는 즙포 북궁연이었다. 좁은 문틈
으로 공포와 분노로 찢어질 듯 부릅뜬 여린의 눈동자가 보였다.

"왜 얘기하지 않았냐고 묻고 있잖아?"

추궁하듯 묻는 북소소의 목소리에 여린은 퍼뜩 정신을 차렸다. 여린
이 다시 취한 눈을 하고 히쭉 웃었다.

"그냥이라고 해둡시다."

"그건 말이 되지 않아. 내가 널 복수에 눈먼 범법자라고 몰아붙였을
때, 넌 당연히 진실을 밝혔어야 해."

"복잡한 얘기는 치우고 술이나 마십시다."

"치워."

땡강!

북소소가 술잔을 내민 여린의 손을 후려쳐 술잔이 바닥으로 나뒹굴
었다.

"어서 얘기해. 왜 내게 그 사실을 말하지 않았는지 분명하게 얘기
해 봐."

"싫어."

"뭐?"

여린이 비틀거리며 몸을 일으켰다. 그의 말투도 어느새 반말조로 바뀌어 있었다.

"싫다고 했어. 그런 구질구질한 얘긴 더 이상 입에 담고 싶지도 않아."

"뭐가 구질구질하다는 거야? 네 아버지가 죽었고, 우리 아버지가 네 아버지를 죽이는 데 일조를 했어! 그게 얼마나 중요한 얘긴지 몰라?"

술집을 빠져나가려는 여린의 팔을 북소소가 뒤쪽에서 낚아챘다.

"이거 놔!"

북소소의 손을 거칠게 뿌리친 여린이 절규하듯 소리쳤다.

"너를 좋아해서 얘기할 수 없었다고 할까? 널 너무 좋아하게 돼서 차마 그 말을 할 수 없었다고 하면 속이 시원하겠어? 그 말을 듣고 싶은 거야, 엉?!"

"그래, 그 말을 듣고 싶었어."

북소소의 눈에서 눈물이 주르륵 흘렀다.

"왜 얘기 안 했어? 날 그만큼 좋아하게 되었다고 왜 말하지 못한 거야, 병신아?"

"무서워서… 너도 내 곁에 있던 다른 사람들처럼 불행해질까 봐 너무 무서워서…….."

지독히 자조적인 목소리로 중얼거리며 여린이 비틀비틀 선술집을 빠져나갔다.

"으흐흑!"

북소소의 서러운 울음소리가 뒤통수를 때렸지만 여린은 걸음을 멈추지 않았다. 선술집 밖에 서 있던 용마의 등에 힘겹게 올라탄 여린이 힘겹게 고삐를 흔들었다.

"가자, 용마야. 어디로든 가서 좀 쉬고 싶구나."

투걱투걱.

주인의 마음을 알아차린 용마가 천천히 걸음을 옮겼다.

인적이 끊긴 밤길을 조심스럽게 걷는 용마의 등 위에서 여린은 꾸벅꾸벅 졸고 있었다. 너무 많은 술을 마셨고, 너무 많이 지쳐 있었다. 이대로 용마 위에서 굴러 떨어진다면 그곳이 시궁창 속이라도 사흘은 내리 잠들 수 있을 것이다.

푸르륵.

갑자기 바늘로 찌르는 듯한 예리한 살기를 감지한 용마가 걸음을 멈추고 전방을 사납게 노려보았다.

쉬이익.

어둠을 뚫고 한줄기 섬광이 날아들었다.

히히힝.

까앙!

앞발을 번쩍 치켜든 용마가 콧잔등으로 여린을 향해 날아들던 비도를 튕겨냈다.

"어이쿠!"

그 바람에 여린은 땅바닥으로 곤두박질을 치고 말았다.

"끄응~ 용마야, 인마, 네가 주인을 병신으로 만들 셈이냐?"

뒤통수를 감싸 쥐고 힘겹게 일어서는 여린의 가슴팍을 누군가의 발이 찍어눌렀다.

퍼억!

"으윽!"

취한 눈을 간신히 치뜨고 올려다보자 자신을 밟고 서 있는 청해일과 격전을 치르고 온 듯 푸른 도복 군데군데 핏자국이 선명한 십여 명의 도사들이 보였다.

여린이 히쭉 웃었다.

"딸꾹~ 이게 누구신가? 요즘 한창 잘나가시는 청성파의 차기 장문인 청해일 대협이 아니신가?"

"술이 떡이 되었군."

청해일이 여린을 싸늘히 내려다보았다.

"그래, 좀 마시긴 했지."

"며칠 전부터 철기방이 총공세를 시작했다. 덕분에 우리 사형제들이 백 명도 넘게 목숨을 잃었어. 그런데 너는 한가롭게 술타령에 계집 타령이라 이거지?"

"딸꾹~ 그런 일이 있었어? 몰라서 미안하군."

"몰랐다고?"

여린 앞에 한쪽 무릎을 꿇고 앉으며 청해일이 멱살을 와락 움켜잡았다.

"장문인께서 이미 은퇴한 사문의 어른들과 속가의 제자들까지 총동원하여 직접 산을 내려오셨다. 그만큼 상황이 절박하다는 뜻이지. 여기서 한 걸음만 더 밀리면 우리 청성은 서까래까지 철기방에 내어주게 생겼단 말이다. 내 말 무슨 뜻인지 알아?"

"모르겠는데."

"이이……."

장난스럽게 웃는 여린을 청해일이 으드득, 이를 갈아붙이며 노려보았다.

자릴 박차고 일어선 청해일이 사제들을 돌아보며 소리쳤다.

"정신이 번쩍 들 때까지 밟아!"

도사들이 우르르 달려들어 여린을 짓밟기 시작했다.

퍽퍽!

퍽퍽퍽!

숱한 발길질에도 여린은 고통을 느끼지 못했다. 그저 시원하다는 생각뿐이었다. 이대로 정신을 잃고 한숨 푹 자는 것도 괜찮다는 생각했다.

얼굴이 온통 피범벅이 된 여린의 멱살을 양손으로 잡아 청해일이 번쩍 일으켜 세웠다.

여린의 얼굴을 들여다보며 청해일이 으스스하게 중얼거렸다.

"우릴 배신하면 널 먼저 죽이겠다고 경고했지?"

"주, 죽이고 싶으면 죽여. 별로 살고 싶은 생각도 없다."

자조적으로 웃는 여린에게 얼굴을 더욱 바싹 들이밀며 청해일이 잔혹하게 웃었다.

"죽고 싶다는 놈 죽여봤자 무슨 재미야? 네가 이렇게 망가진 건 북소소인가 하는 그 즙포 년 때문이지, 아마?"

청해일의 입에서 북소소의 이름이 거론되자 여린은 술이 번쩍 깨는 것 같았다.

여린이 청해일의 멱살을 마주 잡으며 절박하게 내뱉었다.

"너, 너 설마?!"

"그년은 이제 죽은 목숨이야. 다른 누구도 아닌 너 자신이 그년을 죽게 만들었다는 사실을 명심해라, 여린."

"으아아아!"

짐승 같은 괴성을 내지르며 여린이 청해일의 얼굴을 향해 주먹을 휘둘렀다.

빠각!

그 주먹을 간단히 막아내며 청해일이 여린의 콧잔등을 수도로 후려쳤다.

"크아악!"

여린이 코피를 왕창 쏟으며 벌러덩 넘어갔다.

히히히힝.

격분한 용마가 청해일을 향해 이마를 내밀고 돌진했다.

"미물 따위가 감히!"

떠어엉.

웅후한 공력이 실린 청해일의 정권이 이마에 쑤셔 박히자, 용마가 힘없이 무릎을 꺾었다.

"안 돼… 안 돼… 소소만은 절대로……."

땅바닥을 벅벅 기며 일어나려고 버둥거리는 여린을 청해일이 싸늘히 내려다보았다.

"가관이로군. 넌 복수에 미쳐 날뛸 때가 좋았어. 그땐 그래도 한 마리 늑대 같았는데, 지금보니 땅바닥을 기어다니는 벌레가 따로 없구나. 죽일 가치도 없는 새끼… 퉤엣!"

여린의 얼굴에 침을 뱉은 후 청해일이 도사들을 거느리고 돌아섰다.

"으으, 으으으."

만신창이의 여린이 용마의 등 위로 힘겹게 기어올랐다.

"가자, 용마야. 어떻게든 소소를 살려야 한다."

다리가 풀려 버린 용마가 축 늘어진 주인을 태운 채 비틀비틀 걸음을 옮겼다.

북소소는 여린이 앉았던 자리를 차지하고 술을 마시고 있었다.

"어허헝~"

정신없이 술을 퍼마시던 그녀가 탁자에 이마를 박고 갑자기 서러운 울음을 터뜨렸다. 양친이 동시에 급사라도 당한 듯 그녀는 서럽고도 서럽게 울었다. 자신이 서러워서 우는 게 아니라 여린의 잔인한 운명이 서러워서 울었다. 뜨거운 눈물을 펑펑 쏟으며 북소소는 자신이 이미 여린을 사랑하고 있음을 깨달았다.

"초저녁부터 재수없게스리!"

선술집 주인이 성난 표정으로 주방 안에서 걸어나왔지만 너무도 서럽게 우는 북소소의 모습에 말 한마디 건네지 못하고 술집 입구 쪽으로 걸어나가 버렸다.

"망할, 그놈의 연정이 원수인 거라……."

불현듯 젊은 시절의 아픈 기억을 떠올리며 출입구 밖으로 나가려던 주인은 갑자기 안쪽으로 들이닥치는 세 명의 노도사를 발견하고 멈칫했다. 희고 풍성한 수염이 배꼽까지 내려오고 푸른 도복을 깨끗하게 갖춰 입은 노도사들에게선 현계에 하강한 신선처럼 청아함이 느껴졌다. 그래서 주인은 노도사들이 허리춤에 일검씩을 차고 있음에도 별 경계심을 품지 않았다. 저 신선 같은 노인들이 설마 사람을 해치겠나 싶었던 것이다. 그러나 주인의 예측은 완전히 빗나가고 말았다.

"어서 옵……."

쉬이익.

재빨리 고개를 숙이며 한 손으로 안쪽을 가리키는 주인의 목을 노리고 선두에 선 노도사의 검이 떨어졌다.

서걱.

뼈가 갈라지는 섬뜩한 소리와 함께 주인의 목이 지저분한 바닥으로 데구르르 굴러 떨어졌다.

"웬 놈들이기에 죄없는 양민을 학살하느냐?"

재빨리 눈물을 훔치며 북소소가 노도사들 쪽으로 돌아섰다.

방금 주인의 목을 베었던 노도사가 검신을 털어 핏물을 털어내며 북소소를 향해 덤덤히 물었다.

"네가 사하현의 즙포 북소소냐?"

"그렇다."

"노부들은 청성의 뒷방 늙은이들인 청림삼검옹(靑林三劍翁)이라고 한다."

"청림삼검옹?"

북소소의 눈이 절로 부릅떠졌다. 청림삼검옹은 청성의 전대 최고수들로, 그들이 한창 강호를 주유할 당시 청성은 최고의 전성기를 구가하였다고 한다. 뒷방 늙은이들로 물러났다지만 지금도 저들 세 사람의 합공을 받아낼 자는 십상성밖에는 없다는 풍문이 떠돌고 있었다.

북소소가 긴장 어린 표정으로 노인들을 향해 포권을 취했다.

"고명이 자자하신 은거 고수들께서 소녀와 같은 말학에게 무슨 볼일이십니까?"

"미안하다."

"예?"

"미안하지만 죽어줘야겠다."

슈우웅—

첫 번째 노도사가 다짜고짜 검을 찌르며 덤벼들었다.

카앙!

북소소도 황급히 고려검을 뽑아 노도사의 검봉을 막아냈다.

슈우욱.

슈우욱.

정신을 수습할 겨를도 없이 좌우편에서 나머지 두 노도사가 검을 찔러왔다.

캉캉!

북소소는 정신없이 검을 휘둘러 두 노도사의 검을 튕겨냈다.

슈슈슈슈슉.

일렬로 늘어선 세 명의 노도사가 일제히 검을 찌르자 수십 개의 검광이 북소소를 향해 노도처럼 밀려들었다.

"청림삼검옹은 강호에 보기 드문 협사라고 들었는데, 이제 보니 천하의 무뢰배가 따로 없구려! 어찌 무고한 여자를 이유도 없이 핍박한단 말이오?"

쾅쾅쾅쾅!

감히 방심할 수 없는지라 북소소는 검병을 잡은 손에 일신의 공력을 집중시키며 강하게 맞부딪쳐 갔다. 검광과 검광이 작렬하며 사나운 경기가 회오리처럼 비산했고, 그 경기에 얻어맞은 탁자와 의자가 산산이 부숴졌다.

북소소도 최선을 다하고 있었지만 세 노인의 기세는 명성 이상이었다. 때로는 강맹하고, 때로는 유려한 검광이 그녀의 빈틈 구석구석을 찔러왔고, 그때마다 북소소의 팔과 옆구리와 허벅지가 가늘게 베이며 핏방울이 터져 나왔다.

'이대로는 승산이 없다!'

벽을 향해 조금씩 밀려나며 북소소는 어금니를 사려 물었다. 가랑비에 옷 젖는다고, 노인들의 검에 조금씩 베어진 상처 때문에 온몸이 벌겋게 물들고 말았다. 결국 일격필살의 초식으로 모험을 걸지 않고서는 노인들의 검에 목이 떨어지는 건 시간문제일 뿐이었다.

끼우웅!

북소소가 검병을 잡은 손아귀에 내공을 집중시키자 검신이 부러질 듯 요동치며 검강이 일 장이나 뻗어 나왔다.

"숲 속에 숨은 호랑이가 먹이를 덮친다! 맹호은림!"

짜르르릉!

스승에게 배운 최후의 절초인 맹호은림의 수법이 검끝에서 펼쳐졌다. 범의 포효성 같은 검명이 울려 퍼지며 호랑이의 송곳니 같은 세 가닥의 검강이 노인들을 노리고 날아갔다.

쾅!

콰쾅!

콰아앙!

"큭!"

"으윽!"

"끄악!"

노인들이 황망히 검을 휘둘러 검강을 튕겨냈다. 그러나 그 안에 감추어진 암경(暗勁)의 기세마저 막아낼 수 없었던 노인들은 가슴이 진탕되는 충격을 느끼며 붕붕 튕겨 나갔다.

"그대들을 포박하여 관원을 공격한 이유를 따져야겠다!"

승기를 잡은 북소소가 쓰러진 탁자 하나를 밟고 튀어오르며 휘청거리는 노인들을 향해 다시 검을 찔렀다. 아니, 좀 더 정확히 말하면 찌르려고 했다.

퍼억!

뒤쪽에서 소리없이 날아든 지풍에 어깻죽지를 관통당하며 북소소는 그만 오른손에 쥐었던 검을 놓치고 말았다.

"아악!"

고통에 찬 비명을 내지르며 북소소가 나뒹굴었다.

퍼퍼퍽!

"끄흐흡!"

이를 악물고 박차고 일어서는 그녀의 가슴팍에 청림삼검옹이 내찌른 세 자루의 검이 깊숙이 쑤셔 박혔다.

"콜록콜록콜록……."

쇠꼬챙이에 꿰인 물고기처럼 전율하는 북소소의 입가로 검붉은 핏줄기가 줄줄 흘러내렸다.

"왜… 왜 나를……?"

북소소의 당연한 의문에 대한 대답은 어깨 너머에서 들려왔다.

"너는 그냥 이용당했을 뿐이다."

북소소가 뻣뻣하게 마비되어 오는 목을 힘겹게 돌리자 자신의 옆을 돌아 걸어나오는 늙고 노쇠한 노인의 모습이 보였다.

"일종의 경고용이지. 여린이란 아이에게 우릴 배신하면 어떻게 되는지 보여주기 위한 지엄한 경고."

청림삼검옹의 옆에 서서 흐릿하게 웃으며 중얼거리는 노인은 낯이 익었다.

공산 진인. 며칠 전 그녀가 찾아가 수연과의 관계를 캐물었던 공산 진인이 나타난 것이다.

공산 진인이 북소소의 뺨을 쓰다듬으며 짐짓 안타깝다는 듯 중얼거렸다.

"이렇게 젊은데 안됐구나, 애야. 그깟 견자 놈에게 보내는 한 줄 경고의 의미가 되기 위해 죽어야 하다니."

"그, 그것 때문만은 아니겠지."

북소소가 피 묻은 입술을 일그러뜨리며 힘겹게 웃었다.

"보, 복수를 하고 싶었겠지. 어린 연인을 빼앗아간 여린에게 똑, 똑같은 방식으로 복수를… 쿨럭!"

순간 공산 진인의 동공으로 살벌한 기광이 스치고 지나갔다. 한동안 타는 듯한 눈으로 북소소를 쏘아보던 공산 진인이 이내 표정을 갈무리하며 고개를 끄덕였다.

"옳은 말이다. 너는 과연 똑똑한 아이로구나."

공산 진인이 푸른 기광이 반딧불처럼 어린 오른손 검지 손가락을 북소소의 미간을 향해 겨누며 씨익 웃었다.

"그래서 나는 더욱 안타깝단다. 왜 너처럼 총명한 아이가 여린 같은 인간 말종과 엮이게 되었는지 말이다."

"나는… 나는……."

북소소는 항변하고 싶었다. 결코 여린을 원망하지 않는다고 소리치고 싶었다. 결국 그를 그렇게 만든 건 늙은이처럼 추악한 위선자들이라 외치고 싶었다. 하지만 그녀의 목소리는 입 밖으로 나올 수가 없었다.

퍼억!

공산 진인의 검지를 떠난 한줄기 예리한 지풍이 북소소의 이마를 관통해 버렸기 때문이다.

촤아악.

청림삼검옹이 일제히 검을 뽑아내자 가슴에 뚫린 세 군데의 구멍에서 피분수를 뿌리며 북소소가 천천히 넘어갔다.

쿠아앙!

바닥에 굉렬히 뒤통수를 처박으며 북소소가 눈을 홉떴다.

"한 가지는 약속하마. 여린이란 개자식도 곧 네 뒤를 따르게 될 것이다."

공산 진인이 북소소의 얼굴을 내려다보며 다시 웃었다. 그러나 북소소의 눈에는 더 이상 추악한 노인의 얼굴이 보이지 않았다. 북소소의 동공은 오직 한 사람의 얼굴로 가득 차 있었다.

여린.

우연히 만났으나 필연이 되어버린 남자. 복수에 미쳐 날뛰다가 결국 모든 사람의 복수의 대상이 되어버린 가련한 남자. 첫사랑을 잃은 지 삼 년 만에 다시 그녀의 가슴에 훈풍을 몰고 찾아왔으나, 한 번도 애틋한 마음을 표현할 수 없었던 남자.

'부디… 부디… 행복하기를……'

졸음이 밀려왔다. 태초에 생명을 얻었던 엄마의 태반으로 돌아간 듯 북소소는 깊고 편안한 잠 속으로 빠져들었다.

"소소······?"

잠시 후, 선술집 안으로 달려 들어온 여린은 북소소의 시체를 발견할 수 있었다.

"소소? 괜찮은 거지? 죽은 거 아니지? 그렇지?"

실성한 사람처럼 실실 웃으며 여린이 북소소를 향해 휘적휘적 다가갔다.

북소소는 눈은 아직도 부릅떠져 있었다. 하지만 그 눈에서 공포와 원한은 찾아볼 수 없었다. 사랑하는 정인을 마주하고 있는 것처럼 그 눈은 오히려 행복감에 젖어 있는 듯 보였다.

한동안 벌벌 떨리는 손으로 북소소의 가슴에 난 상처를 쓰다듬던 여린이 시체를 와락 끌어안았다.

"으허허허헝~ 네가 왜 죽어? 네가 왜 죽어? 내가 살아 있는데 네가 왜 죽어? 으아아! 소소아아아ㅡ!"

여린의 입을 비집고 처절한 울부짖음이 터져 나왔다. 곁에 가까이 두고 있던 사람은 모두 죽거나 다쳤다. 여린은 어쩌면 자신이 불행을 몰고 다니는 악의 씨앗일지도 모른다고 생각했다. 이제 보니 자신을 낳다가 어머니가 죽은 것도, 세상에서 오직 한 사람 의지가 되었던 아버지가 비명에 세상을 등진 것도 자신 때문이었다. 자신을 곁에 두었기에 그들 모두가 그렇게 갈 수밖에 없었던 것이다.

나는 저주받아 마땅하다.

나는 저주받아 마땅하다.

나는 저주받아 마땅하다.

나는 저주받아······.

사랑하는 정인의 시체를 으스러져라 끌어안은 채 여린은 그렇게 절규하고 있었다.

　살아 있는 게 고통이었고, 죽음은 신이 그에게 내릴 수 있는 가장 큰
축복이었다.

第十四章

여린, 모든 것을 잃다

여린, 모든 것을 잃다

지금 널 죽이는 것보다
두고두고 자책의 세월을 견디게 하는 것이
나의 복수 방법이다

끼이이.

굳게 닫혀 있던 현청의 대문이 소리없이 열렸다.

타타타타탁.

열린 문틈으로 철기방의 장로 중 한 명인 화염극왕 독보광과 손과 손에 낭아곤을 꼬나 쥔 십여 명의 방도들이 바람처럼 짓쳐들어왔다. 문을 열어준 건 어제부터 현청의 경비를 담당하기 시작한 북궁연이 데리고 온 위군들이었다.

누구의 제지도 받지 않고 독보광은 곧장 고즈넉한 연못가에 위치한 여린의 집무실을 향해 내달렸다.

벌컥.

집무실 문을 열어젖혔을 때, 옷을 반쯤 벗은 채 서로를 부둥켜안고 있던 막여청과 화초랑이 화들짝 놀라며 비명을 내질렀다.

"까악!"

"으아아악!"

독보광이 두 남녀를 향해 성큼성큼 다가가 방태극 끝으로 얼굴을 겨누었다.

"여린은 어디에 있느냐?"

"까악! 까아악!"

화초랑은 제정신이 아니었다. 시퍼런 극이 얼굴을 겨누고 있는데도 경기 들린 갓난애처럼 비명을 질러댔다. 막여청은 일단 화초랑의 입부터 막아야겠다고 생각했다. 하지만 그에겐 정인을 보호할 최소한의 시간조차 허락되지 않았다.

뻐억.

묵직한 방태극이 화초랑의 관자놀이를 후려치면서 그녀의 고운 얼굴이 괴상하게 일그러져 버렸다.

철벅.

힘없이 옆으로 쓰러지면서 화초랑이 터뜨린 피가 막여청의 얼굴과 상의로 끼얹어졌다. 막여청이 멍한 표정으로 화초랑을 잡아 흔들었다.

"초랑이… 어이, 초랑이… 일어나… 일어나……."

"두 번 묻지 않겠다. 여린은 어디에 있느냐?"

독보광의 극이 이번엔 막여청의 눈을 겨누었다.

"하하, 그는 선술집에 있어요. 구강 변에 있는 선술집에서 떡이 되어 엎어져 있을 겁니다요. 하하."

막여청이 실성한 사람처럼 웃었다.

"가자!"

독보광이 미련없이 돌아섰다.

방도 한 놈이 낭아곤으로 막여청의 머리를 겨누며 물었다.

"이 자식은 어떻게 할까요?"

독보광이 멈칫하며 막여청을 돌아보았다. 막여청은 축 늘어진 화초랑의 시신을 끌어안은 채 끅끅, 숨넘어가는 소릴 내뱉고 있었다.

"귀찮다. 그냥 두어라."

독보광이 툇마루로 나서며 빠르게 내뱉었고, 그 한마디에 막여청은 목숨을 건졌다.

"헉헉."

"헥헥."

두 사내의 가쁜 숨소리가 방 안 가득했다. 술값과 계집의 몸값이 헐하기로 유명한 삼류 홍루의 너저분한 방 안에서 장숙과 단구는 두 명의 퇴기를 엎어놓고 신나게 허리를 팅기는 중이었다. 그들 두 사람은 아주 오랜 세월 한 몸처럼 지내왔고, 그래서 계집과 그 짓거리를 해도 꼭 한 방에서 즐겼다.

오늘 아침 성주 대인이 데려온 위병들에게 모든 임무를 넘겨주라는 현감 상관흘의 명을 받고 두 사람은 자존심이 확 상해 버렸다. 그래서 대낮부터 홍루에 틀어박혀 술을 퍼마시고 있었던 것이다.

"아직 멀었니?"

"동전 열 문 달랑 던져 주고 아주 뽕을 뽑는구만."

이미 닳을 대로 닳아서 사내와 몸을 섞는 행위 자체가 따분한 노동으로밖에 여겨지지 않는 퇴기들이 한창 흥이 오르는 장숙과 단구를 돌아보며 툴툴거렸다.

찰싹.

"가만히 좀 있어봐, 이년아. 그러잖아도 무릉도원이 눈앞에 어른거리는 중이다."

장숙이 아직은 제법 실한 퇴기의 엉덩짝을 두드리며 가쁜 소리를 내뱉었다.

콰아앙!

방문을 박살 내며 철기방의 장로 중 한 명인 조충이 들이닥친 건 바로 그때였다.

삘리리리.

크앙!

크아앙!

조충이 피리를 불어대자 그의 뒤쪽에 도사리고 있던 시커먼 늑대 열 마리가 아가리를 쫙 벌리고 장숙과 단구를 향해 덮쳐들었다.

"까아악!"

"사, 사람 살려!"

미친 듯이 비명을 질러대는 퇴기들을 거칠게 밀쳐 내며 장숙과 단구가 침상 밑에 놓아둔 군도를 집어 들었다.

슈각.

슈가각.

캥캥.

구주환상검의 오묘함을 실은 검광이 번뜩이자 늑대 서너 마리가 순식간에 동강났다.

"이놈들! 포달랍궁의 찌꺼기들이었더냐?"

일개 포두에 불과한 두 사람의 무공이 상상 이상임을 알아차린 조충이 피리를 갈지자로 휘두르자 서너 가닥의 섬뜩한 강기가 엄습했다.

카앙!

카아앙!

"으윽!"

"크흑! 웬 늙은이가 저렇게 강해?"

군도를 휘둘러 강기를 튕겨냈지만 충격을 감당하지 못한 두 사람이 창문 쪽으로 주르륵 밀려났다.

"일단 피하고 보자!"

"그거 좋은 생각이다!"

우장창!

알몸 상태의 두 사람이 홍루의 이층 창문을 박살 내고 바깥쪽으로 튕겨 나왔다.

"저기 놈들이 있다!"

"갈가리 찢어 죽여라!"

밖에 대기하고 있던 철기방 방도들이 낭아곤을 휘두르며 쫓아왔다.

"철기방 놈들이 본격적인 역습을 시작한 것 같아!"

"일단 여 즙포님께 가자! 놈들이 즙포님을 노릴 게 확실해!"

장숙과 단구는 알몸으로 밤거리를 미친 듯이 내달렸다.

"여보? 항아야, 항소야? 아비가 왔는데, 왜 아무 대답이 없어?"

사합원의 대문을 밀고 집 안으로 들어가던 곽기풍이 문득 멈칫했다. 집 안은 마치 살던 사람들이 모두 이사라도 가버린 듯 썰렁했다. 그 괴괴하게 가라앉은 침묵 속에서 곽기풍은 진한 불행의 냄새를 맡고 있었다. 실체는 확실하지 않지만 무언가 도저히 감당할 수 없는 거대한 불행이 집 안 어딘가에 똬리를 틀고 앉아 활짝 벌린 아가리 속으로 자신이 걸어 들어오길 숨죽인 채 기다리고 있는 느낌이었다.

"항아야… 항소야……."

아이들의 이름을 나직이 부르며 곽기풍이 후들후들 떨리는 다리를 간신히 놀려 굳게 닫힌 안방문을 향해 다가갔다.

"후우우~"

안방 문 앞에 서서 곽기풍은 잠시 호흡을 가다듬었다.

'아닐 거야. 내가 요즘 여러 가지 일로 고단하여 쓸데없는 상념이 떠오른 걸 거야. 나한테 무서운 일이 일어날 게 뭐가 있다고.'

드르륵.

곽기풍이 힘차게 문을 열었다.

"윽!"

순간 화아악, 끼얹어지는 피비린내에 곽기풍은 저도 모르게 코와 입을 틀어막았다. 부릅뜬 그의 시야에 핏물이 연못처럼 고여 있는 방 안이 닥쳐 들었다. 핏물 속에 세 덩이의 고깃덩이가 놓여 있었다. 그것은… 뾰족뾰족한 침 같은 것으로 너무 잘게 난도질하여 도저히 사람의 형상이라고 볼 수 없는 고깃덩어리 그 자체였다. 굳이 무엇을 사용했는지 상상을 해본다면 철기방 방도들이 즐겨 쓰는 낭아곤 정도라고나 할까?

"하하……."

곽기풍의 입술을 비집고 허허로운 웃음이 흘러나왔다.

"하하… 하하하……."

고깃덩이들을 내려다보며 곽기풍이 한동안 실성한 사람처럼 웃었다.

'고깃덩이야… 저건 물정 모르는 마누라가 또 반값에 판다는 육곳간 염가 놈의 뻔한 거짓말에 속아 왕창 사다 놓은 고깃덩이가 분명해…….'

곽기풍은 속으로 끊임없이 중얼거리고 있었다. 그러나 스스로를 향한 곽기풍의 속임수는 그리 오래 지속될 수가 없었다.

아들 항소의 손에 쥐어진 목각 인형 때문이었다.

얼마 전, 딸 항아와 항소가 서로 갖고 놀겠다며 다툼을 벌이던 지난 춘절 때 자신이 저자거리에서 사다 준 값싼 장난감. 그 장난감이 저 고깃덩이들이 다름 아닌 자신의 아내요, 아들이요, 딸임을 똑똑히 증명하고 있었다.

"우워어어억—!"

세 덩이의 시체를 부둥켜안으며 곽기풍은 꼭 도살장에 끌려 들어가는 소처럼 울부짖었다.

'적운정에서 기다리고 있겠습니다.'

그날 밤늦게 하우영은 화초랑 편에 한 통의 서찰을 건네받았다. 서찰에 적힌 적운정(積雲亭)이란 이름을 확인하는 순간 하우영은 평소 그답지 않게 가슴이 쿵쾅거렸다. 적운정은 청성산 초입에 위치한 작은 정자로, 얼마 전부터 진영과 자신이 남의 이목을 피해 만나곤 하던 장소였기 때문이다.

어디를 가느냐고 꼬치꼬치 캐묻는 화초랑을 뒤로하고 달려나온 하우영은 애마 흑풍에 올라타 질풍처럼 밤길을 달려 청성산에 도착했다.

적운정이란 이름답게 얕은 개울가 옆에 홀로 서 있는 정자는 짙은 운무에 휩싸여 있었다.

푸륵.

푸르륵.

투레질을 하는 흑풍의 목덜미를 쓰다듬으며 바라보니 과연 정자 안에 다소곳이 앉아 있는 한 여인의 인영이 흐릿하게 보였다.

"잠시 쉬고 있거라, 흑풍."

흑풍의 콧잔등을 툭툭 두들겨 준 하우영이 정자를 향해 걸음을 옮겼다.

정자를 향해 다가가는 하우영의 가슴은 심하게 두 방망이질 치고 있었다. 일악일살로 통하며 철기방 방도들을 공포의 도가니로 몰아넣었던 그였지만, 진영을 만날 때에는 늘 이렇게 가슴이 뛰곤 했다.

"아, 안녕?"

정자 위로 올라서서 등을 돌리고 앉아 있는 진영을 향해 하우영이 어색하게 오른손을 들었다. 안녕이라니? 어렵게 자기를 불러낸 진영에게 고맙다든지, 보고 싶었다든지 하는 말을 했어야 옳았다는 자책이 밀려들었다.

어색해진 하우영이 뒤통수를 긁적이며 말했다.

"오, 오래 기다렸지? 밤공기가 제법 찬데 감기나 걸리지 않았는지 모르겠네."

"……."

진영은 말이 없었다.

더욱 어색해진 하우영이 험험, 헛기침을 하며 말했다.

"실은 진영이를 위해서 이번에 받은 녹봉으로 화의를 한 벌 샀어. 살구꽃이 수놓아진 아주 예쁜 옷인데, 진영이, 너 옛날부터 살구꽃을 좋아했잖아? 그렇지?"

"미안하지만 이 아이에게 그 옷은 필요없을 것 같구나."

데구르르.

뒷등을 보이고 있는 여인에게서 냉막한 음성이 흘러나오는가 싶더니, 그녀의 옆구리 쪽에서 작은 공 하나가 굴러 나왔다.

투욱.

자신의 발에 부딪치고야 멈추는 공을 하우영이 멍한 시선으로 한동안 내려다보았다. 그것은 사람의 머리통이었다. 산발한 긴 머리카락 사이로 원한과 공포로 얼룩져 있는, 눈을 홉뜨고 있는 그것은 젊은 여인의 머리통이었다.

부들부들 떨리는 양손으로 여인의 머리통을 잡아 천천히 들어올렸다.

"진영아, 안녕?"

하우영이 머리통만 남은 진영을 향해 다시 어색하게 웃었다. 입으론 웃고 있지만 그의 눈에선 굵은 눈물이 줄줄 흘러내렸다.

"너를 죽이는 사람은 철기방의 장로 백옥수 어른이시다!"

등을 돌리고 앉아 있던 여인 소화영이 회오리처럼 신형을 돌려세우며 갈고리 모양의 우수를 내뻗었다. 그러자 눈처럼 희디흰 세 개의 장영(掌影)이 여전히 바보처럼 웃고만 있는 하우영의 가슴팍으로 날아들었다.

뻐버벅.

피할 생각조차 않은 하우영의 가슴에 장영이 작렬했다. 유진영의 머리통을 감싼 채 하우영이 정자 난간을 박살 내며 부웅 튕겨 나갔다.

풍덩.

거대한 하우영의 신형이 개울가에 처박히자 물보라가 커다랗게 일었다.

"진영아? 진영아? 어딨니, 진영아?"

그 외중에 정인의 머리통을 잃어버린 하우영이 구름 같은 인파 속에서 정인의 손을 놓쳐 버린 사내처럼 무릎 깊이까지 오는 개울 바닥에 엎드려 정신없이 양손을 더듬질했다.

"참으로 눈물 없이는 볼 수 없는 광경이로구나. 너도 곧 정인을 뒤따르게 해줄 터이니, 너무 서러워 말거라."

저벅저벅.

소화영이 수면을 밟고 걸어오는 놀라운 보법을 선보이며 하우영을 향해 다가왔다. 그녀의 양손에서는 그녀의 별호를 백옥수로 만들어준 백옥기공(白玉氣功)이 가닥가닥 피어오르고 있었다.

"이만 죽어줘야겠다, 혈부!"

끼아아아앙!

소화영이 양손을 쭉 내뻗자 두 가닥의 백색 장영이 노도처럼 밀려 나갔다.

파팡.

"우욱!"

두 가닥의 장영이 다시 가슴을 두드리자 하우영은 너울너울 튕겨 나 갔다.

풍덩.

물보라를 일으키며 처박힌 하우영이 한동안 수면 위에 둥둥 떠 있었다.

"죽었군."

소화영이 흐릿하게 웃으며 돌아서려고 했다.

"어딨어?"

그러나 뒤쪽에서 들려오는 낮은 음성에 소화영은 멈칫했다. 천천히 몸을 돌려세우자 입과 코와 귀로 피를 철철 흘리면서도 흉신악살처럼 눈을 치뜨고 서 있는 하우영의 모습이 들어왔다.

"어떻게… 분명히 나의 백옥수에 제대로 당했거늘……."

소화영이 믿을 수 없다는 눈으로 자신의 손바닥을 들여다보았다.

"진영이를 어디에 숨겼느냔 말이다?!"

콰아악.

그런 소화영을 향해 성난 곰처럼 달려든 하우영이 솥뚜껑만한 양손으로 목줄기를 움켜잡았다.

"진영이 어딨어? 진영이 어딨어? 우리 진영이 어디에 숨겼어?"

"끅, 끄극."

실성한 듯 악을 써대는 하우영의 손아귀에 점점 힘이 들어갔고, 소화영은 숨이 막혀 낯빛이 대번에 푸르딩딩하게 변했다.

소화영이 하우영의 아랫배를 노리고 오른 손바닥을 내지르며 일갈했다.

"그년은 이미 염왕의 각시가 되었다, 미친놈아!"

떠엉!

공력이 잔뜩 실린 소화영의 손바닥이 쑤셔 박히며 북 두드리는 소리가 울렸다.

"어딨어? 어딨어? 어딨어?"

그러나 하우영은 꿈쩍도 하지 않고 계속 소화영의 목을 졸라댔다. 눈을 허옇게 까뒤집고 개침을 질질 흘리는 것으로 보아 이미 인성을 상실한 듯 보였다.

"놔! 놔! 놓으란 말이다, 무식한 놈아!"

떵떵떵떵!

생명의 위협을 느낀 소화영이 필사의 공력이 실린 양손을 마구 내질러 하우영의 아랫배를 두드렸다.

"죽일 거야. 진영이를 내놓지 않으면 죽일 거야."

그래도 하우영은 손을 놓지 않았다.

"끄아아아아!"

절박한 비명과 함께 소화영이 손바닥을 하우영의 가슴에 밀착시킨 상태에서 본신의 내공을 총동원하여 손바닥 끝에서 격발시켰다.

퍼어어엉!

굉렬한 폭음과 함께 그녀의 손바닥과 하우영의 살갗 사이로 눈부신 섬광이 터져 나왔다가 조용히 사그라들었다.

"……"

일순간 정적이 두 사람을 휘감았다. 하우영은 여전히 소화영의 목을 움켜잡은 채였다. 그러나 소화영은 목을 조르던 하우영의 손아귀에서 모래알처럼 힘이 빠져나가 버린 것을 알았다. 그녀가 뒤쪽으로 한 걸음 물러서자 자신에게 의지하고 있던 하우영의 신형이 앞쪽으로 스르륵 기울어졌다.

풍덩.

하우영이 개울물에 얼굴을 처박았다.

수면 위로 둥둥 떠오르는 하우영의 뒷등을 내려다보며 소화영이 질린 듯 중얼거렸다.

"혈부를 왜 혈부라 부르는지 이제야 알겠군. 정말 무서운 신력이었다."

하우영의 손자국이 선명하게 찍힌 목을 쓰다듬으며 소화영이 돌아섰다.

갑자기 급해진 물살에 쓸려 하우영이 둥둥 떠내려가기 시작했다. 어디론가 사라졌던 유진영의 목이 하우영을 뒤따르고 있었다. 멀리서 보니 마치 다정한 연인이 함께 물놀이를 즐기고 있는 것 같기도 했다.

철기방 외원 원주 마축지는 자신의 눈을 의심했다.

사막을 가로지르는 절벽 사이로 뚫린 외원의 입구 검해곡 앞을 수하들과 함께 지키고 있는데, 저쪽에서 커다란 보름달을 등진 채 비루먹은 당나귀를 천천히 몰고 걸어오는 한 남자가 보였다. 놀랍게도 남자는 바로 여린이었다. 여린이 용마의 등 위에 축 늘어진 북소소의 시신을 얹은 채 마축지를 향해 똑바로 다가오고 있었던 것이다.

휘이이잉.

"지난밤 꿈에 집채만한 산돼지가 품속으로 뛰어들더니, 그게 허튼 꿈은 아니었구나."

득의롭게 웃으며 마축지가 오른손 검지 손가락 위에 올려놓은 커다란 수레바퀴를 맹렬히 휘돌리기 시작했다.

서너 걸음 앞에 멈춘 여린을 잡아먹을 듯 노려보며 마축지가 으르렁거렸다.

"네놈을 갈가리 찢어 죽이는 꿈을 백 번도 넘게 꾸었다. 이렇듯 제 발로 나타나주다니, 고마워서 눈물이 나려고 하는구나."

마축지의 감정 따윈 싹 무시하며 여린이 덤덤히 말했다.

"철기련에게 나를 안내해라."

"미친 새끼! 네놈의 시체만이 방주님 앞에 놓이게 될 것이다."

"철기련에게 날 안내하란 말이다, 이 개만도 못한 새끼야!"

여린의 입에서 엄청난 노호성이 터져 나왔다. 마축지는 잠시 수레바퀴의 회전을 멈추고 멍한 눈으로 여린을 올려다보았다. 산발한 머리칼과 흰자위가 지나치게 비대해진 두 눈, 여린은 이미 생사를 초월한 모습이었다. 여린에게서 풍기는 강렬한 비장함이 마축지로 하여금 일단 방주 앞으로 놈을 끌고 가는 게 좋겠다는 생각을 하도록 만들었다.

천룡각 앞 광장에서는 십여 개의 화톳불이 활활 타오르고 있었다.

그 화톳불 너머 천룡각의 높다란 계단 중간쯤에 철기련은 앉아 있었다.

오늘 밤이 지나면 모든 상황이 역전돼 있으리라.

철기방에 대항하거나, 그들에게 협력한 조력자들은 깡그리 죽고, 세인들은 다시금 철기방의 이름만 들어도 공포에 치를 떨게 되리라.

수많은 사람들의 처참한 비명이 귓전에 울려 퍼지는 것 같았다.

철기련은 양손으로 천천히 귀를 틀어막았다. 듣고 싶지 않은 소리였다. 하지만 귀를 막아도 비명 소리는 멈추지 않고 그의 고막을 두드렸다.

'이렇게 살고 싶지는 않았습니다, 아버지. 진정 이런 식의 삶은 살고 싶지 않았습니다, 아버지.'

무릎 사이에 얼굴을 처박으며 철기련이 악몽 때문에 잠이 깬 아이처럼 가늘게 어깨를 떨었다.

"살려다오."

익숙한 음성에 철기련은 번쩍 고개를 쳐들었다.

순간 계단 아래 멍청히 서 있는 여린이 보였다. 여린은 혼자가 아니었다. 희디흰 양손을 축 늘어뜨린 관복 차림의 한 여인을 안아 든 채였다. 피딱지가 말라붙은 여인의 손이 앞뒤로 가볍게 흔들리는 것을 보고 철기련은 여인이 이미 죽었음을 직감했다. 동시에 철기련은 죽은 여인이 누구인지도 알아차렸다. 그 여인이 아니라면 여린이 죽은 시체를 안고 와 자신에게 살려내라고 떼를 쓸 까닭이 없었기 때문이다. 가슴이 콱 메어오며 두 눈으로 눈물이 그득히 차 올랐다. 눈물을 참기 위해 철기련은 어금니를 지그시 깨물어야 했다. 이에 깨물린 볼 안쪽 살이 터지면서 찝찌름한 피 맛이 느껴졌다.

"살려다오. 이 여자를 살려다오."

일말의 감정도 실리지 않은 음성으로 내뱉으며 여린이 계단을 밟고 오르기 시작했다.

"이놈이!"

여린을 향해 달려들려던 마축지를 철기련이 손을 뻗어 제지했다.

철기련과 여린은 이제 계단 한복판에서 서로를 마주 보며 서게 되었다.

여린이 철기련을 향해 다시 중얼거렸다.

"살려다오."

철기련은 조용히 북소소의 얼굴을 내려다보았다. 다행히 편안한 얼굴이었다. 이마에 뚫린 작은 구멍이 심장을 아리게 했지만 그래도 편안한 얼굴인지라 조금은 위안이 되었다. 그가 가늘게 떨리는 손을 뻗어 북소소의 콧등을 덮고 있는 머리카락 한 올을 뒤쪽으로 넘겨주었다.

"미안하구나, 소소. 난 늘 네게 미안하다는 말밖에는 할 수가 없구나."

철기련의 눈에서 참았던 눈물이 주르륵 흘렀다.

그런 철기련을 향해 여린이 갑자기 악을 썼다.

"살려줘! 살려줘! 이 여자를 살려주란 말이다!"

철기련이 마른 먼지 같은 미소를 풀썩 피워 올리며 고개를 가로저었다.

"죽은 사람을 살려낼 재주가 나에게는 없다."

"너는 천재잖아. 너는 무엇이든 할 수 있는 녀석이잖아. 이 여자를 줄게. 살려만 준다면 이 여자를 고스란히 너에게 돌려줄게."

여린의 눈에서도 폭포처럼 눈물이 쏟아지기 시작했다.

"나도 너처럼 천재가 아니다. 그저 세상의 격랑에 휩쓸려 어디로 향하는지도 모른 채 이리저리 떠도는 한 잎 낙엽과 같은 존재일 뿐."

"병신… 이 병신 같은 새끼!"

여린의 애원은 어느새 저주로 뒤바뀌었다.

한동안 무서운 살기를 내뿜으며 철기련을 쏘아보던 여린이 천천히 몸을 돌려 계단을 되짚어 내려가기 시작했다.

"돌아갈 수 있을 것 같으냐?"

여린의 앞을 가로막는 마축지를 철기련이 다시 제지했다.

"보내주거라."

"하지만……."

"보내주라면 보내줘."

철기련의 매서운 눈빛을 마주하곤 마축지가 재빨리 길을 텄다. 마축지를 스쳐 몇 걸음을 옮기던 여린이 힐끗 철기련을 돌아보았다.

"왜… 날 그냥 보내주지?"

"그게 더 고통스러울 테니까."

"……."

"지금쯤 네 주변에 있던 사람들은 본 방의 척살대에 의해 차례차례 죽어가고 있을 것이다. 완전히 혼자가 되었을 때, 넌 과연 어떤 기분일까? 지금 널 죽이는 것보다 두고두고 자책의 세월을 견디게 하는 것이 나의 복수의 방법이다."

"그렇군."

여린이 피식 웃으며 다시 걸음을 옮겼다. 북소소를 안은 채 천천히 멀어지는 여린의 뒷모습을 철기련이 눈으로 배웅했다. 여린이 시야에서 완전히 사라진 것을 확인한 철기련이 허물어지듯 주저앉으며 서럽게 통곡했다.

『법왕전기』 4권에 계속…